[清] 王闿运 著
朱汉民 主编

王闿运集续编

（二）

岳麓書社·长沙

湖湘文库
续编

全书总目录

前 言

《春秋例表》前后共有三种版本，通过细绎《湘绮楼日记》《湘绮府君年谱》等文献，介绍其梗概如下。

一为成都尊经书院刊二十八表本，简称尊经本。王闿运治《春秋》始于同治八年（1869）。《湘绮楼日记》本年三月二日记："欲作《春秋事比》，始为《即位表》，未善。"这里的《春秋事比》，就是王闿运后来《春秋例表》的最初构想，因为《春秋》一书深奥难通，所作一时未能如愿。光绪四年（1878），王闿运应四川总督丁宝桢（字稚璜）之邀，赴成都主持尊经书院。光绪六年（1880），王闿运嘱其次子王代丰（字仲章）及书院弟子搜括诸例，《湘绮楼日记》八月廿日记："丰儿同诸生作《春秋例表》成，尚未暇阅。"接下来王闿运便投入到《春秋例表》的考校之中。八月廿七日记："丰儿请校《公羊例表》，为正《会盟》一门。"九月三日记："夜讲《公羊》小国卒葬例，殊未定。"光绪七年（1881）秋间，王闿运重理该表，《湘绮楼日记》七月十三日记："丰儿复入，检《春秋例表》，'至自'例奇繁。余设四十二例求之，一日而明，可谓快事。"次日记："作《诸侯卒葬表》。丰儿自谓习于例，又自许数十次推寻，拟一稿，殊不明白。因自作之，半日而成，皆有条理。跨灶殊不易言。"七月廿一日记："作《春秋表》成。丰儿佐检多劳，殊为盛业，为此竟十四年，昔日童子，能传家学，可喜也。"此后又连日有梳理《例表》的记载，至九月廿二日"《春秋表》粗成"，遂发书院内附设的书局刊刻，是为尊经本。

尊经本《春秋例表》笔者未见，不过经查阅相关文献，知其内容大体如下：书前有《春秋例表叙》一篇，署名“王氏学”。正文共分二十八表：五始首时例表弟一，九旨表弟二，七等进退夷国表弟三，朝会遇聘例表弟四，锡求告言例表弟五，致至例表弟六，盟例表弟七，取献乞例表弟八，战伐侵例表弟九，义兵例表弟十，围入灭例表弟十一，列国杀执君大夫例表弟十二，立纳溃畔降例表弟十三，奔入出归例表弟十四，君臣相杀例表弟十五，凶礼例表弟十六，薨葬例表弟十七，大国卒葬例表弟十八，小国卒葬例表弟十九，大夫卒葬例表弟二十，吉事例表弟二十一，宫庙例表弟二十二，昏礼例表弟二十三，归例表弟二十四，妇事例表弟二十五，力役例表弟二十六，都邑例表弟二十七，灾异例表弟二十八。各表之前，都冠以小序，以诠释其例，然后综核经文，分类列表。尊经本归结经例，大体以何休《春秋公羊传解诂》为依据，故首列五始、九旨、七等进退等名目，再附以事例，具体探讨《春秋》作者的褒贬倾向。

一为长沙刊二十四表本，简称长沙本。《春秋例表》初成，王代丰从成都返湘，途中病逝于夔州，王闿运送柩还乡，家中又遭长女无非之丧，光绪八年（1882）遂未入蜀。光绪九年（1883）五月再至成都，仍主尊经书院。《湘绮楼日记》本年七月十四日记：“写寿联，抄《女子子服例表》。稚公询之再三，云欲进四库，辞之则近于矫，从之则无益费神，姑请王仁元先抄《春秋表》，而自理《丧服笺》。”《湘绮府君年谱》本年十二月记载：“送仲章所著遗书二种于丁丈处，以其谆谆欲为表章上之四库，不忍违其意也，然非逝者所志矣。”因丁宝桢出于爱才之意，提议将王代丰的著作上交朝廷请褒，王闿运遂着手修订《春秋例表》。

《湘绮楼日记》光绪十年（1884）七月廿五日记："复理《春秋表》。"此后多有相关记载，至本年十月九日记："《春秋表》稿初毕，改廿八篇为廿四篇，多以一条居一例，不拘拘于三科，使览者易明也。"此本具体刊刻时间未知，但可以确定其介于光绪七年（1881）与光绪三十四年（1908）之间。

长沙本内容如下：书前仍著《春秋例表叙》一篇，署名"长沙府学廪膳生臣王代丰述"，其后为《春秋例表凡例》。其表目为：五始首时例表弟一，九旨表弟二，七等进退夷国表弟三，朝聘会遇例表弟四，锡求献例表弟五，致至例表弟六，盟例表弟七，归例表弟八，战伐例表弟九，义兵例表弟十，围取入灭例表弟十一，失国邑例表弟十二（后附五十二亡国表），敌国杀执君大夫例表弟十三，出入例表弟十四，君臣相杀例表弟十五（后附杀君三十六数表），凶礼例表弟十六，大国卒葬例表弟十七，小国卒葬例表弟十八，吉事例表弟十九，宫庙例表弟二十，昏礼例表弟二十一，妇事例表弟二十二，政役例表弟二十三，灾异例表弟二十四。此本只是在尊经本的基础上对于具体经例做了调整，全书架构仍因袭前书。

一为光绪三十四年（1908）东洲讲舍刊三十八表本，简称东洲本。王闿运晚年主讲衡州东洲书院，诸生多有以《春秋》问难者。《湘绮楼日记》光绪三十三年（1907）八月十二日记："午讲《春秋》，记王葬有过时、不及时、我往三例。他葬亦有慢渴之分，则卒葬当先见一时例，三月五月，经不自注，非例不显，岂公葬有明例耶？向未致思，正当考之。"八月十三日记："蔡生问《春秋例表》歧误处，未遑修改。"十月四日记："问《春秋》例者纷纷，颇难立应。又翻经核对，不作他事。"十月十一日记："看《春秋表》，当增补分别者甚多，还当作之，此时未暇也。"

延至光绪三十四年（1908）十月十二日，遂有重订《春秋例表》之举。此次重改由王闿运的高足廖震（字昺文）主持，同时求学诸生十余人，日加探讨，分篇编次，最终经由王闿运本人审定，遂于当年在东洲讲舍刊刻。

东洲本《春秋例表》相较前面的两种刊本改动较大：于署名王代丰的叙后，增加了一篇廖震的叙，交代此次重修的起因与补阙削繁的具体情况。东洲本删去了长沙本的凡例，将经例具体分为三十八表，其表目为：朝例表弟一，聘例表弟二，会例表弟三，遇例表弟四，盟例表弟五，战伐侵例表弟六，义兵例表弟七，次例表弟八，围取入灭例表弟九，致至例表弟十，失邑例表弟十一，亡国表弟十二，敌国杀执君大夫表弟十三，出入例表弟十四，君臣相杀表弟十五，杀君三十六表弟十六，凶礼例表弟十七，天王崩葬例表弟十八，诸侯卒葬例表弟十九，吉事例表弟二十，宫庙例表弟二十一，昏礼例表弟二十二，妇事例表弟二十三，归例表弟二十四，锡求献乞例表弟二十五，政役例表弟二十六，灾异例表弟二十七，大例表弟二十八，有例表弟二十九，乃例表弟三十，及例表弟三十一，之例表弟三十二，自例表弟三十三，遂例表弟三十四，用例表弟三十五，以例表弟三十六，犹例表弟三十七，一见例表弟三十八。东洲本相对于前两个刊本，改动较大，它突破了以何休《春秋公羊传解诂》为代表的传统公羊学的义例范围，以事例为主，并且兼顾词例，使《春秋》学的研究和探讨回归经文本身，从而获得了更大的拓展空间。

《史记·太史公自序》云："余闻董生曰：'周道衰废，孔子为鲁司寇，诸侯害之，大夫壅之。孔子知言之不用、道之不行也，是非二百四十二年之中，以为天下仪表，贬天子，退诸侯，讨大夫，以达王事而已矣。'"孔子生当春秋乱世，怀抱拨乱反正之志，一生不得施展，晚年作《春秋》一书，寄寓了极高的政治理想。汉唐以下，治《春秋》学者多主三传，《公羊传》《穀梁传》《左氏传》三家列入“九经”，《春秋》经文遂被湮没，甚至被诋为断烂朝报，无人问津。《春秋例表》一书前后三个刊本，从最初的以何休《春秋公羊传解诂》义例为理论框架，到最后东洲本回归经文，从《春秋》笔法的具体书写入手，通过排比事例，探讨其中蕴含的深刻义理，从而打开了研读《春秋》的达道通途。

此次整理《春秋例表》，取长沙本与东洲本为底本，分别进行点校。

王振中

二〇二三年十二月

《湘绮楼日记》作为中国近代最为重要的日记之一，记录了自清同治八年（1869）至中华民国五年（1916）王闿运去世，将近五十年的王氏个人史。同治八年，王闿运三十七岁，这时他不过壮年而已，而就其学术生命而言，同治八年可谓王氏真正研治经学之起点。

从《湘绮楼日记》同治八年的记载中可以看到，自二月十九日至七月三日，王氏多以抄《穀梁》三页为日课。七月三日日记载：“卯起抄书，至午得十二页，《昭公》毕，《穀梁》成，钉七本。计自入承上，凡抄《易》《书》《春秋》《周官》几十余万文矣。今将专意撰述，且以此付非女也。”从王氏此条日记可以看出，王氏此前已抄写经书十余万字，《穀梁》亦已抄写完成。也是从此时开始，王闿运真正开始从事经学撰述，而王氏所撰写的第一本经学著作就是《穀梁申义》。

王闿运自序署“同治八年秋七月乙未”，《湘绮楼日记》署七月“辛未朔”，则“乙未”为七月二十五日。检七月二十五日日记，恰好有“作《穀梁申义》凡七条”的记载。则作序的同时，王闿运此日又撰写了七条《申义》正文。此条记载也是《穀梁申义》在《湘绮楼日记》中的首次出现，盖即《穀梁申义》撰写之始。此日至十一月二日，时有撰写《穀梁申义》的记载，此后则颇有一段时间未见撰述《穀梁申义》之事。同治九年三月十七日、十八日，王闿运集中精力专治《穀梁》，其言曰：“十七日，雨。作《穀梁申义》，得五千余言，未治他事。……十八日，晴雨不定。作《穀梁申义》，凡四千余言，未治他事。……《穀梁申义》成书，其义精而辞辨，恐有过求附会之失耳。欲坐重席，不得不如此。”则《穀梁申义》作始于同治八年七月二十五日，完成于次年三月十八日。但此书刊刻则要到光绪十七年（1891），即《王湘绮先生全集》本。本次整理即以光绪十七年本为底本，引文讹误处略为校正。

《穀梁申义》一卷，共计八十余条，要皆评判《穀梁》与《公羊》《左传》及何休、郑玄、范宁各家注释之论，意取调和《公》《穀》二传之说。王闿运自序论《春秋》学之流衍曰：“自鲁哀以来，微言绝矣。五家为师，三传遂昌。先汉以《公羊》为正，副以《穀梁》，参以《左氏》。自晋至今，《左传》盛矣。”《穀梁》虽然位列《春秋》三传之一，但地位实不能与《公羊》《左传》相提并论。但王闿运认为，就经学而言，《穀梁》之价值实重于《左传》：

> 余推测经文，本传《公羊》，泛览二传，各得其趣。《左氏》专于史，离经别行，其体即司马《本纪》之准也。闻驳

> 意殊，不关《春秋》，其有得失，比之迁、固，乃三史之学，非六经之谊。……至于《穀梁》，依经树义，其有离合，难审其由。后人见《公》《穀》之异同，疑二传之所受，乐《左氏》之事实，曲《春秋》以从之，故有赴告则书，陋同朝报，月日无意，随其刀笔。或又悉废三传，妄作褒讥，乱其词，乱其事，而《春秋》亡矣。

《公羊》《穀梁》虽然时有异趣，但就《春秋》而言，都是解经之作。相较而言，《左传》则近于史，与《公》《穀》形成了真正的“异趣”。在《公羊》《穀梁》与《左传》的对比下，《穀梁》作为《春秋》的解经之作，其价值也就得以显现。但“自晋至今，《左传》盛矣”的时代取向中，近于史的《左传》反而取代了《公》《穀》；而晚唐以来废传从经的学术取向，更是导致三传皆被束之高阁。虽然清中期以降《公羊》学日渐受到学者重视，但仍非经学之主流。王闿运言：“今唯明《公羊》不足祛惑，辄以浅学更申《穀梁》，务推其立说之原，期于不乱而止。”即希望以《公羊》《穀梁》扭转此时经学之势，而实亦蕴其现实之关怀与追求，是亦《湘绮楼日记》所谓“其义精而辞辨，恐有过求附会之失耳。欲坐重席，不得不如此”之意。

从其序中亦可以看出，王闿运之《春秋》学实以《公羊》为宗，实因“唯明《公羊》不足祛惑”，故申之以《穀梁》。是以，《穀梁申义》往往是以《公羊》为标准，为之申义。如《穀梁申义》首条论“惠公仲子”曰：

> 《公羊》以为仲子桓母，今云惠母者，先师相传有母以子氏之说，以僖公成风既是僖母，惠公仲子必是惠母也。穀梁子未亲闻微言，但受大义。凡人代年世，史家所重，儒者所略。《春秋》不嫌同词同号，《公羊》亲受圣传，故知为桓

> 母，《穀梁》直以词事相比，以为惠母。世次虽舛，然足张嫡庶之义，破母以子贵之误说，固无害于说经也。

《公羊》以“仲子”为桓公母，《穀梁》以为惠公母，二者都是在各自传文体系中予以诠释、界定的。王闿运以孔子微言大义为准的，认为《公羊》继承了孔子之微言，而《穀梁》只及大义，故《穀梁》以“惠公仲子”为惠公母是不知孔子之微言所致，即以《公羊》所论为确。但无论如何研读此段“申义”，事实上都找不到《公羊》之所以为确、《穀梁》之所以为误的证据与论证。也就是说，王闿运首先确立了以《公羊》作为解读《春秋》的最高标准，而《穀梁》只是作为《公羊》的补充。其所以申《穀梁》之义，一方面是为了借《穀梁》以助《公羊》，得以与《左传》争胜；另一方面，“《穀梁》儒者之论，可为世范”，亦可为《公羊》之补充。是以，王闿运此书虽然是对《穀梁》所作的“申义”，其书以“穀梁”标目，但究其实，则非《穀梁》学。

但从与《左传》争胜和“可为世范”的角度而言，《穀梁》却是《公羊》不可或缺的助力与补充，故在《公》《穀》的分判中，亦不能过分贬低《穀梁》。王氏自序论范宁注曰：

> 今颁学官，范为先师。晋代不以专门说经，号为通取，故范氏注《穀梁》而有毁传之词。夫传述圣言不能无瑕，然穀梁子私淑仲尼，亲研异同，指事立教，必有宏旨，受经授义，义同君亲。入室操戈，昔人所伤；说传疑传，后生何述？徒令蔑师法、侮圣言，因缘抵隙，六经皆讹。

王闿运并不认同范宁对《穀梁》之批驳，故其《申义》虽以《公羊》为标准，但往往两存二家之说，亦不废《穀梁》之论。是以，《穀梁申义》可以说是在《公羊》标准下的《穀梁》说，但以调和二家为要。事实上，《穀梁申义》不但要调和《公》《穀》，亦欲申何休、郑玄、范宁之说，以申张《春秋》经义。如庄公三十二年“秋七月癸巳，公子牙卒”条：

> 何《废疾》曰：“《传》例‘大夫不日卒，恶也’，牙与庆父共淫哀姜，谋杀子般而日卒，何也？”郑释曰：“牙，庄公母弟，不言弟，其恶已见，不待去日矣。”范云：“案《传》例，诸侯之尊弟兄不得以属通，不称弟自其常例，郑君之说，宁所未详。”申义曰：牙弑子般，《公羊》所传，《穀梁》未闻也。此不日卒，自是正卒，郑取《公羊》以说《穀梁》，故与《传》例异耳。

即将《公羊》《穀梁》异说与何休、郑玄、范宁异释放在一起予以梳理，提出《穀梁》之所以与《公羊》不同，实由二家所据本就有异。无论何休、郑玄、范宁之难、释，都难免郢书燕说之讹。王氏虽存二家之说，而就孔子《春秋》之本义而言，则持《公羊》说。由是而论，《穀梁申义》之研读，当以《公羊》为前提。

《穀梁申义》虽然并非严格意义上的《穀梁》学著作，但如果将其置于晚清今文经学、《公羊》学复兴的浪潮中予以考察，则自有其价值与意义。

许超杰

二〇二三年十二月

目　录

春秋例表长沙本

春秋例表东洲本

穀梁申义

春秋例表 长沙本

春秋例表叙 长沙府学廪膳生臣王代丰述

《记》曰："属辞比事，《春秋》教也。""《春秋》之失，乱。"其治民也，属辞比事而不乱，则深于《春秋》。大哉，圣人之作乎！五经皆以致治，《春秋》独以拨乱，故三王没而仲尼穷，五经变而《春秋》作。宪章文武，祖述尧舜，唯其辞而已。是以上律天时，下袭水土，水土以缵禹功，于是有外内之词，天时以奉明威，于是有时月日之科，进退褒贬，生死存亡，专在三科治之。自游、夏不能赞一词，而子路、颜渊困于麇角，莫知微言所传，竹帛之所自来，故曰："天之将丧斯文也，天之未丧斯文也。"司马子曰："《春秋》文成数万，其指数千，万物之聚散，皆在《春秋》。""前有谗而弗见，后有贼而不知，故有国者不可以不知《春秋》。守经事而不知其宜，遭变事而不知其权，为人臣者不可以不知《春秋》。""《春秋》，礼义之宗也。为人君父而不通于《春秋》之义者，必蒙首恶之名，为人臣子而不通《春秋》之义者，必陷篡弑之诛、死罪之名，其实皆以为善为之，不知其义，则被之空言而不敢辞。"故《春秋》者礼也，礼者例也。其序则齐桓、晋文，其词则孔子有焉矣。一予一夺，不出一字，一美一恶，不嫌同词，非夫聪明睿智、纵心而不逾矩者，其孰能当之而不乱乎？且天不言而四时行、百物生，《春秋》不事而人事洽、王道备。自后传者观听不决，守文失据，顾此遗彼，亡而为有，有而为亡。故昔闻之何休，犹若有疑而鲜通，乃大括诸例，总为斯表，诵其所闻，俾君子自习焉。《易》曰："正其本，万事理。失之豪厘，差以千里。"故学者不可不审也。三王之治天下也，皆先道而后礼，有简而文也，淡而不厌也，如此则可以放乎四海矣。

春秋例表凡例

传《春秋》者莫能去例。《左氏》专详于事，乃亦有书法，前后违反，虽注疏皆知其不可通，故《公羊》《穀梁》赖以不废。不然，则《左传》如《通鉴》目，《春秋》如《通鉴》纲，无须存二传矣。二传虽存，《穀梁》又自不可通，唯《公羊传》无牴牾，而自来说者又乱之。将欲说经，必先征事，是《公羊》反有取于《左传》，而《左传》又赖以不废也。三传兼取，经师无此家法，就令兼取，仍复不通，则自为之说，又无可支吾，其势不疑经不止。故群经义疏，皆可自圆其说，归于画一，独至《春秋》，臆说亦不得申。微哉，圣人之旨也。今唯立一正例，其异者皆必有说，其说皆取之于经，不征于事，其例皆依《公羊传》，不歧其说。非表则莫见其确据，按表则无可推移，故有表更不必有说矣。此为表之意一也。

《春秋》有三世之文，说者疑焉，及以例正变推之，而有不通，乃试以三世例推之，则无所隔阂。当其豁然理解之处，虽研贯经传者初愿实所未料，无以表之，亦终于淆杂沈薶而已。此为表之意二也。

《春秋》以时、月、日为三科，学者习闻之。或又疑其破碎隐晦，不似圣人所定，及欲舍之别求，仍不出时、月、日之说，于是信者无可信，疑者不敢疑，诚可哀也。未作表之初，亦未敢遽作此三科之例，以其散文泛说，易可掩覆，切指粲列，无可文饰，或是或非，一览可定。故传习二千余年，作表者不过十家，而一望榛梗，及得其例，随条编录，无不有至当之义。此为表之意三也。

《春秋》名为时、月、日三科，实则时不为科。时与年皆略例，月、日二例皆详例，当云月、日，略三科耳。月、日唯系于当句，绝不相蒙，圣人惧后学者之不明也，为之示月不相蒙例，正月、三月相承者是也。示春王某月不相连例，春遇于垂下言三月、春天王使下言三月癸酉等是也。示月日不相蒙例，天王狩河阳、壬申公朝上无月，十二月丁巳朔，十一月无壬申，乃于十一月公至下书壬申公孙婴齐卒等是也。示月与月不相蒙例，正月戊申朔下书是月、正月下书夏、五月下又言自正月等是也。示日与日不相蒙例，二丙戌是也。示日月各居其所不可推移之例，十有二月及郑师伐宋，丁未战于宋，月日不相连，八月庚申及齐师战于乾时，月日相连，新城、鸡泽同盟，月日不相连，平丘、重丘同盟，月日相连等是也。例章章如此，而犹有望文生义者，无表以明之，故可遁耳。此为表之意四也。

《春秋》文成数万，其旨数千，学者疑焉，岂一旨不满十文乎？由今观之，何止数千旨而已。其文有尽，其旨无尽，故曰如有所立卓尔，虽欲从之，末由也已。颜子闻一知十，尚竭才而欲罢，况在今日，其敢窥寻乎？既已表之，庶几有达人因而推测，使圣人之旨渐昭晰于简篇。此为表之意五也。

时、月、日为三科，传之久矣，而《传》但言何以日、何以不日，无言月者，然则无时例，并无月例也。通例不日，详录则日。不当日者谨，讥则日，轻则月，当日者贬，略则时，轻则亦月。月者，详略之中也。既先师相传云有月例，今若言无月者，徒骇观听，但依表详略相比，月不得自为一科。此为表之意六也。

五始首时例表弟一

五始者，师说所立名，推君始岁始，以王为人事之始，正月政教之始，即位一国之始，因为凡托始所自起也。有不言公即位者，有不言正月者，有正月不加王者，不著其始，即以谨始，于是又有首时之例，则《传》有其义矣。虽非元年，必备四时，示《春秋》以时月日进退褒贬，非史家纪事之书也。四时具然后为年，亦何待记而后知哉？为日月张法故也。故即位，月正也，日变也。元年春王正月，正也，无正月，变也。首时春十九，夏十一，秋十八，冬十，正也，皆首月也。夏五月非首而首时，变也。去秋、冬二时者二，去夏一，去冬一，变也。月而书闰，非日食而书朔，又月日之变也。圣例彰矣，犹有异说，不表则不著，各分之为十一等。其言夏五不言月者，《传》曰无闻，附其文，阙其说焉。

五始正例

文成襄昭哀

元年春王正月，公即位。

变例同词

桓宣

元年春王正月，公即位。皆见杀文而备五始。《传》曰“如其意”，其意自以为正，以见杀者为不正也。《春秋》托以出治，绝之则无所托文，故因以自正予之。

变例无正月

定

元年春王。下见三月。

戊辰，公即位。正月未即位，先改元，明政之不在公。

变例不言公即位谓之无正

隐

元年春王正月。下见三月。不见起文，故不见即位，谓之无正。

变例不言公即位不为无正

庄

元年春王正月。下亦见三月。

闵僖

元年春王正月。下不见月，皆见杀文，故知不忍即位，非不正也。

变例非元年而见春王正月公

襄

廿有九年春王正月，公在楚。

昭

卅年春王正月，公在乾侯。卅一年、卅二年并同。

居附例时

昭廿六年，居于运。上书公至自齐，廿七年两书并同。

昭廿六年，居于运。上书公至自剸陵会。

昭廿九年，居于运。上书公至自乾侯。

外居

昭廿二年，刘子、单子以王猛居于皇。

廿三年，天王居于狄泉。

变例当见王而不见王

桓

三年春正月。公会云云。四、五、六、八、十一、十四、十五、十六、十七年，皆有事不言王正月。

七年春二月。己亥云云，不言王二月，十三年、十五年并同。

变例当见春王而不见王

隐

八年春，宋公云云。三月。郑伯云云。九年春，天王云云。三月。癸酉云云。

僖

廿有八年春，晋侯云云。三月。丙午云云。

文

七年春，公伐云云。三月。甲戌云云。九年春，毛伯二事。二月。叔孙云云。十有五年春，季孙云云。三月。宋司马云云。

成

四年春，宋公云云。三月。壬申云云。十有三年春，晋侯云云。三月。公如云云。

襄

十有五年春，宋公云云。二月。己亥云云。

昭

十有二年春，齐高偃云云。三月。壬申云云。十有四年春，隐如云云。三月。曹伯云云。

定

十有四年春，卫公叔二事。三月。辛巳云云。

变例不当见王而见王

桓

二年春王正月。戊申云云。十年春王正月。庚申云云。十有八年春王正月。公会云云。

桓无王，独此三年有王者，以督杀比桓杀，以终生卒起无臣子，至桓终而罪正矣。宣不复见者，例立则义明矣。

变例春王正月为首时正例

庄

五年、十一年、十六年、十九年、廿一年、卅年。

春王正月。

僖

六年、廿四年、卅年、卅二年。

春王正月。

文

八年、十三年。

春王正月。

宣

十一年。

春王正月。

襄

卅一年。

春王正月。

昭

十年、廿年。

春王正月。

定

二年、七年、九年。

春王正月。

变例春正月为首时变例

桓

十有二年春正月。必于首时见无王，则知王为治桓出。

变例非元年见春王正月下事即同月例

庄

八年春王正月。师次于郎。十年见败齐，十八年见日食，廿二年见肆眚。

僖

二年春王正月。城楚丘。四年、八年见公会，十五年见如齐，十六年见戊申朔，十八年见宋公，廿六年见公会，卅三年见入滑。

文

三年春王正月。会伐沈。五年见王使，十四年见公至。

宣

三年春王正月。郊牛伤。四年见平莒，十六年见留吁，十七年见庚子。

成

三年春王正月。会伐郑。五年见杞叔姬，六年见公至，七年见郊牛，九年见杞伯，十四年见莒子，十八年见胥童。

襄

十有一年春王正月。作三军。十六年见晋葬，廿年见辛亥，廿一年见如晋，卅年见楚聘。

昭

三年春王正月。丁未滕子泉卒。四年见大雨雪，六年见杞伯，七年见齐平，十一年见如宋，十五年见吴子，廿三年见如晋，廿六年见宋葬。

定三年春王正月。公如晋。五年见日食，六年见癸亥，八年见侵齐，十五年见邾娄。

哀八年春王正月。宋公入曹。

首时正例春王正月

庄

五年春王正月。十一年、十六年、十九年、廿一年、卅年。并同。

僖

六年春王正月。廿四年、卅年、卅二年并同。

文

八年春王正月。十三年同。

宣

十有一年春王正月。

襄

卅有一年春王正月。

昭

十年春王正月。廿年同。

定

二年春王正月。七年、九年并同。

朔附

僖廿二年冬十有一月己巳朔。宋公及楚人战于泓。

朔唯日食书，起宋公有王德。

变例正月不言王

桓

十有二年春正月。

首时正例夏四月

桓九年夏四月。

庄十二年夏四月。十九年同。

文八年夏四月。

宣六年夏四月。十八年同。

襄廿二年夏四月。

昭十四年夏四月。

定三年夏四月。七年、十一年并同。

变例夏五月

庄廿二年夏五月。葬文姜。知母而不知父，以不当首者为首。

变例五月无夏

桓十七年五月丙午。上去夏，下及齐战奚，著明年齐祸。此去夏与夏五去月相起，明非阙文。

变例夏五无月

桓十四年夏五。《传》曰：“无闻焉尔。”

首时正例秋七月

隐六年秋七月。九年同。

桓九年秋七月。十三年、十八年并同。

庄四年秋七月。十三年、廿年并同。

僖十年秋七月。十二年、廿四年、卅一年并同。

宣十二年秋七月。

成十年秋七月。

昭十二年秋七月。廿九年、卅二年并同。

哀八年秋七月。

变例秋七月加至于

文二年自十有二月，至于秋七月。下有八月。

文十年自正月不雨，至于秋七月。下无事。

文十三年自正月不雨，至于秋七月。下无事。

首时正例冬十月

桓元年冬十月。十三年同。

庄十五年冬十月。十八年同。

宣六年冬十月。

成元年冬十月。十一年、十二年并同。

定七年冬十月。

哀九年冬十月。

变例去冬

成十年去冬。公如晋。讥待晋若京师。

昭十年去冬。葬晋平公。危晋好不终。

定十四年去冬。与桓十七年去夏同，皆于薨前一年，见无终始。又明定无正月，《春秋》法耳，非隐无正月之比，故明其不正。

变例不书秋冬

桓四年不书秋、冬。

七年不书秋、冬。四年在王聘后，七年在穀、邓来朝后，言内失道不可为国，犹时不备不可为年，于邦交著之。

闰附

文六年闰月。不告月犹朝于庙。言不告月，明从时例。

哀五年闰月。葬齐景公。书闰讥文自明，亦时例。

九旨表弟二

何君说新周、故宋、王鲁为一科三旨云云，宋均说张三世等为三科，时、月、日、王、天王、天子、讥、贬、绝为九旨。既有不赅，而《春秋》以时、月、日总全例，科莫大焉。三科、九旨、七等、六辅、二类、五始、七缺之名，虽传自先师，初不知其所来。要之，经义三科有异例，则求之九旨。何、宋说三科异，九旨三科，异而同也，故宋之三科，即何之九旨。今则以时、月、日为三科，用统群例，别为《九旨表》。

传闻世隐、桓、庄、僖为传闻世

离会不书。

大夫卒不日。公子益师、无骇卒是也。

内小恶书。成宋乱取郜鼎目言之是也。

小国无大夫。

外诸夏。离会不书是也。

夷狄君不卒。

小国君卒，不名不葬。

中国灭同姓，绝。卫侯毁灭邢是也。

外灾不书。齐大灾、宋大水及我乃书是也。

外不讳灭。入极讳灭是也。

目言。

跻僖公不日。

所闻世文、宣、成、襄为闻世

离会书。晋侯会狄于欑函是也。

不殊中国。仲孙蔑、卫孙林父会吴是也。

大夫卒，有罪不日。叔孙得臣、仲遂卒是也。

外大恶讳。讳伐郑丧、讳郑髡原弑是也。

小国邾娄有大夫。鼻我是也。

外夷狄。钟离会殊吴是也。

卒楚子、秦伯。

小国君日卒、时葬。

夷狄灭中国日。灭萧、莒溃是也。

记宋火。王者后也。

录偏战。恶诈战。

辞。丧娶贬夫人、辞取向、通可以已、以重书、幸蝝生之类是也。

立武宫日。

所见世昭、定、哀为见世

不殊会夷狄。会淮夷、伐吴、会申是也。后仍殊吴者，吴有进退。淮夷惟一见。

大夫卒，有恩礼不日。叔弓卒、去籥卒事是也。

外小恶讳。讥二名，于仲孙何忌、晋魏曼多同见例是也。

小国皆有大夫。曹公孙会、莒展、秦伯之弟鍼、邾娄快是也。

夷狄有爵。相灭则狄之是也。

夷国君得月卒。莒、吴、秦是也。

小国君日卒、月葬。

中国灭夷狄皆绝。晋伐鲜虞是也。

记陈火。存陈也。
录吴偏战。
微辞。定无正月、新作雉门、窃得宝玉、黄池之会是也。
立炀宫不日。

故宋

王三月。鲁用殷正，三月周四月，假为先代，示推远耳。不必用宋正。

僖

九年记宋公卒。
十二年记日食。
十九年记宋执滕子。

成

十一年记公至。

襄

四年记陈侯卒。
六年记杞伯卒。
十二年记莒伐。

昭

十八年记曹伯卒。
廿八年记曹葬。

定

十年记齐平。

哀

四年记杀蔡侯。
记五石六鹢。
记雨螽。
记宋灾。

新周

王二月。鲁二月，夏正月也。此建寅之统，而当周代假为周正耳。

隐

三年记日食。
十年记会中丘。

庄

二年记陈葬。

文

二年记彭衙。
十八年记公薨。

宣

二年记大棘。

成

十五年记卫葬。

襄

二十三年记日食。

廿六年记卫杀。

昭

廿一年记蔡葬。

廿四年记仲孙卒。

定

四年记陈侯卒。

哀

二年记伐邾娄。

九年记杞葬。

十年记邾娄子奔。

成周宣谢灾，王室乱。言不及外。

入于成周。为外词成周、东周。

城成周。与城缘陵、城邢同为亡国词。

王城西周。

王鲁

王正月元年。诸侯无元年。

书日食、地震、星孛，为天下记异。

诸侯来曰朝。公、大夫往诸侯王国皆言如。

内大夫会外诸侯。

卒内大夫同诸侯词。改诸侯薨为卒。

为中国进戎。盟会皆以内为主。

黜杞，庄廿七年伯朝、僖二十三年子卒是也。《春秋》伯、子、男一也，独杞伯、杞子有异，故知杞本大国也。褒邾娄、滕、薛。

内其国

小恶书，不言战。

莅盟、来盟，时。

公、大夫盟皆为不信词，书日。

大夫卒日。

讳灭同姓。成降于齐师是也。

讳杀大夫。刺公子买偃是也。

内不言火。

君出奔讳谓之孙。

取邑讳亟。

讳不能救。公次于郎、纪侯大去是也。

外诸夏

小恶不书，录偏战。言日败绩是也。

外盟不信，日。大信，时。

外大夫不卒。

灭同姓名。卫毁灭邢是也。

书杀大夫。

外灾不书。

君出奔同内大夫词。

取邑不书。

不耻不与。平丘之会，诸侯遂乱，反陈、蔡，君子不耻不与是也。

外夷狄

相诱不疾，无偏战。以诈词言之，鸡父是也。

吴会皆殊会。

莍、遂、札皆不氏。

不言获执。伐凡伯、顿子等灭是也。

无大夫。

不能朝谓之来，同奔词。

灭国不日。

不与楚词。

七等进退夷国表弟三

《春秋》设内外之法，《传》有七等之例，非以隔异夷狄，盖欲合于大同。《语》曰："夷狄之有君，不如诸夏之亡也。"吴无君，因札而许之。楚无君，因商臣而正之。一善一恶，乃立其义。诸夏则不然。齐无君，公可以及大夫盟。我无君，齐高子可以正我。大小相维，名义相许，不善则恶，无待渐进。王道既绝，中国即夷。乃有许、杞之伦，隳其大纲，亦有潞婴儿之为善，反见暴灭。圣人闵之，褒楚伯，贤秦难，重吴会，大追戎之师，先自治而后大一统，躬自厚而薄责于人。故七等之例，因世而异者也。今以夷国表于左方，以从夷例者附之，然后见严夏与夷之阋旨。而尊中国，攘戎狄，一曲之论，不足与窥圣皇之大经也。

子进

郲娄子克。庄十六年进。

楚子。僖廿一年霍会进，以当宋公。

楚子。文九年萩来聘进。自此进同大国。

吴子。襄十二年吴子乘卒。

吴子。襄廿五年吴子谒门于巢卒。

吴子。襄廿九年阍杀吴子余祭。皆为季子君父卒之。

吴子。襄廿九年使札进。

吴子。昭十五年夷昧卒。

吴子。定四年蔡侯以吴子伐楚进。

吴子。哀十三年晋侯及吴子会于黄池，进而不与。

秦伯。文十二年使遂来聘进。此后遂进。

徐子。昭四年会申进。

潞子。宣十五年晋以归进。

戎曼子。昭十六年楚诱进。

戎曼子赤。哀四年晋人执归楚进。

小邾娄子。僖七年来朝，此与荆改称楚同，皆不渐进。

字进

邾娄仪父。隐元年褒其盟眛。

邾娄仪父。桓十七年盟趡复进。

字退

名进

札。襄廿九年来聘，大夫同君进之。

介葛卢。僖廿九年春来、冬来，卅年侵萧，称人，使从无大夫国例见有大夫。

倪黎来。庄五年来朝始见。《传》曰：倪者，小邾娄。

名退

邾娄子益。哀十年讳灭。使从失地名例。归、奔皆例名。

楚子虔。昭十一年诱蔡，绝。

章禹。昭卅年失地奔楚，绝。

人进

荆人。庄廿三年来聘进。

楚人。僖元年伐郑，为屈完来踊进。

吴人。襄五年公会宋公等，吴人、鄫人于戚。《传》曰：吴何以称人？吴、鄫人则不词，此吴人非进，以鄫人而人之，起灭鄫耳。上钟离殊会吴，此会不殊，进有明文，善稻、柤、向皆殊吴，故为此发《传》，明进仍不进之例。

秦人。文三年伐晋不狄。

徐人。僖十七年伐英氏又进，起上不以楚狄徐。

狄人。僖十八年伐卫进。以上救齐敌宋，未能褒，故于此进。下盟邢亦人之。

越人。昭五年楚子等伐吴始见，称人，以楚主会人之。

人退

邾娄人。桓十五年朝桓，退见本等。

楚人。僖廿一年献捷退。

楚人。僖廿七年围宋贬。

秦人。僖卅三年始见。

徐人。僖三年始见。

牟人、葛人。桓十五年朝一见。

江人、黄人。僖二年盟，僖三年会，又四年伐陈，皆人。

巴人。文十六年灭庸一见。

氏进

潞氏。宣十五年晋灭进。

氏退

甲氏。宣十六年晋灭始见。

英氏。僖十七年齐人、徐人伐一见。

国进

吴。成七年伐郯始见。

吴。成十五年会吴于钟离，殊会吴从狄例。自是后终《春秋》皆狄吴。

吴。昭十七年，楚人及吴战于长岸复狄。以后皆狄，明五吴子非实进。

赤狄。宣三年始见。

白狄。宣八年始见。

山戎。庄卅年以齐侯贬称人进。

北戎。僖十年齐、许伐始见。

伊雒戎。文八年盟于暴始见。

贲浑戎。宣三年楚子伐、昭十七年晋灭两见。

越。昭卅二年吴伐越，八年陈招放越，皆以名通。

於越。定五年入吴，未能名通，后皆言於越。定十四年败吴醉李。哀十三年入吴。

舒蓼。宣八年楚灭。

留吁。宣十六年晋灭。

将咎如。成三年晋、卫伐。

舒庸。成十七年楚灭。

舒鸠。襄廿五年楚灭。

淮夷。昭四年伐吴会申，不殊。

国退

吴。定四年入楚退，子称国，见其君罪。

秦。僖卅三年败殽狄。

秦。文十年伐晋狄。

徐。僖十五年退，称楚人，败徐于娄林，起上灭杞。

州退

荆。庄十年始见。

荆。庄廿八年伐郑退。

狄。闵二年始见。

狄。僖廿一年侵卫复退。

戎。隐二年公会不褒进，见治戎狄，无臣服之义。

戎。庄卅一年以齐献捷，复见本等。

爵进

杞伯。庄廿七年来朝。

杞伯。文十二年来朝。

杞伯。成五年同盟，以后成七年、九年、十八年皆伯。襄元年见杞人。

杞伯。襄六年日卒、时葬、称公。九年、十年、十一年会称伯。十四年见杞人。十六年、十八年、廿年、廿二年皆伯。廿三年卒伯。日卒时葬同姑容皆进。

杞伯。昭六年卒月葬时。十三年会后复进伯。

爵退

杞子。僖廿三年卒。

杞子。僖廿七年来朝。

杞子。襄廿九年来盟。卅年见杞人。

蔡桓侯。桓十六年葬从夷例，与柔会叔相起。

字进

蔡季。桓十七年自陈归。

纪季。庄三年以酅录。

祭叔。庄廿三年来聘。

萧叔。庄廿三年朝公。

蔡叔。桓十一年柔会。

蔡昭吴。昭十五年奔郑以师楚，故先名后字。

字退

许叔。桓十五年入许为失国，贬。

名进

穀伯绥。桓七年来朝。

邓侯吾离。桓七年来朝。此当名，而称爵即进例。

名退

卫侯朔。自庄六年入卫，俱名，犯命，绝。

陈佗。桓六年蔡人杀，淫绝。

郑伯突。桓十一年突归郑，俱名，绝。

蔡侯献舞。庄十年荆以之归，获绝。

卫侯毁。僖廿五年灭同姓，绝。

卫侯郑。僖廿八年归卫名，失地绝。

曹伯襄。僖廿八年复归曹名，获绝。

卫侯衎。襄廿六年复归卫名，失地绝。

北燕伯款。昭三年出奔齐。

蔡侯般。昭十一年楚诱杀之。

蔡侯庐。昭十三年归蔡。

陈侯吴。昭十三年归陈。皆失地绝。

莒子庚舆。昭廿三年来奔，失地绝。

沈子嘉。定四年蔡灭以之归，杀之，获绝。

许男斯。定六年郑灭以之归。

胡子豹。定十五年楚灭以之归。皆获绝。

人进

莒人。隐八年九月，辛卯公及盟包来。

人退

齐人。庄卅年伐山戎贬。

陈人、蔡人、楚人、郑人。僖十九年，公会陈人等，盟于齐，言公会，知皆君也，而助齐拒宋，贬。

蔡人。哀三年放其大夫，致盗杀，贬。

国退

莒。文七年徐伐莒为两狄词，起徐、莒灭杞。

郑。成四年亟葬伐许，退。

晋。昭十二年伐鲜虞，狄晋，起助楚比杀君。

朝聘会遇例表第四

一、朝例

《春秋》王鲁，而朝王、如齐，著事天子、方伯之义者，托王非实王也。义者不致，其余皆致，不于来朝见义者，内无自贬之道也。齐、晋当朝，或致不致，或月不月，各见其义。楚不当朝，故公如必月且致，危之即讥之也。朝而日，如从内大夫聘例，明王者有邦交无事人也。如京师见不朝王，然无讥文，则言朝王者皆讥王，明内以如为正也。朝内者十七国，邾娄、曹、滕、薛、纪、杞、榖、邓、牟、葛、部、郯、鄫、介、倪，盖鲁公尝为州伯所旧统也，萧及白狄，见一附庸，一远夷，明托王故无所不统也。不言来朝直言来者，不能朝与无礼同词，以别于有事来者也。

公如正例时不致

无。即朝王正例，故不见。

变例如时致时

文三年冬，公如晋。四年春至。

宣四年秋，公如齐。夏至。

五年春，公如齐。夏至。

十年春，公如齐。至。

成三年夏，公如晋。至。

四年，公如晋。秋至。

十八年，公如晋。至。

襄三年，公如晋。至。

四年冬，公如晋。五年春至。

十二年，公如晋。十三年春至。

昭十五年冬，公如晋。十六年夏至。

廿七年春，公如齐。至。

公如齐。至。

变例如月不致

僖十年春王正月，公如齐。

十五年春王正月，公如齐。

成十三年三月，公如京师。

变例如月致月

僖卅三年冬十月，公如齐。十有二月至。

襄廿八年十有一月，公如楚。夏五月至。

昭七年三月，公如楚。九月至。

变例如时致月

文十三年冬，公如晋。十四年春王正月至。会斐、沓，详录喜之。

宣十年夏，公如齐。五月至。

成十年，公如晋。十一年春王三月至。前如去冬，故至加月。

昭五年，公如晋。秋七月至。

变例如月致时

宣九年春王正月，公如齐。至。

襄八年春王正月，公如晋。至。危会鄢。

廿一年春王正月，公如晋。夏至。

变例以事如时致时

庄廿二年冬，公如齐。纳币。廿三年春至。

廿三年夏，公如齐。观社。至。

廿四年夏，公如齐。逆女。秋至。公如始于庄事仇，知公无书如之道。

变例如时复时

昭二年冬，公如晋，至河乃复。

十二年，公如晋，至河乃复。

廿一年，公如晋，至河乃复。

廿三年冬，公如晋，至河，公有疾，乃复。

变例如月复时

定三年春王正月，公如晋，至河乃复。自此不复见公如，太平文治成。

变例如时次时致时

昭廿八年公如晋，次于乾侯。

廿九年春，公至自乾侯，居于运。

变例如时次时在月

昭廿九年，公如晋，次于乾侯。

卅年春王正月，公在乾侯。

变例如时丧至日

桓十八年，公夫人姜氏遂如齐。丁酉，公之丧至。

来朝正例见本爵不名时

桓二年，滕子来朝。

六年冬，纪侯。

庄廿七年，杞伯。

僖七年夏，小邾娄子。

廿年夏，郜子。

文十一年秋，曹伯。

十二年，杞伯。秋，滕子。

十五年夏，曹伯。

宣元年秋，邾娄子。

成四年，杞伯。

十八年秋，杞伯。

襄元年，邾娄子。

六年，滕子。

七年春，郯子、小邾娄子。

廿一年，曹伯。

廿八年，邾娄子。

昭三年秋，小邾娄子。

十七年春，小邾娄子。秋，郯子。

哀二年夏，滕子。

侯朝不名时子朝同

隐十一年春，滕侯、薛侯来朝。

僖廿七年春，杞子来朝。

见本爵名时

桓七年夏，穀伯绥来朝。邓侯吾离来朝。

名朝时

庄五年秋，倪黎来来朝。

字朝时

庄廿三年，萧叔朝公。不言来，起上齐侯至榖为至国也。

人朝时

桓十五年，邾娄人、牟人、葛人来朝。

使来朝时

桓九年冬，曹伯使其世子射姑来朝。

僖十四年，使鄫子来朝。

朝子时

僖五年，杞伯姬来朝其子。

来朝变例月

成六年夏六月，邾娄子来朝。

七年夏五月，曹伯来朝。

不能朝言来正例时

僖廿九年春，介葛卢来。冬，介葛卢来。

襄十八年春，白狄来。

变例月

桓六年春正月，实来。

庄卅一年六月，齐侯来。献我捷。

非朝言来时

庄廿七年冬，杞伯姬来。

闵元年冬，齐仲孙来。

僖廿八年秋，杞伯姬来。

宣五年冬，齐高固及子叔姬来。

来会正例时

定十四年，邾娄子来会公。

变例月

定十五年九月，滕子来会葬。

来逆正例时

桓八年，祭公来，遂逆王后于纪。

庄廿七年，莒庆来逆叔姬。

僖廿五年，宋荡伯姬来逆妇。

变例月

隐二年九月，纪履緰来逆女。

宣五年秋九月，齐高固来逆子叔姬。

成九年春王正月，杞伯来逆叔姬之丧。

来归正例时

闵元年，季子来归。

宣十六年秋，郯伯姬来归。

庄六年冬，齐人来归卫宝。

文九年，秦人来归僖公、成风之襚。

定十年，齐人来归运、欢、龟阴之田。

变例月

文十五年十有二月，齐人来归子叔姬。

成五年春王正月，杞叔姬来归。

来盟正例时

襄廿九年，杞子来盟。

闵二年冬，齐高子来盟。

僖四年夏，楚屈完来盟于师。

变例月

文十五年三月，宋司马华孙来盟。

来媵时

成八年，卫人来媵。

九年，晋人来媵。

十年，齐人来媵。

来求时

隐三年秋，武氏子来求赙。

文九年春，毛伯来求金。

来输时

隐六年春，郑人来输平。

二、聘例

聘者，邦交之常。王于诸侯，有使事，无聘道，故内大夫出聘不言聘，通言如也。而频见王使来聘，若无讥文者，降同列国，讥意自明。又以托王，且因见王官之等级，故不杀也。其余内如外使，皆各有起义，非书聘事，故通时录而已。其有月者，重在本事。然则聘例时，实当言聘例月，经无月例，聘罕特书，是以仍为时例也。鲁、卫至亲，内唯一往，鲁、郑昵近，仅一莅盟，而惑者犹欲依经以见事，不亦蔽乎？

如京师正例时

僖卅年，公子遂。

文元年，叔孙得臣。

八年，公孙敖。不至，复。

宣九年夏，仲孙蔑。

襄廿四年，叔孙豹。

变例月

文九年二月，叔孙得臣。

昭廿二年六月，叔鞅。

如齐正例时

庄卅二年，公子庆父。讳奔。

僖七年，公子友。

十三年冬，公子友。

廿八年，公子遂。

文元年，公孙敖。

十四年冬，单伯。

十七年，公子遂。

十八年秋，公子遂、叔孙得臣、季孙行父。

宣元年，公子遂。逆女。夏，季孙行父、公子遂。

十年，公孙归父、季孙行父。冬，公孙归父。

成十一年秋，叔孙骄如。

襄廿年，叔老。

昭九年秋，仲孙貜。

定十年，叔孙州仇。

哀五年冬，叔还。

僖三年冬，公子友如齐莅盟。

昭七年，叔孙舍如齐莅盟。

变例月

宣八年夏六月，公子遂。至黄乃复。

如晋正例时

僖卅年，遂如晋。公子遂如京师。

卅一年，公子遂。

文五年夏，公孙敖。

六年秋，季孙行父。

十五年春，季孙行父。秋，季孙行父。

宣十八年，公孙归父。还奔。

成六年夏，公孙婴齐。冬，季孙行父。

十一年夏，季孙行父。

襄四年夏，叔孙豹。

五年，叔孙豹、鄫世子巫。

六年，季孙宿。

九年夏，季孙宿。

十六年冬，叔孙豹。

十九年，季孙宿。

廿四年春，叔孙豹。

廿八年，仲孙偈。

廿九年冬，仲孙偈。

昭二年夏，叔弓、季孙宿。

六年夏，季孙宿。

八年，叔弓。

十六年，季孙隐如。

定六年夏，季孙斯、仲孙何忌。

变例月

文六年冬十月，公子遂。

昭十年九月，叔孙舍。

廿三年春王正月，叔孙舍。见执舍。

如宋正例时

文十年，公子遂。

成五年，仲孙蔑。

九年夏，季孙行父。致女。

襄二年，叔孙豹。

廿年，季孙宿。

昭廿五年春，叔孙舍。

变例月

襄卅年秋七月，叔弓。

昭十一年春王正月，叔弓。

如楚时

昭六年冬，叔弓。太平进楚成伯。

如陈时

庄廿五年冬，公子友。

廿七年秋，公子友。葬原仲。

文六年夏，季孙行父。公子友两如皆非聘，故一见正。

如莒时

成八年，公孙婴齐。莒有大夫，故见聘文进之。

文七年冬，公孙敖如莒莅盟。

如卫时

襄七年秋，季孙宿。凡聘不书，从卫一见，乃明其例。

如滕时

昭三年夏，叔弓。进滕同大国。

如牟时

僖五年夏，公孙慈如牟。闻世见聘微国，则凡聘不书可知。

如郑时

定十年冬，叔还如郑莅盟。见世见如郑，犹非正聘，则聘不书明矣。

夫人如正例时

庄十五年夏，夫人姜氏如齐。

十九年，大人姜氏如莒。

文九年，夫人姜氏如齐。

变例月

庄廿年春王二月，夫人姜氏如莒。

夫人如师时

庄五年夏，夫人姜氏如齐师。比国佐，例请盟词也。不月者，女子有会父之道。

外如正例时

桓五年夏，齐侯郑伯如纪。冬，州公如曹。

外如会时

僖廿八年，陈侯如会。践土。

襄七年，郑伯髡原如会。鄬。

王聘时

隐七年冬，天王使凡伯。

九年春，使南季。

桓四年夏，使宰渠伯纠。

五年，使仍叔之子。

八年，使家父。

僖卅年冬，使宰周公。

宣十年秋，使王季子。

齐聘时

隐七年，齐侯使其弟年。

桓三年冬，使其弟年。

僖卅三年，使国归父。

宣十年，使国佐。

襄廿七年春，使庆封。

宋聘时

成四年春，宋公使华元。

八年，使华元。

襄十五年春，使向戌。下及向戌盟。

昭十二年夏，使华定。

晋聘时

成八年，晋侯使士燮。

十一年，使郤州。

十八年，使士匄。

襄元年，使荀罃。

八年，使士匄。

十二年夏，使士彭。

廿六年夏，使荀吴。

廿九年，使士鞅。

昭二年春，使韩起。

廿一年夏，使士鞅。

月

成三年冬十有一月，使荀庚。下及荀庚盟。

楚聘时

文九年冬，楚子使萩。

月

襄卅年春王正月，使薳颇。

卫聘时

文四年，卫侯使宁遨。

成三年，使孙良夫。下及良夫盟。
襄元年冬，使公孙剽。

月

襄七年冬十月，使孙林父。良夫寻盟不月，嫌卫聘不当月，故特见例。

陈聘时

庄廿五年春，陈侯使文叔。

秦聘时

文十二年，秦伯使遂。

郑聘时

襄五年夏，郑伯使公子发。

吴聘时

襄廿九年，吴子使札。

来聘不言使时

庄廿三年，祭叔来聘。荆人来聘。皆无大夫，故不称使。

使来锡正例时

庄元年，王使荣叔来锡桓公命。
文元年，天王使毛伯来锡公命。

变例月

成八年秋七月，天子使召伯来锡公命。

使来求正例时

无。从求金见之。

变例月

桓十五年春二月，天王使家父来求车。

使来归正例时

定十四年，天王使石尚来归脤。

变例月

隐元年秋七月，天王使宰咺来归惠公、仲子之赗。

八年三月，郑伯使宛来归祊。

使来会时

文元年，天王使叔服来会葬。

五年，王使召伯来会葬。

使来盟时

桓十四年，郑伯使其弟语来盟。

宣七年春，卫侯使孙良夫来盟。

使来献时

僖廿一年，楚人使宜申来献捷。

使来纳时

成八年夏，宋公使公孙寿来纳币。

使来言时

成八年春，晋侯使韩穿来言汶阳之田。归之于齐。

使来乞时

成十三年春，晋侯使郤锜来乞师。

十六年，栾黡。

十七年，荀罃。

十八年，士彭。皆晋侯使来乞师。

使来唁时

昭廿九年，齐侯使高张来唁公。

使不言来时

昭卅一年，晋侯使荀栎唁公于乾侯。非内地，故不言来。

使如例时

襄三年，陈侯使袁侨如会。鸡泽。

变例月

成二年秋七月，齐侯使国佐如师。

归不言来月

文五年春王正月，王使荣叔归含，且赗。

三、会例

《传》曰“离会不书”，以为无所正也。又曰齐桓会不日，信之也。然则内会以内为正，正则无不信，故会一国皆时、不致，正也。不信而后盟，不待盟而已知其不信矣。故会盟于会日焉，亦治内也，会伐则无不危矣，故伐必致也。《春秋》盖恶众盟者。唯有伯则有同盟，其例尤繁，而要主于会，故详表之。

公会一国正例时不致

隐九年冬，于邴。齐侯。

桓三年，于欢。齐侯。

十一年，夫童。宋公。

十二年，于郯。宋公。

十五年，于鄗。齐侯。四会皆不从桓会例，各有所讳。

庄廿七年春，于洮。杞伯姬。冬，城濮。齐侯。

宣元年，平州。齐侯。

变例月不致

隐十一年夏五月，祁黎。

桓元年三月，于垂。皆会郑伯，桓例月，隐亦月者，危其结不信之郑以入许故。

三年春正月，于嬴。齐侯。六月，于盛。

六年夏四月，于成。皆纪侯。成盛也，为下盛伯见。

十一年冬十有二月，于阚。

十二年冬十有一月，于龟。皆宋公。

十四年春正月，于曹。郑伯。月，为桓会正例，即会变例。

变例时致

定十年，颊谷。齐侯。会师附。

定八年，于瓦。晋师。

公会二国以上正例时不致

僖十三年，于咸。齐、宋、陈、卫、郑、许、曹君。

成十二年夏，沙泽。晋、卫君。

变例月不致

隐十年春王二月，中丘。齐、郑君。

桓十六年春正月，于曹。宋、蔡、卫君。

僖元年八月，于柽。齐、宋、郑、曹君，邾娄人。

襄七年十有二月，于鄬。晋、宋、陈、卫、曹、莒、邾娄君。郑伯卒会，故讳不致。

变例时致

宣七年冬，黑壤。晋、宋、卫、郑、曹君。

襄廿一年，商任。晋、齐、宋、卫、郑、曹、莒、邾娄君。

廿二年，沙随。晋、齐、宋、卫、郑、曹、莒、邾娄、滕、薛、杞、小邾娄君。

廿四年，陈仪。晋、宋、卫、郑、曹、莒、邾娄、滕、薛、杞、小邾娄君。

定十四年，于坚。齐、卫侯。

变例月致

僖十六年冬十有二月，于淮。齐、宋、陈、卫、郑、许、邢、曹君。致会始此，伯衰，故致。内不能伯，又不能正，故月。

襄十六年三月，溴梁。晋、宋、卫、郑、曹、莒、邾娄、薛、杞、小邾娄君。下见大夫盟故月。

公会君大夫正例时不致

哀十二年秋，于运。卫侯、宋皇瑗。致太平从大信。

变例时致

襄五年，于戚。晋、宋、陈、卫、郑、曹、莒、邾娄、滕、薛君，齐世子光，吴、鄫人。

变例月致

定四年三月，召陵。刘子，晋、宋、蔡、卫君，陈子，郑、许、曹、莒、邾娄、顿、胡、滕、薛、小邾娄君。齐国夏侵楚。五月，诸侯盟于浩油。

公会大夫正例时不致

襄廿六年，澶渊。晋人，郑良霄，宋、曹人。宋在郑下，使若实徵者，起下澶渊皆卿而称人。

变例月不致

成二年十有一月，于蜀。楚公子婴齐。不讳，故月。

公会狄正例时不致

隐二年春，于潜。戎。

哀七年夏，于鄫。吴。

十二年，橐皋。吴。

公殊会狄时不致

襄十年，会吴于柤。公会晋、宋、卫、曹、莒、邾娄、滕、薛、杞、小邾娄君，齐世子光。

公及会正例时不致

僖五年，会王世子于首戴。公及齐、宋、陈、卫、郑、许、曹君。后凡盟月。

十年，会齐侯于阳谷。公及夫人姜氏。

变例会及时致

哀十三年，公会晋侯及吴子于黄池。

公会先地后事正例时不致

僖九年夏，葵丘。宰周公，齐侯，宋子，卫、郑、许、曹君。戊辰，诸侯盟于葵丘，与首戴同，以不殊会为异。

廿八年冬，于温。晋、齐、宋、蔡、郑君，陈子，莒、邾娄君，秦人。壬申，公朝于王所，诸侯遂围许。公至自围许，使若异事。

变例时致

襄廿五年，陈仪。晋、宋、卫、郑、曹、莒、邾娄、滕、薛、杞、小邾娄君。秋八月己巳，诸侯同盟于重丘。

变例月不致

桓二年三月，于稷。齐、陈、郑君。以成宋乱。

十五年冬十有一月，于侈。齐、宋、卫、陈君。伐郑。丧至附。

桓十八年春王正月，于泺。齐侯。公夫人姜氏遂如齐。

公会先事后地不目不凡致

襄十一年，会于萧鱼。大会词。

公会弗遇时不致

桓十年秋，公会卫侯于桃丘，弗遇。

桓会例月，嫌危在弗遇，故不月。

公会不见时致

成十六年，公会晋、齐、卫侯，宋华元，邾娄人于沙随。不见公。

公会不同盟时致

昭十三年秋，公会刘子，晋、齐、宋、卫、郑、曹、莒、邾娄、滕、薛、杞、小邾娄君于平丘。八月甲戌，同盟于平丘。公不与盟。

公会一国盟正例日会时盟不致

隐六年夏五月辛酉，公会齐侯，盟于艾。

桓十二年丙戌，公会郑伯，盟武父。

庄廿三年十有二月甲寅，公会齐侯，盟于扈。

变例致

定十二年冬十月癸亥，公会晋侯，盟于黄。太平谨录内不见信，故致。

公会众盟正例日会时盟不致

桓十二年夏六月壬寅，公会纪侯、莒子，盟殴蛇。秋七月丁亥，公会宋公、燕人，盟于谷丘。

十七年春正月丙辰，公会齐、纪侯，盟于黄。

僖廿五年冬十有二月癸亥，公会卫子、莒庆，盟于洮。

廿六年春王正月己未，公会莒子、卫宁遬，盟于向。

廿八年五月癸丑，公会晋侯、齐侯、宋公、蔡侯、郑伯、卫子、莒子，盟于践土。

变例致

襄廿年夏六月庚申，公会晋侯、齐侯、宋公、卫侯、郑伯、曹伯、莒子、邾娄子、滕子、薛伯、杞伯、小邾娄子，盟于澶渊。

公会人盟正例月会时盟不致

僖廿九年夏六月，公会王人、晋人、宋人、齐人、陈人、蔡人、秦人，盟狄泉。

变例时会时盟不致

僖十九年冬，公会陈人、蔡人、楚人、郑人，盟于齐。贬君称人，讳从大信词。

公会君时会时盟不致

庄十三年冬，公会齐侯，盟于柯。大信例。信不在我，故不得为正盟，必日会也。

变例时会时盟致

昭廿六年秋，公会齐侯、莒子、邾娄子、杞伯，盟剸陵。公在外，讳从大信词，实不信，故致。

公会同盟正例月会时盟不致

庄廿七年夏六月，公会齐侯、宋公、陈侯、郑伯，同盟于幽。

变例日会时盟致

宣十七年己未，公会晋侯、卫侯、曹伯、邾娄子，同盟于断道。

成五年十有二月己丑，公会晋、齐、宋、卫、郑、曹、邾娄、杞，君。同盟于虫牢。

十五年癸丑，公会晋、卫侯，郑、曹伯，宋世子戌，齐国佐，邾娄人，同盟于戚。

变例月会日盟致

襄三年六月，公会单子、晋侯、宋公、卫侯、郑伯、莒子、邾娄子、齐世子光。己未，同盟于鸡泽。

文十四年六月，公会宋公、陈侯、卫侯、郑伯、许男、曹伯、晋赵盾。癸酉，同盟于新城。

变例时会时盟致

成九年，公会晋侯、齐侯、宋公、卫侯、郑伯、曹伯、莒子、杞伯，同盟于蒲。亦讳从大信例，故致。

公兵会后同盟先目后凡时会日盟致

成七年，公会晋侯、齐侯、宋公、卫侯、曹伯、莒子、邾娄子，救郑。八月戊辰，同盟于马陵。

十七年夏，公会尹、单子，晋、齐侯，宋公，卫侯，曹伯，邾娄人，伐郑。六月乙酉，同盟于柯陵。以上皆致，会得意例。

襄十一年，公会晋侯、宋公、卫侯、曹伯、齐世子光、莒子、邾娄子、滕子、薛伯、杞伯、小邾娄子，伐郑。秋七月己未，同盟于京城北。此从不得意例，致伐。

变例先目后言诸侯时会日盟不致

襄九年冬，公会晋侯、宋公、卫侯、曹伯、莒子、邾娄子、滕子、薛伯、杞伯、小邾娄子、齐世子光，伐郑。十有二月己亥，同盟于戏。

变例先目公后会日会时盟不致

僖廿一年十有二月癸丑，公会诸侯，盟于薄。秋，宋、楚、陈、蔡、郑、许、曹君会霍。

廿七年十有二月甲戌，公会诸侯，盟于宋。冬，楚人，陈、蔡侯，郑伯，许男，围宋。

变例先不目月会时盟不致

文七年秋八月，公会诸侯、晋大夫，盟于扈。不目，讳例明，故不致。

公先会诸侯后盟同地时会日盟不致

僖九年夏，公会宰周公、齐侯、宋子、卫侯、郑伯、许男、曹伯于葵丘。九月戊辰，诸侯盟于葵丘。

不同地时会日盟致

襄廿五年，公会晋侯、宋公、卫侯、郑伯、曹伯、莒子、邾娄子、滕子、薛伯、杞伯、小邾娄子于陈仪。秋八月己巳，诸侯同盟于重丘。

公先会不与盟同地不言诸侯时会日盟致

昭十三年秋，公会刘子、晋侯、齐侯、宋公、卫侯、郑伯、曹伯、莒子、邾娄子、滕子、薛伯、杞伯、小邾娄子于平丘。八月甲戌，同盟于平丘，公不与盟。

公会伐时致会时

成十六年，公会尹子、晋侯、齐国佐、邾娄人，伐郑。

变例致伐时

宣七年夏，公会齐侯，伐莱。

襄七年，公会晋侯，宋公，卫侯，曹伯，莒子，邾娄子，齐世子光，滕子，薛、杞伯，小邾娄子，伐郑。

变例致伐月

成十七年冬，公会单子、晋侯、宋公、卫侯、曹伯、齐人、邾娄人，伐郑。

变例会月致月

桓十六年夏四月，公会宋公，卫、陈、蔡侯，伐郑。

成三年春王正月，公会晋侯、宋公、卫侯、曹伯，伐郑。

公会遂伐会月致月

僖四年春王正月，公会齐侯、宋公、陈侯、卫侯、郑伯、许男、曹伯，侵蔡，遂伐楚。

成十三年夏五月，公自京师，遂会晋、齐、宋、卫、郑、曹，君。邾娄、滕人，伐秦。

公会月伐时不致

成十年五月，公会晋、齐侯，宋公，卫侯，曹伯，伐郑。义兵，故不致。危，故月。

公会人伐时不致

庄廿六年秋，公会宋、齐人，伐徐。

变例会时致

庄五年冬，公会齐、宋、陈、蔡人，伐卫。

公会狄伐时致月

哀十年，公会吴，伐齐。

变例月不致

哀十一年五月，公会吴，伐齐。

公会伐盟时致会

成十七年夏，公会尹、单子，晋、齐侯，宋公，卫侯，曹伯，邾娄人，伐郑。同盟柯陵。

变例致伐

襄十一年公会晋、宋、卫、曹，君。齐世子光，莒、邾娄、滕、薛、杞、小邾娄，君。伐郑。同盟京城北。

公会围时致围

僖廿八年冬，公会晋、齐、宋、蔡、郑，君。陈子，莒、邾娄，君。秦人于温。诸侯遂围许。

公会伐围时致伐

僖六年夏，公会齐、宋、陈、卫、曹，君。伐郑，围新城。

变例围月致伐

襄十八年冬十月，公会晋、宋、卫、郑、曹、莒、邾娄、滕、薛、杞、小邾娄，君。同围齐。

公会伐又会时致会

襄十一年，公会晋、宋、卫、曹，君。齐世子光，莒、邾娄、滕、薛、杞、小邾娄，君。伐郑。会于萧鱼。

公会救时正例不致

庄廿八年，公会齐、宋、邾娄人，救郑。

变例致救

襄五年，公会晋、宋、卫、郑、曹、莒、邾娄、滕、薛，君。齐世子光，救陈。

变例致会

成七年，公会晋、齐、宋、卫、曹、莒、邾娄、杞，君。救郑。日同盟于马陵。

公会及战会月战日

桓十三年春二月，公会纪侯、郑伯。己巳，及齐、宋、卫，君。燕人战。凡日月不相蒙，会事不相联，皆以此见例。

公会伐先地月不致

桓十五年冬十有一月，公会齐侯、宋公、卫侯、陈侯于袲，伐郑。

公会侵先地月致

定四年三月，公会刘子，晋侯，宋公，蔡、卫侯，陈子，郑伯，许男，曹伯，莒、邾娄、顿、胡、滕子，薛、杞伯，小邾娄子，齐国夏于召陵，侵楚。诸侯月，盟浩油。

外君会正例时

桓二年，蔡侯、郑伯会于邓。始志外会。

定十年冬，齐卫侯、郑游遬会于窜。太平录外会。

十四年秋，齐侯、宋公会于洮。太平录离会。

外君会人时

庄十三年春，齐侯，宋、陈、蔡、邾娄人会于北杏。齐始伯。

会狄时

宣十一年秋，晋侯会狄于欑函。录晋同内词，所以扶伯。

会师时

宣元年，宋公，陈、卫侯，曹伯，会晋师于斐林。君不会大夫。

会公时

文十三年，卫侯会公于沓。郑伯会公于棐。

遂会时

僖廿八年，遂会诸侯。围许。曹伯襄得内词。

会盟时

僖十九年，鄫子会盟于邾娄。若内盟以起内恶。

伯会时

庄十五年春，齐侯，宋公，陈、卫侯，郑伯，会于鄄。成齐伯。

僖廿一年秋，宋公，楚子，陈、蔡侯，郑伯，许男，曹伯，会于霍。成宋伯。

昭四年夏，楚、蔡、陈、郑、许、徐、滕、顿、胡、沈、小邾娄，君。宋世子佐，淮夷，会于申。成楚伯。以起托伯讨。

大会时

僖三年秋，齐侯、宋公、江人、黄人会于阳谷。

襄三十年，晋、齐、宋、卫、郑、曹、莒、邾娄、滕、薛、杞、小邾娄人会于澶渊。宋灾故。宋人不殊，故知大会。

散会时

文十七年，诸侯会于扈。十五年盟扈再，为散词以相起。

伯会变例月

宣九年九月，晋侯，宋公，卫侯，郑、曹伯，会于扈。晋侯卒。

录伯会，故月。

内大夫会大夫正例时

文十一年夏，叔彭生会晋郤缺于承匡。

宣十五年，仲孙蔑会齐高固于牟娄。

成五年夏，叔孙骄如会晋荀秀于穀。

襄二年冬，仲孙蔑会晋荀䓨，齐崔杼，宋华元，卫孙林父，曹、邾娄、滕、薛、小邾娄人于戚。

十四年冬，季孙宿会晋士匄，宋华阅，卫孙林父，郑公孙囆，莒、邾娄人于戚。

十九年，叔孙豹会晋士匄于柯。

廿七年夏，叔孙豹会晋赵武，楚屈建，蔡公孙归生，卫石恶，陈孔瑗，郑良霄，许、曹人于宋。盟。

昭元年，叔孙豹会晋赵武，楚公子围，齐国酌，宋向戌，卫齐恶，陈公子招，蔡公孙归生，郑轩虎，许、曹人于漷。

十一年秋，季孙隐如会晋韩起，齐国酌，宋华亥，卫北宫佗，郑轩虎，曹、杞人于屈银。

廿五年夏，叔倪会晋赵鞅，宋乐世心，卫北宫喜，郑游吉，曹、邾娄、滕、薛、小邾娄人于黄父。

卅一年，季孙隐如会晋荀栎于适历。

变例月

襄二年秋七月，仲孙蔑会晋荀䓨，宋华元，卫孙林父，曹、邾娄人于戚。

会君大夫时

襄八年，季孙宿会晋侯，郑伯，齐、宋、卫、邾娄人于邢丘。

会君时

庄十四年冬，单伯会齐侯、宋公、卫侯、郑伯于鄄。

文元年秋，公孙敖会晋侯于戚。

十六年春，季孙行父会齐侯于阳谷。弗及盟。

宣十四年冬，公孙归父会齐侯于穀。

十五年春，公孙归父会楚子于宋。

昭九年春，叔弓会楚子于陈。

殊会正例月

成十五年冬十有一月，叔孙骄如会晋士燮、齐高无咎、宋华元、卫孙林父、郑公子鰌、邾娄人，会吴于钟离。

不殊会时

襄五年，仲孙蔑、卫孙林父会吴于善稻。

内二大夫殊会月

襄十四年春王正月，季孙宿、叔老会晋士匄，齐、宋、卫人，郑公孙囆，曹、莒、邾娄、滕、薛、杞、小邾娄人，会吴于向。

内大夫会狄不殊会时

哀六年，叔还会吴于柤。

会君盟正例会盟皆时

昭十一年，仲孙貜会邾娄子，盟于侵羊。

桓十一年，柔会宋公、陈侯、蔡叔，盟于折。

会君大夫盟会月盟时

文二年夏六月，公孙敖会宋公、陈侯、郑伯、晋士縠，盟于垂敛。

同盟会月盟时

成十八年十有二月，仲孙蔑会晋侯、宋公、卫侯、邾娄子、齐崔杼，同盟于虚朾。

会大夫盟正例会日盟时

文八年冬十月壬午，公子遂会晋赵盾，盟于衡雍。

会狄盟会日盟时

文八年乙酉，公子遂会伊雒戎，盟于暴。

会大夫伐正例时帅师会见伐例

成八年，叔孙骄如会晋士燮，齐、邾娄人，伐郯。

变例月

襄十四年夏四月，叔孙豹会晋荀偃，齐、宋人，卫北宫结，郑公孙囆，曹、莒、邾娄、滕、薛、杞、小邾娄人，伐秦。

会君大夫伐时

襄十六年，叔老会郑伯、晋荀偃、卫宁殖、宋人，伐许。

会人伐时

宣十一年，公孙归父会齐人，伐莒。

变例月

文三年春王正月，叔孙得臣会晋、宋、陈、卫、郑人，伐沈。善之。

会师伐时

庄三年春王正月，溺会齐师伐卫。

会伐时

庄十四年夏，单伯会伐宋。先目。

会大夫围次城皆时

襄元年，仲孙蔑会晋栾黡，宋华元，卫宁殖，曹、莒、邾娄、滕、薛人，围宋彭城。

襄元年，仲孙蔑会齐崔杼，曹、邾娄、杞人，次于合。

襄廿九年，仲孙偈会晋荀盈，齐高止，宋华定，卫世叔齐，郑公孙段，曹、莒、邾娄、滕、薛、小邾娄人，城杞。

昭卅二年冬，仲孙何忌会晋韩不信，齐高张，宋仲幾，卫世叔申，郑国参，曹、莒、邾娄、薛、杞、小邾娄人，城成周。

会人救时

文九年，公子遂会晋、宋、卫、许人，救郑。

外大夫会时

昭廿七年秋，晋士鞅，宋乐祁犁，卫北宫喜，曹、邾娄、滕人，会于扈。优内，特录之。

四、遇例

遇者，杀礼而会。离会不书，离遇则书，皆在传闻之世，所以拨乱也。记外相遇，凡以为内，亦记正遇以正邦交。《礼》曰："遇以协诸侯之虑。"盖会非正，遇为正乎？王者以会统诸侯，诸侯以遇相协，故遇简于会，而太平无所用遇矣。

内遇正例时

隐四年夏，公及宋公遇于清。

庄廿三年，公及齐侯遇于穀。

卅年冬，公及齐侯遇于鲁济。

变例非遇言遇月

僖十四年夏六月，季姬及鄫子遇于防。

外遇例时

隐八年春，宋公、卫侯遇于垂。

庄卅二年夏，宋公、齐侯遇于梁丘。

众遇例时

庄四年夏，齐侯、陈侯、郑伯遇于垂。

锡求献例表弟五

王者，天下所归往也。圣人作而万物睹，凡有血气者，莫不尊亲，故不喜人附，不禁人畔。喜人附者，畏人畔者也。有诸侯受命，无王锡命，有征诸侯，无求于诸侯。诸侯不来受命，而要王命以为宠。议者曰："我能禁彼之不自王乎？不如授之。"则王灵亵，彼不成为畔而反责望我矣。听其自王，无妄锡命，天下然后知名之不可假。诸侯不朝贡，议者曰："是可忍也，孰不可忍？"则往责之。责之而效则生轻心，责之而不效则必征之，是以小礼召大祸也，不征之则无以复使人也。胜之则是王者私欲自尊而轻民命，不胜则势不可止，故曰："王者无求。"此二者，天下存亡之大机也。齐、楚威我以戎捷，君子书之曰献，内不聘人而乞师，则外内同词，故曰："人有礼则安，无礼则危，非在强弱之势也。"

锡正例时

庄元年，王使荣叔来锡桓公命。

文元年，天王使毛伯来锡公命。庄不言天王。桓无王，去天即去王也。

变例月

成八年秋七月，天子使召伯来锡公命。不称王，讥不王。月者，嫌但讥王。

求正例时

隐三年秋，武氏于来求赙。

文九年春，毛伯来求金。皆不称天王，深讳之。

僖卅一年冬，杞伯姬来求妇。

变例月

桓十五年春二月，天王使家父来求车。月者，桓大罪，天子不能正。

献正例时

僖廿一年，楚人使宜申来献捷。

隐五年，初献六羽。为外至词，起僭诸侯。

变例月

庄卅一年六月，齐侯来献戎捷。不言使，非献捷也。

告例时

庄廿八年，臧孙辰告籴于齐。

乞例时

僖廿六年，公子遂如楚乞师。

成十三年春，晋侯使郤锜来乞师。

十六年，栾黡。

十七年，荀罃。

十八年，士彭。皆晋侯使来乞师。

僖八年，郑伯乞盟。

假例时

桓元年，郑伯以（壁）[璧]假许田。

言例时

成八年春，晋侯使韩穿来言汶阳之田。

弃例时

闵二年，郑弃其师。

畀例时

僖廿八年，畀宋人。

致至例表第六

《春秋》先自治，拨乱而反正，文不可悉见，皆于公出入见之。《传》曰：桓之会不致。明致公皆危也。又曰：得意致会，不得意致伐。明致伐尤危也。又曰：自某，某有力焉尔。或至自国，或至自地，以其所自能危我也。又曰：夫人何以不致？得见乎公矣。又曰：大夫不致。夫人、大夫统于君，危不在彼也。至自之例，其旨百数，约而举之：一曰如致之例九。如时至时一也，如时至月二也，如时至日唯丧至三也，如月至月四也，如月至时五也，如月不至六也，如时不至七也，如时至复八也，如月至复九也。如而复宜危宜月致，然至复无加月者，明安危不在人也。其余月者有善有危，必有说焉。二曰致会之例六。会时致时一也，会时致月二也，会月致时三也，皆月四也，时会不致五也，月会不致六也。凡会日皆为盟起例，不在会正例也。三曰致盟之例十六。会盟至皆时一也；会时盟日至时二也；会日盟时至时三也；会日盟时至月四也；会月盟时至月五也；会盟至皆月六也；会月盟日至时七也；日会时盟不致八也；月会日盟不致九也；时会日盟不致十也；时会月盟不致十一也；月会时盟不致十二也；日盟不致十三也；月盟不致十四也；时盟不致十五也；时会时盟不致，即会盟大信之正例，十六也。凡日会时盟者，讥内也，时会日盟者，讥主盟也，月有善有危，至有危有录，录亦非常，故不致为正也。四曰致伐之例九。得意时伐致会一也；时会伐日盟仍时，致会亦得意例，二也；时会时至三也；月会时伐月至四也；时会月至五也；月会时伐月至六也；时围致伐七也；月会时伐不致八也；时伐不致九也。有月会，无月伐，伐者善词也。五曰致围之例三。围时至时一也，围月至时二也，围时不致三也。伐不言围，言围者伐之不得意，致围者围之不得意。围而致伐者，非围也，伐之讳词也，强则围之。围人者，兵家之大忌也。六曰致侵之例四。侵月至时一也，侵月至月二也，侵月不致三也，侵时不致四也。公侵皆月，明王者不侵人，亦不可自轻也。会侵从外，则有时矣，先侵后伐则致伐，伐重于侵也。七曰致救之例三。救时致会一也，救时至月二也，救时不致三也。八曰致地之例五。会时至时一也，盟时至时二也，如次至时三也，盟日至时四也，不致五也。九曰致夫人之例七。逆至以时一也，逆时至月二也，如时至月三也，如月不致四也，如时不致五也，会时不致六也，会月不致七也。十曰致大夫之例二。执时至时一也，执月不致二也。大夫、夫人致者统于君，君主其荣辱，非是则不致，不致亦统于君也。

如至正例如时至时

宣四年，公至自齐。秋如。

五年夏，公至自齐。春如。

十年，公至自齐。春如。

昭廿七年，公至自齐。春如。公至自齐。冬如。

文四年春，公至自晋。三年冬如。

成三年，公至自晋。夏如。

四年秋，公至自晋。夏如。

十八年，公至自晋。至夏如春。

襄三年，公至自晋。上壬戌盟长樗，宜至地，此至国者，以晋为重。

十三年春，公至自晋。十二年冬如。

昭十六年夏，公至自晋。十五年冬如。

附

庄廿三年春，公至自齐。廿二年冬纳币。公至自齐。夏观社。

廿四年秋，公至自齐。夏逆女。以事至者，各于其事见讥，不于至讥。

变例如时至月

文十四年春王正月，公至自晋。十三年冬如。日盟，还会斐。

宣十年五月，公至自齐。如齐不会葬，故月。

成十一年春王三月，公至自晋。十年如晋。去冬月以起之。

昭五年秋七月，公至自晋。春如。

变例丧至如时至日

桓十八年丁酉，公之丧至自齐。春如。

定元年癸亥，公之丧至自乾侯。昭卅二年，公在乾侯。

僖二年丁巳，夫人氏之丧至自齐。七月戊辰，薨于夷。齐人以归，从时例。

变例如月至月

僖卅三年十有二月，公至自齐。十月如。善其有始终。

襄廿九年夏五月，公至自楚。廿八年十一月如，危故月。

昭七年九月，公至自楚。三月如。

附

昭廿六年三月，公至自齐。己亥孙。庄元年三月夫人孙，闵二年九月夫人姜氏孙，庄不以齐致，夫人后以齐致，不以所孙邾娄致，明实非孙也。

成十三年五月，公自京师。不可言至自，以未至国也。上三月如，此月自，亦起凿行，非朝至。

变例如月至时

宣九年，公至自齐。春王正月如。如月者，讥。齐取田、归田，无伯讨礼。

襄八年，公至自晋。正月如，为上会鄬月。

廿一年夏，公至自晋。正月如，与下商任至月，相起晋未能服齐乃还，托不伐丧耳。

变例如月不致

僖十年春王正月，公如齐。

十五年春王正月，公如齐。皆月者，齐伯衰。不致者，公无危。

成十三年三月，公如京师。以伐秦致。下书五月公自京师，亦当比月如月至例，又可入不致。

变例如时不致

昭廿八年，公如晋，次于乾侯。

廿九年，公如晋，次于乾侯。皆无可至。

变例如时至复

昭二年冬、十二年、十三年、廿一年，公如晋，至河乃复。

昭廿三年冬，公如晋，至河，公有疾，乃复。

僖廿六年，至巂。公追齐师弗及。

襄十五年，至遇。公救成。

附外至

襄十九年，至穀。晋士匄帅师侵齐。至者内词。

附不至

文八年，不至复。公孙敖如京师。

变例如月至复

定三年春王正月，公如晋，至河乃复。昭如晋不得至，故月如以讥之，乃复无讥。

宣六年夏六月，公子遂如齐，至黄乃复。月如，讥赂齐。乃复，无讥。

致会正例会时至时

宣八年春，公至自会。黑壤。

成十六年，公至自会。沙随。不见公。

襄五年，公至自会。戚。不殊吴。

十年，公至自会。柤。殊吴，日。灭偪阳，不致伐，不讥内。

十一年，公至自会。会于萧鱼。上会伐郑。

廿二年，公至自会。冬，沙随。

廿四年、廿五年，公至自会。皆会陈仪。

定十四年，公至自会。坚。

哀十三年秋，公至自会。夏，黄池。

变例会时至月

襄廿二年春王正月，公至自会。廿一年会商任。月至者，未服齐。

变例会月至时

襄十六年夏，公至自会。三月会溴梁。大夫日盟，遍刺天下，故月会，不月致。

变例会月至月

僖廿七年九月，公至自会。十六年十二月会淮。

变例实正例时会不致

隐二年，潜。公会戎。

九年，邴。会齐侯。

桓三年，欢。会齐侯。

十年，桃丘。会卫侯，弗遇。

十一年，夫童。会宋公。

十二年，郯。会宋公。

十五年，鄗。会齐侯。

庄廿七年，洮。会杞伯姬。城濮。会齐侯。

僖十一年，阳谷。及夫人姜氏会齐侯。

十三年，咸。会齐侯等。

廿八年，温。会晋侯等。

宣元年，平州。会齐侯。

成十二年，沙泽。会晋侯等。

襄廿六年，澶渊。会晋人等。

哀七年，鄫。会吴。

十二年，橐皋。会吴。

十二年，运。会卫侯、宋皇瑗。

僖五年，首戴。及齐侯等会王世子，八月盟。凡地会者具列于此。其以事会，盟伐侵围，致否各在《会表》，不可胜载，当案彼文可知。

变例月会不致

隐十年春王二月，中丘。会齐侯、郑伯。

十一年夏五月，祁黎。会郑伯。

桓元年三月，垂。会郑伯。

二年三月，稷。会齐侯等。

三年春正月，嬴。会齐侯。

三年六月，盛。纪侯。

六年夏四月，成。纪侯。

十一年冬十有二月，阚。会宋公。

十二年冬十有一月，龟。会宋公。

十四年春正月，曹。会郑伯。

十六年春正月，曹。会宋公等。

僖元年八月，柽。会宋公等。

襄七年十有二月，鄬。会晋侯等。

文七年秋八月，公会诸侯、晋大夫。此例唯一见，故附于后。

致盟正例会盟至皆时

成九年，公至自会。会晋侯等，同盟蒲。

昭廿六年，公至自会。秋，会齐侯等，盟鄟陵。

变例时会日盟时至

成七年，公至自会。会晋侯等救郑。八月戊辰，同盟马陵。

十七年秋，公至自会。夏，会尹子等伐郑。六月乙酉，同盟于柯陵。

襄廿五年，公至自会。会晋侯等于陈仪。秋八月己巳，诸侯同盟重丘。

昭十三年，公至自会。秋，会刘子等于平丘。八月甲戌，同盟平丘，公不与。

变例日会时盟时至

宣十七年秋，公至自会。己未，会晋侯等，同盟断道。

成十五年，公至自会。癸丑，会晋侯等，同盟于戚。

襄廿年秋，公至自会。夏六月庚申，会晋侯等，盟澶渊。

变例日会时盟月至

成六年春王正月，公至自会。五年十二月己丑，会晋侯等，同盟虫牢。

变例月会时盟月至

僖十五年九月，公至自会。三月，会齐侯等，盟牡丘。遂次于匡。

变例月会日盟时至

文十四年，公至自会。三月，会宋公等、晋赵盾。癸酉，同盟新城。

襄三年秋，公至自会。六月，会单子等、齐世子光。己未，同盟鸡泽。

变例月会月盟月致

定四年秋七月，公至自会。三月会刘子等。五月，及诸侯盟浩油。

变例日会时盟不致

隐六年，盟于艾。夏五月辛酉，会齐侯。

桓十二年，盟于欧蛇。夏六月壬寅，会纪侯、莒子。盟于谷丘。秋七月丁亥，会宋公、燕人。盟于武父。丙戌，会郑伯。

十七年，盟于黄。春正月丙辰，会齐侯、纪侯。

庄廿三年，盟于扈。十有二月甲寅，会齐侯。

僖廿一年，盟于薄。十有二月癸丑，会诸侯。

廿五年，盟于洮。冬十有二月癸亥，会卫子、莒庆。

廿六年，盟于向。春王正月己未，会莒子、卫宁遬。

廿七年，盟于宋。十有二月甲戌，会诸侯。

廿八年，盟于践土。五月癸丑，会晋侯等。

变例月会日盟不致

成二年丙申，及楚人等盟于蜀。十有一月，会楚公子婴齐。讳，使若两事。

变例时会日盟不致

僖九年九月戊辰，诸侯盟于葵丘。夏，会宰周公等于葵丘。

襄九年十有二月己亥，同盟于戏。冬，会晋侯等，伐郑。

变例时会月盟不致

僖五年秋八月，诸侯盟于首戴。

变例月会时盟不致

庄廿七年夏六月，会齐侯等，同盟幽。

僖七年秋七月，会齐侯等，盟宁母。

八年春王正月，会王人等，盟洮。

廿九年夏六月，会王人等，盟狄泉。

文七年秋八月，公会诸侯、晋大夫，盟扈。

变例日盟不致

隐二年秋八月庚辰，公及戎盟于唐。

八年九月辛卯，公及莒人盟于包来。
桓元年夏四月丁未，公及郑伯盟于越。
十七年二月丙午，公及邾娄仪父盟于趡。

变例月盟不致

闵元年秋八月，公及齐侯盟于洛姑。

变例时盟不致

庄九年，公及齐大夫盟于暨。

变例实正例时会时盟不致

庄十三年冬，公会齐侯，盟于柯。
僖十九年冬，公会陈人等，盟于齐。

致伐正例得意致会伐时至时

襄十一年，公至自会。会晋侯等伐郑，会于萧鱼。

变例时会伐日盟仍致会至时

成十七年秋，公至自会。夏，会尹子等伐郑。六月乙酉，同盟柯陵。

附时会伐日盟不致例，讳若得意

襄九年，伐郑。冬，会晋侯等伐。十有二月己亥，同盟。
哀七年秋，伐邾娄。八月己酉，入邾娄。
文七年春，伐邾娄。三月甲戌，取须朐。

变例时会伐时至不得意正例公伐同

庄六年秋，公至自伐卫。五年冬，会齐人等伐。

廿六年夏，公至自伐戎。春，公伐。

僖廿六年，公至自伐齐。以楚师伐，取穀。

宣七年秋，公至自伐莱。夏，会齐侯伐。

襄十一年，公至自伐郑。会晋侯等伐。

变例月会时伐至月

桓十六年秋七月，公至自伐郑。夏四月，会宋公等伐。

成三年二月，公至自伐郑。春王正月，会晋侯等伐。

十三年秋七月，公至自伐秦。夏五月，自京师，遂会晋侯等伐。

变例时会伐至月

成十七年十有一月，公至自伐郑。冬，会单子等伐。

哀十年五月，公至自伐齐。会吴伐。

变例月会侵伐盟皆时至月

僖四年八月，公至自伐楚。春王正月，会齐侯等侵蔡，遂伐楚，盟于召陵。

变例会围致伐时

僖六年冬，公至自伐郑。夏，会齐侯等伐，围新城，遂救许。

襄十九年，公至自伐齐。十月，会晋侯等，同围齐。

变例月会时伐不致

桓十五年，伐郑。冬十有一月，会齐侯等于侈。

宣四年，伐莒。春王正月，及齐侯平莒。

成十年，伐郑。五月，会晋侯等。

哀十一年，伐齐。五月，会吴。

变例时伐不致

隐七年秋，公伐邾娄。

庄九年夏，伐齐。败绩。

廿六年，伐徐。会宋、齐人伐。

僖廿一年冬，伐邾娄。

十二年春，伐邾娄。取须朐。

三十三年，伐邾娄。取丛。

宣十八年，伐杞。

成十六年，伐郑。会尹子等伐。

围致正例围时至时

僖廿九年，公至自围许。冬，公会晋侯等于温。

变例围月至时

定十二年，公至自围成。十有二月，公围成。

变例围时不致

昭廿六年夏，公围成。

侵致正例侵月至时

定六年，公至自侵郑。二月，公侵。

八年，公至自侵齐。春王正月，公侵。

变例侵月至月

定八年三月，公至自侵齐。二月，公侵。

变例月侵不致

庄十年二月，公侵宋。

变例时侵不致

定四年，侵楚。三月，公会刘子等于召陵。

致救正例救时致会时

成七年，公会晋侯等救郑。公至自会。

变例救时至月

襄五年十有二月，公至自救陈。会晋侯等。

变例时救不致

庄廿八年，公会齐人等救郑。

僖六年，诸侯遂救许。公会齐侯等伐郑。

襄十五年，公救成。至遇，齐侯围。

致地正例会时至时

定八年，公至自瓦。会晋师于瓦。

十年，公至自颊谷。夏，公会齐侯于颊谷。

又正例盟时至时

桓三年冬，公至自唐。公及戎盟于唐。

又例如次至时

昭廿九年春，公至自乾侯。廿八年如晋，次乾侯。

变例盟日致时

文十七年秋，公至自穀。六月癸未，公及齐侯盟于穀。

定十二年，公至自黄。冬十月癸亥，会晋侯。时盟黄。

变例不致

凡会盟次地者，皆当以地致，各案其文可知。

致夫人正例逆时至时

桓三年，夫人姜氏至自齐。公子翚如齐逆。

逆时至月

宣元年三月，遂以夫人妇姜至自齐。公子遂如齐逆。

成十四年九月，骄如以夫人妇姜氏至自齐。秋，叔孙骄如如齐逆。

变例如时至月

文九年，夫人姜氏如齐。三月，夫人姜氏至自齐。

变例如月不致

庄二十年春王二月，夫人姜氏如莒。

变例如时至月

庄五年夏，夫人姜氏如齐师。

十五年夏，夫人姜氏如齐。

十九年，夫人姜氏如莒。

变例会时不致

庄七年春，夫人姜氏会齐侯于防。冬，夫人姜氏会齐侯于穀。

僖十七年秋，夫人姜氏会齐侯于卞。

变例会月不致

庄二年冬十有二月，夫人姜氏会齐侯于郜。

四年春王二月，夫人姜氏飨齐侯于祝丘。欲明飨会不异，故从郜例月。

大夫执致正例执时至时

文十五年，单伯至自齐。十四年冬如执。

昭十四年春，隐如至自晋。十三年晋人执。

二十四年，叔孙舍至自晋。三十三年春王正月如晋，以行人执。

变例执月不致

成十六年九月，晋人执季孙行父。舍之于招丘。言舍之，为公执也，故不致，讳之。

还至附例时

宣十八年，归父还自晋，至柽。如国故地。

盟例表弟七

盟者，末世之事，《春秋》之所恶，故胥命为近正。平皆言及，我欲之也。公盟例日，讥公之不见信也。大夫会盟于大夫亦例日，不能信也。其会君则时，君臣之义也。因事正义，则小信月，大信时，例以起矣。齐桓盟皆不日，以美伯功，其讳讥亦或与美同词，皆比事以见之。内盟有五词：一曰来盟，曰使来盟；二曰莅盟；三曰会盟；四曰及盟；五曰同盟。会及有四词：一曰某会及盟于，二曰某会及同盟于，三曰会于某同盟于某，四曰及某盟。外盟有四词：一曰某某盟于或某某同盟于，二曰诸侯同盟于或诸侯盟于，三曰某会盟于，四曰某及某盟。变文起义者有三词：若盟于召陵，不目不凡，一也；诸侯盟于扈及戊寅大夫盟，不言何人，二也；三曰鄫子会盟于邾娄及楚屈完来盟于师，皆为内词，三也。盟起于不信，王者不以不信责人。外盟皆时，略之也。公会为讥，则外盟讥自明。外盟不书，书以起内。今次四类，以为《诸盟表》，终于平胥，示反正焉。

公会盟正例日会时盟

隐六年，盟于艾。夏五月辛酉，会齐侯。

桓十二年，盟于殴蛇。夏六月壬寅，会纪侯、莒子。盟于谷丘。秋七月丁亥，会宋公、燕人。盟于武父。丙戌，会郑伯。

十七年，盟于黄。春正月丙辰，会齐侯、纪侯。

庄廿三年，盟于扈。十有二月甲寅，会齐侯。

僖廿五年，盟于洮。冬十有二月癸亥，会卫子、莒庆。

廿六年，盟于向。春王正月己未，会莒子、卫宁遬。

廿八年，盟于践土。五月癸丑，会晋侯等。

襄廿年，盟于澶渊。夏六月庚申，会晋侯等。

定十二年，盟于黄。冬十月癸亥，会晋侯。

变例月会时盟

僖七年，盟于宁毋。秋七月，会齐侯等。

八年，盟于洮。春王正月，会王人、齐侯等。

十五年，盟于牡丘。三月，会齐侯等。

廿九年，盟于狄泉。六月，会王人、晋人等。

变例即大信正例时会时盟

庄十三年冬，公会齐侯，盟于柯。

僖十九年冬，公会陈人、蔡人、楚人、郑人，盟于齐。

昭廿六年秋，公会齐侯、莒子、邾娄子、杞伯，盟于鄟陵。

变例言会诸侯日会时盟

僖廿一年十有二月癸丑，公会诸侯，盟于薄。

廿七年十有二月甲戌，公会诸侯，盟于宋。薄盟先宋公、楚子等会霍，宋盟先楚人等围宋，内皆不与。此后会例而不言公如会，是讳文也。

变例先目后凡月会月盟

襄十九年春王正月，诸侯盟于祝阿。冬十月，公会晋侯等。

变例先目后凡时会日盟

僖九年九月戊辰，诸侯盟于葵丘。夏，会宰周公、齐侯等。

变例先及后会先目后凡**时会月盟**

僖五年，公及齐侯等会王世子于首戴。秋八月，诸侯盟于首戴。

变例先会后及先目后凡**月会月盟**

定四年三月，公会刘子、晋侯等于召陵。五月，公及诸侯盟于浩油。

变例不目直凡诸侯大夫**月会时盟**

文七年秋八月，公会诸侯、晋大夫，盟于扈。

变例先目不凡**月会**

僖四年春王正月，公会齐侯等盟于召陵。

公及盟正例日

隐二年秋八月庚辰，公及戎盟于唐。
桓元年夏四月丁未，公及郑伯盟于越。
十七年二月丙午，公及邾娄仪父盟于趡。
文十七年六月癸未，公及齐侯盟于穀。
襄三年夏四月壬戌，公及晋侯盟于长樗。朝盟。

变例月

隐元年三月，公及邾娄仪父盟于眜。褒从小信。
闵元年秋八月，公及齐侯盟于洛姑。月者，善归季子。

变例时

桓二年，公及戎盟于唐。略之。

变例先如后盟**日**

文三年十有二月己巳，公及晋侯盟。冬如。

十三年十有二月己丑，公及晋侯盟。冬如。

附

文二年三月乙巳，及晋处父盟。亦来聘，以国氏，起其当君，因不书晋侯使阳处父来聘也。

变例聘使来盟**日**

成三年丙午，及荀庚盟。丁未，及孙良夫盟。

十一年己丑，及郤州盟。

襄七年壬戌，及孙林父盟。

变例聘使不于国盟**日**

襄十五年二月己亥，及向戌盟于刘。

变例先目后凡**月**

定四年五月，公及诸侯盟于浩油。

变例及大夫**时**

庄九年，公及齐大夫盟于暨。

变例讳不言公**日**

庄廿二年秋七月丙申，及齐高傒盟于防。

变例及人日可言及人

隐八年九月辛卯，公及莒人盟于包来。莒无大夫，人即其君也。

成二年丙申，公及楚人等盟于蜀。楚有大夫，使若君，以贬婴齐。

大夫会诸侯正例时

桓十一年，柔会宋公、陈侯、蔡叔，盟于折。

昭十一年，仲孙貜会邾娄子，盟于侵羊。

变例月会时盟

文二年夏六月，公孙敖会宋公、陈侯、郑伯、晋士縠，盟于垂敛。

成十八年十有二月，仲孙蔑会晋侯、宋公、卫侯、邾娄子、齐崔杼，同盟于虚朾。

大夫会大夫正例日会时盟会狄同

文八年冬十月壬午，公子遂会晋赵盾，盟于衡雍。乙酉，公子遂会伊雒戎，盟于暴。

襄廿年春王正月辛亥，仲孙遬会莒人，盟于向。戎、莒皆君也。小国之君当大夫。

大夫及诸侯盟正例时

成元年夏，臧孙许及晋侯盟于赤棘。

定三年冬，仲孙何忌及邾娄子盟于枝。

庄十九年，遂及齐侯、宋公盟。公子结媵陈妇于鄄。

变例日

文十六年六月戊辰，公子遂及齐侯盟于蓄丘。以上弗及盟，日。

哀二年癸巳，叔孙州仇、仲孙何忌及邾娄子盟于句绎。以上取田，日。

大夫及大夫盟正例日

成元年己酉，及齐国佐盟于袁娄。使若微者盟，讥四大夫不能服齐。

十六年十有二月乙丑，季孙行父及晋郤州盟于扈。

襄三年戊寅，叔孙豹及诸侯之大夫及陈袁侨盟。

廿七年秋七月辛巳，豹及诸侯之大夫盟于宋。先日。

直言大夫从大夫盟正例日

襄十六年戊寅，大夫盟。

大夫莅盟正例时

僖三年冬，公子友如齐莅盟。传闻世。

文十年冬，公孙敖如莒莅盟。闻世。

昭七年，叔孙舍如齐莅盟。见世。

定十一年，叔还如郑莅盟。见世再见例者，一大国，一小国。

微者及盟正例时

文十年，及苏子盟于女栗。

变例月

隐元年九月，及宋人盟于宿。

公会同盟正例会日盟时

宣十七年，同盟于断道。己未，会晋侯等。

成五年，同盟于虫牢。十有二月己丑，会晋侯等。

十五年，同盟于戚。癸丑，会晋侯等。

变例会月盟时

庄廿七年，同盟于幽。夏六月，会齐侯等。

变例会时盟日

成七年八月戊辰，同盟于马陵。公会晋侯等救郑。

成十七年六月乙酉，同盟于柯陵。夏，公会尹子、单子、晋侯等，伐郑。

襄九年十有二月己亥，同盟于戏。冬，公会晋侯等。

十一年秋七月己未，同盟于京城北。公会晋侯等。皆伐郑，因伐盟，尤不信，故皆日。

变例会月盟日

文十四年癸酉，同盟于新城。六月，会宋公等。

襄三年己未，同盟于鸡泽。六月，会单子、晋侯等。

变例会时盟时

成九年，同盟于蒲。会晋侯等。

变例先目后直言同盟会时盟日

昭十三年八月甲戌，同盟于平丘。秋，公会刘子、晋侯等于平丘。

变例先目后凡会时盟日

襄廿五年秋八月己巳，诸侯同盟于重丘。公会晋侯等于陈仪。

大夫会同盟会月盟时

成十八年十有二月，仲孙蔑会晋侯等同盟于虚朾。

来盟例时

襄廿九年，杞子来盟。君来盟正例。

闵一年冬，齐高子来盟。我无君。

僖四年夏，楚屈完来盟于师。尊屈完。以上三条皆非君，使若君。

变例月

文十五年三月，宋司马华孙来盟。

使来盟例时

桓十四年，郑伯使其弟语来盟。上有夏五，与此不连，此自时例。

宣七年春，卫侯使孙良夫来盟。

外君盟例时

隐二年冬，纪子伯、莒子盟于密。

宣十一年夏，楚子、陈侯、郑伯盟于辰陵。

定七年秋，齐侯、郑伯盟于咸。齐侯、卫侯盟于沙泽。

八年冬，卫侯、郑伯盟于曲濮。

变例月

隐三年冬十有二月，齐侯、郑伯盟于石门。起输平，故月。

僖二年秋九月，齐侯、宋公、江人、黄人盟于贯泽。大会，故月。

变例日

隐八年秋七月庚午，宋公、齐侯、卫侯盟于瓦屋。

外君同盟例月

庄十六年冬十有二月，齐侯、宋公、陈侯、卫侯、郑伯、许男、曹伯、滑伯、滕子同盟于幽。

外人同盟例时

宣十二年，晋人、宋人、卫人、曹人同盟于清丘。

外君会盟例时

僖十九年，鄫子会盟于邾娄。

外人盟例时

僖廿年秋，齐人、狄人盟于邢。
廿一年，宋人、齐人、楚人盟于鹿上。

外及盟例时

僖卅二年秋，卫人及狄盟。内中国，故从内词，且善之。

诸侯盟散词例月

文十五年冬十有一月，诸侯盟于扈。

外君盟称人例月

桓十一年春正月，齐人、卫人、郑人盟于恶曹。以上来战贬君称人，起内败。

僖十九年夏六月，宋人、曹人、邾娄人盟于曹南。下鄫子会盟，此人皆君。

乞盟时例

僖八年，郑伯乞盟。月会盟洮。

不盟时例

僖五年，郑伯逃归不盟。月会首戴。

弗及盟例时

文十六年，齐侯弗及盟。春，季孙行父会齐侯于阳谷。

不与盟例时

昭十三年，公不与盟。甲戌，同盟平丘。

成乱例时

桓二年，以成宋乱。成平也。不言平，平无事之词，成施于乱。

平正例时微者平

定十一年冬，及郑平。

变例月君平

定十年春王三月，及齐平。

宣十五年夏五月，宋人及楚人平。平乎己，故月。

宣四年春王正月，公及齐侯平莒及郯。不肯故月。

既平正例月

昭十二年春王正月，暨齐平。暨不得已，故月。

不平正例时

宣四年，莒人不肯。春王正月，公及齐侯平莒。

输平正例时

隐六年春，郑人来输平。输平及不肯平例。

胥命例时

桓三年夏，齐侯、卫侯胥命于蒲。

归例表弟八

归者，女嫁之正名，而嫁反亦曰来归。道有污隆，不可使无亲也，故反国曰归，馈物曰归。归加于者，有往来之义。归言以者，有礼接之情。来归卫宝与来归子叔姬同文，归粟于蔡与归邾娄子益于邾娄同文，以夫人归与敌国执君同文，皆从女起例，故别为表之。

内女归于正例月

隐二年冬十月，伯姬归于纪。

七年春王三月，叔姬归于纪。

成九年二月，伯姬归于宋。

变例时

庄廿五年，伯姬归于杞。为后无礼来略之。

僖十五年，季姬归于鄫。改昏略之。略之者，皆夺我恩，非贬女。

桓十一年，突归于郑。

庄廿四年，赤归于曹。

外女归于正例时

桓九年春，纪季姜归于京师。

庄元年，王姬归于齐。

十一年冬，王姬归于齐。

僖卅年，卫侯郑归于卫。

昭十三年，蔡侯庐归于蔡。陈侯吴归于陈。

定十三年，晋赵鞅归于晋。

夫人大归同时

文十八年，夫人姜氏归于齐。同外女嫁文，绝而不殊。

内女来归正例时

宣十六年秋，郯伯姬来归。

闵元年，季子来归。从女例，许其亲亲。

变例月

成五年春王正月，杞叔姬来归。

来归内女正例时

无。从有罪推之。

庄六年冬，齐人来归卫宝。

文九年，秦人来归僖公、成风之襚。

定十年，齐人来归运、欢、龟阴田。

定十四年，天王使石尚来归脤。

变例月

文十五年十有二月，齐人来归子叔姬。

隐元年秋七月，天王使宰咺来归惠公、仲子之赗。

某归我时

宣十年，齐人归我济西田。

某归某不言我时

文十五年，齐人归公孙敖之丧。

哀八年，齐人归欢及僤。

以夫人丧归时

僖元年，齐人以归。戊辰，夫人姜氏薨于夷。

隐七年，戎伐凡伯于楚丘以归。余见获执例，举一可知。

逆内女丧以归月

成九年春王正月，杞伯来逆叔姬之丧以归。

嫁女归于月

庄十二年春王正月，纪叔姬归于酅。

归某于某时

定五年夏，归粟于蔡。

哀八年，归邾娄子益于邾娄。

归于某时

桓十一年，突归于郑。余见出入例。

归之于某时

僖廿八年，晋人执卫侯，归之于京师。

成八年春，晋侯使韩穿来言汶阳之田，归之于齐。

归自时

成十六年，曹伯归自京归。亦见出入例。

自归时

复归三例见出入例，从可知，不更出。

成十四年夏，卫孙林父自晋归于卫。余见出入例，举一可知。

变例月

桓十七年秋八月，蔡季自陈归于蔡。余见出入例。

战伐例表弟九

王者不能无战，战不能无败，要之，正义而已。伐者，用战之正也，侵则轻矣。结日据偏，战之正也，狄则诈矣，故伐时、侵月、战日、败时。战所以正外，无异词焉。然外侵皆时，虽侵我无加录，略于治外也。今分四例表之。

一、战例

公会及战会月战日败时

桓十三年春二月，公会纪侯、郑伯。己巳，及齐侯、宋公、卫侯、燕人战，齐、宋、卫、燕师败绩。

大夫会及战会日战时败时

成二年六月癸酉，季孙行父、臧孙许、叔孙骄如、公孙婴齐帅师，会晋郤克、卫孙良夫、曹公子手，及齐侯战于鞌，齐师败绩。

及战不言公内败例战日

桓十七年五月丙午，及齐师战于奚。

僖廿二年秋八月丁未，及邾娄人战于升陉。

及战不讳败战日败时

庄九年八月庚申，及齐师战于乾时，我师败绩。

及伐讳败伐用战日

桓十二年十有二月，及郑师伐宋，丁未战于宋。

内败言来战日

桓十年冬十有二月丙午，齐侯、卫侯、郑伯来战于郎。

公会伐不及战会月战日败时

哀十一年五月，公会吴伐齐。甲戌，齐国书帅师及吴，战于艾陵，齐师败绩。获齐国书。

外众伐一国战伐月战日败时

僖十八年春王正月，宋公，曹伯，卫、邾娄人伐齐。五月戊寅，宋师及齐师战于甗，齐师败绩。

外君及战战日败时

僖廿八年夏四月己巳，晋侯，齐、宋、秦师及楚人战于城濮，楚师败绩。

文二年春王二月甲子，晋侯及秦师战于彭衙，秦师败绩。

变例战日加朔

僖廿二年冬十有一月己巳朔，宋公及楚人战于泓，宋师败绩。

变例战时败时

成十六年，晋侯及楚子、郑伯战于鄢陵，楚子、郑师败绩。

变例先言伐伐日战时败时

庄廿八年春王三月甲寅，齐人伐卫，卫人及齐人战，卫人败绩。

变例君获不言败战日获时

僖十五年十有一月壬戌，晋侯及秦伯战于韩。获晋侯。

变例言败不言获败月以归时

庄十年秋九月，荆败蔡师于莘。以蔡侯献舞归。

外君败灭不言战败日灭时获时

昭廿三年戊辰，吴败顿、胡、沈、蔡、陈、许之师于鸡父。胡子髡、沈子楹灭，获陈夏啮。

外君以及战战日败时

定四年冬十有一月庚午，蔡侯以吴子及楚人战于伯莒，楚师败绩。

两狄及战不言败战时

昭十七年，楚人及吴战于长岸。

两人战不言及败战日

文七年戊子，晋人、秦人战于令狐。

十二年冬十有二月戊午，晋人、秦人战于河曲。

外大夫及战帅师日战时败时

宣二年春王二月壬子，宋华元帅师，及郑公子归生帅师，战于大棘，宋师败绩。获宋华元。

十二年夏六月乙卯，晋荀林父帅师，及楚子战于邲，晋师败绩。

成二年夏四月丙戌，卫孙良夫帅师，及齐师战于新筑，卫师败绩。

哀二年秋八月甲戌，晋赵鞅帅师，及郑轩达帅师战于栗，郑师败绩。

公败师正例日

隐十年六月壬戌，公败宋师于菅。下见取二邑。

庄十一年夏五月戊寅，公败宋师于鄑。

变例月

庄十年春王正月，公败齐师于长勺。

僖元年九月，公败邾娄师于缨。

变例时

庄十年，公败宋师于乘丘。

大夫败师正例日

僖元年冬十月壬午，公子友帅师败莒师于犁。获莒挐。

文十一年冬十月甲午，叔孙得臣败狄于咸。

昭五年戊辰，叔弓帅师败莒师于濆泉。

外败狄正例时

僖十五年，楚人败徐于娄林。

三十三年，晋人败狄于箕。

成十二年秋，晋人败狄于交刚。

昭元年，晋荀吴帅师败狄于大原。

变例月

庄十年九月，荆败蔡师于莘。执蔡侯。绝蔡，故从狄例。

定十四年五月，于越败吴于醉李。

变例日

僖卅三年夏四月辛巳，晋人及姜戎败秦于殽。

自败时

成元年，王师败绩于贸戎。

二、伐例

公伐正例时

隐七年秋，公伐邾娄。

庄九年夏，公伐齐。

二十六年春，公伐戎。

僖廿一年冬，公伐邾娄。

宣十八年，公伐杞。

哀七年秋，公伐邾娄。

公会君伐时

宣七年夏，公会齐侯伐莱。

成十六年，公会尹子、晋侯、齐国佐、邾娄人伐郑。

十七年夏，公会尹、单子，晋、齐、宋、卫、曹，君。邾娄人，伐郑。冬，公会单子，晋、宋、卫、曹，君。齐、邾娄人，伐郑。

襄九年冬，公会晋、宋、卫、曹、莒、邾娄、滕、薛、杞、小邾娄，君。齐世子光，伐郑。同盟戏。

十年，公会晋、宋、卫、曹、莒、邾娄，君。齐世子光，滕、薛、杞、小邾娄，君。伐郑。十一年再会，同盟京城北。

变例月

桓十六年夏四月，公会宋、卫、陈、蔡君伐郑。

成三年春王正月，公会晋、宋、卫、曹君伐郑。

十年五月，公会晋、齐、宋、卫、曹君伐郑。

公会遂伐月月为侵出仍时伐例

僖四年春王正月，公会齐侯，等侵蔡。遂伐楚。

公遂会伐时

成十三年，遂会晋、齐、宋、卫、郑、曹，君。邾娄、滕人，伐秦。

公会伐围时

僖六年夏，公会齐、宋、陈、卫、曹君伐郑，围新城。

公会人伐时

庄五年冬，公会齐、宋、陈、蔡人伐卫。

廿六年秋，公会宋、齐人伐徐。

变例月

无。从上可推知。

公会狄伐时

哀十年，公会吴伐齐。

变例月

哀十一年五月，公会吴伐齐。

公以伐时

僖廿六年，公以楚师伐齐。取穀。

公先地会后伐会月伐时

桓十五年冬十有一月，公会齐、宋、卫、陈君于侈，伐郑。

公伐取时

僖廿二年春，公伐邾娄。取须朐。

廿六年，公以楚师伐齐。取穀。

卅三年，公伐邾娄。取丛。

文七年春，公伐邾娄。三月甲戌，取须朐。

宣四年，公伐莒。取向。

将伐取时

宣十年，公孙归父帅师伐邾娄。取蘱。

变例伐月取时

哀二年春王二月，季孙斯、叔孙州仇、仲孙何忌帅师伐邾娄。取漷东田及沂西田。

将帅师伐时

庄二年夏，公子庆父帅师伐于余丘。

僖卅三年秋，公子遂帅师伐邾娄。

文十四年，叔彭生帅师伐邾娄。

襄二十年，仲孙遬帅师伐邾娄。

哀元年冬，仲孙何忌帅师伐邾娄。

六年冬，仲孙何忌帅师伐邾娄。

变例月

昭十年秋七月，季孙隐如、叔弓、仲孙貜帅师伐莒。

将会伐时

庄十四年夏，单伯会伐宋。先目。

成十一年，公孙归父会齐人伐莒。

成八年，叔孙骄如会晋士燮，齐、邾娄人伐郯。

襄十六年，叔老会郑伯、晋荀偃、卫宁殖、宋人伐许。

变例月

庄三年春王正月，溺会齐师伐卫。

文二年春王正月，叔孙得臣会晋、宋、陈、卫、郑人伐沈。溃。

襄十四年夏四月，叔孙豹会晋荀偃，齐、宋人，卫北宫结，郑公孙虿，曹、莒、邾娄、滕、薛、杞、小邾娄人，伐秦。

将帅师会伐时

隐四年秋，翚帅师会宋公，陈侯，蔡、卫人伐郑。先目不凡者事。

微者伐时

桓八年秋，伐邾娄。

及伐时

桓十七年，及宋、卫人伐邾娄。

公同微词变例伐月

桓十二年十有二月，及郑师伐宋。丁未战。

外君伐正例时

僖廿八年，晋侯伐卫。

文元年，晋侯伐卫。

四年，晋侯伐秦。

十一年春，楚子伐圈。

宣三年，楚子伐贲浑戎。

四年冬，楚子伐郑。

九年，齐侯伐莱。楚子伐郑。

十年，楚子伐郑。

十三年夏，楚子伐宋。

十四年，晋侯伐郑。

成四年，郑伯伐许。

十五年，楚子伐郑。

襄廿二年秋，齐侯伐卫。遂伐晋。

廿四年夏，楚子伐吴。

昭六年，齐侯伐北燕。

十二年，楚子伐徐。

十六年春，齐侯伐徐。

十九年春，宋公伐邾娄。

廿二年春，齐侯伐莒。

哀五年夏，齐侯伐宋。

九年秋，宋公伐郑。

变例月

襄廿五年十有二月，吴子谒伐楚。月为下卒起。

将帅师伐正例时

文二年，晋阳处父帅师伐楚。救江。

五年，晋郤缺帅师伐蔡。入目伐时者，见通例不虚加之义。

宣九年，晋荀林父帅师伐陈。会扈。

成三年，郑公子去疾帅师伐许。

六年，楚公子婴齐帅师伐郑。

七年秋。再伐。

九年，楚公子婴齐帅师伐莒。溃日。

十四年，郑公子喜帅师伐许。

襄元年夏，晋韩屈帅师伐郑。

三年，楚公子婴齐帅师伐吴。冬，晋荀罃帅师伐许。

五年，楚公子贞帅师伐陈。

八年冬，楚公子贞帅师伐郑。

十四年秋，楚公子贞帅师伐吴。

十七年夏，卫石买帅师伐曹。

十八年，楚公子午帅师伐郑。

十九年夏，卫孙林父帅师伐齐。

廿四年，齐崔杼帅师伐莒。

廿五年冬，郑公孙虿帅师伐陈。

昭六年，楚薳颇帅师伐吴。

十五年秋，晋荀吴帅师伐鲜虞。

十九年秋，齐高发帅师伐莒。

定十二年，卫公孟弨帅师伐曹。十三年再伐。

十五年，郑轩达帅师伐宋。

哀三年，宋乐髡帅师伐曹。

五年，晋赵鞅帅师伐卫。

六年，晋赵鞅帅师伐鲜虞。宋向巢帅师伐曹。

十年冬，楚公子结帅师伐陈。吴救。

十二年，宋向巢帅师伐郑。

十三年，楚公子申帅师伐陈。

变例月

无。从师人，众例可知。

师伐正例时

宣八年，楚师伐陈。

二年，秦师伐晋。

十二年，宋师伐陈。

十三年春，齐师伐卫。

襄二年，郑师伐宋。

十年，晋师伐秦。

变例月

宣十年六月，宋师伐滕。上围见强，故月。

人伐正例时

隐二年，郑人伐卫。

庄廿年冬，齐人伐戎。

僖元年，楚人伐郑。

三年，楚人伐郑。

七年春，齐人伐郑。

十一年冬，楚人伐黄。

十五年，楚人伐徐。冬，宋人伐曹。

十九年，卫人伐邢。

廿年冬，楚人伐随。

廿三年秋，楚人伐陈。

廿六年，卫人伐齐。

文元年，卫人伐晋。

三年，秦人伐晋。

九年，楚人伐郑。

宣五年，楚人伐郑。

十五年，秦人伐晋。

襄十一年冬，秦人伐晋。

十七年，宋人伐陈。

定二年秋，楚人伐吴。

哀九年夏，楚人伐陈。

十年夏，宋人伐郑。

变例月

隐四年春王二月，莒人伐杞。取邑，故月。

众伐正例时

隐四年，宋公、陈侯、蔡、卫人伐郑。

五年，邾娄、郑人伐宋。

十年，宋、蔡、卫人伐载。

庄十四年春，齐、陈、曹人伐宋。

十五年秋，宋、齐、邾娄人伐兒。

十六年夏，宋、齐、卫人伐郑。

僖十年夏，齐侯、许男伐北戎。

十七年春，齐、徐人伐英氏。

廿二年夏，宋、卫、许、滕君伐郑。

卅三年，晋、陈、郑人伐许。

文二年冬，晋、宋、陈、郑人伐秦。

十七年春，晋、卫、陈、郑人伐宋。

宣元年，晋、宋人伐郑。

八年，晋师、白狄伐秦。

十年，晋、宋、卫、曹人伐郑。

十八年春，晋侯、卫世子臧伐齐。

成五年，晋郤克、卫孙良夫伐将咎如。

九年，秦人、白狄伐晋。

十八年夏，楚子、郑伯伐宋。

襄十年，楚公子贞、郑公孙辄帅师伐宋。

十一年，楚子、郑伯伐宋。

廿四年冬，楚子，蔡、陈侯，许男伐郑。

廿六年冬，楚子，蔡、陈侯伐郑。

昭五年冬，楚、蔡、陈、许、顿、沈，君。徐、越人伐吴。

定四年，晋士鞅、卫孔圄帅师伐鲜虞。

哀元年秋，齐侯、卫侯伐晋。

变例月

僖十五年秋七月，齐、曹师伐厉。伯讨。

昭四年秋七月，楚、蔡、陈、许、顿、胡、沈，君。淮夷伐吴。托伯讨。

会伐先地后伐时

宣元年，宋公、陈侯、卫侯、曹伯会晋师于斐林，伐郑。

遂伐时

僖三年，遂。伐楚侵蔡。

文十五年，遂伐曹。齐侯侵我。齐侯伐卫。

伐围时

隐五年，宋人伐郑。围长葛。

僖廿三年春，齐侯伐宋。围缗。

廿六年冬，楚人伐宋。围緍。

伐取时

隐十年，郑伯伐取之。宋、蔡、卫人伐载。

执以伐时

僖廿一年，执宋公以伐宋。楚子等会霍。

执伐不言以时

成九年，晋人执郑伯，晋栾书帅师伐郑。

伐以归时

隐七年，戎伐凡伯于楚丘以归。

伐战伐月战日

僖十八年春王正月，宋公，曹伯，卫、邾娄人伐齐。日战唯有宋师。

变例伐日战时

庄廿八年春王三月甲寅，齐人伐卫。及战不日。

从伐以伐皆时

桓四年秋，蔡、卫、陈人从王伐郑。
桓十四年，宋人以齐、卫、蔡、陈人伐郑。

狄伐时

庄十六年秋，荆伐郑。

二十八年秋，荆伐郑。

卅二年，狄伐邢。

僖八年夏，狄伐晋。

廿四年夏，狄伐郑。

文七年冬，徐伐莒。

十年夏，秦伐晋。

成三年，郑伐许。

七年，吴伐郯。

昭十二年，晋伐鲜虞。

卅二年夏，吴伐越。

哀六年，吴伐陈。

三、侵例

公侵正例月

庄十年二月，公侵宋。

定六年二月，公侵郑。

八年春王正月，公侵齐。二月，公侵齐。

公会侵会月侵时

僖四年春王正月，公会齐侯、宋公、陈侯、卫侯、郑伯、许男、曹伯侵蔡。

公会后侵会月侵时

定四年三月，公会刘子，晋侯，宋公，蔡、卫侯，陈子，郑伯，许男，曹伯，莒、邾娄、顿、胡、滕子，薛、杞伯，小邾娄子，齐国夏于召陵，侵楚。

将帅师侵正例时

成六年秋，仲孙蔑、叔孙骄如帅师侵宋。

襄廿四年，仲孙偈帅师侵齐。

定八年，季孙斯、仲孙何忌帅师侵卫。

将帅师会侵会月侵时

僖四年冬十有二月，公孙慈帅师会齐、宋、卫、郑、许、曹人侵陈。

外君侵时

僖廿八年春，晋侯侵曹。

将帅师侵时

宣元年冬，晋赵穿帅师侵檟。

成六年，卫孙良夫帅师侵宋。晋栾书帅师侵郑。

八年，晋栾书帅师侵蔡。

十年春，卫侯之弟黑背帅师侵郑。

十六年，郑公子喜帅师侵宋。

十七年春，卫北宫结帅师侵郑。

襄元年秋，楚公子壬夫帅师侵宋。

十一年，郑公孙舍之帅师侵宋。

十二年冬，楚公子贞帅师侵宋。

哀七年春，宋皇瑗帅师侵郑。晋魏曼多帅师侵卫。

十年，晋赵鞅帅师侵齐。

十三年，晋魏多帅师侵卫。

附

襄十九年，晋士匄帅师侵齐。至穀乃还。

人侵时

庄十五年，郑人侵宋。

廿九年夏，郑人侵许。

僖二年，楚人侵郑。

卅年，介人侵萧。

卅二年，卫人侵狄。

宣三年夏，楚人侵郑。

襄八年，郑人侵蔡。获公子燮。

众侵时

宣二年夏，晋、宋、卫、陈人侵郑。

六年春，晋赵盾、卫孙免侵陈。

成二年冬，楚、郑师侵卫。

十八年冬，楚、郑人侵宋。

襄二年，晋帅宋师、卫宁殖侵郑。

侵遂侵时

宣元年，楚子、郑人侵陈，遂侵宋。

定八年，晋赵鞅帅师侵郑，遂侵卫。

执以侵时

定七年，齐人执卫行人北宫结以侵卫。

狄侵时

庄廿四年冬，戎侵曹。

僖十三年春，狄侵卫。

十四年，狄侵郑。

廿一年春，狄侵卫。

卅年夏，狄侵齐。

文四年，狄侵齐。

九年夏，狄侵齐。

十年冬，狄侵宋。

十一年，狄侵齐。

十三年，狄侵卫。

宣三年秋，赤狄侵齐。

四年，赤狄侵齐。

四、伐我侵我例

狄伐我时

哀八年，吴伐我。不言鄙，及国词。

将帅师伐我时

哀十一年春，齐国书帅师伐我。

一国伐鄙时

文十七年，齐侯伐我西鄙。

成二年春，齐侯伐我北鄙。

襄十六年，齐侯伐我北鄙。

众伐鄙时

庄十九年冬，齐人、宋人、陈人伐我西鄙。

君伐鄙围邑时

襄十五年夏，齐侯伐我北鄙，围成。

十六年秋，齐侯伐我北鄙，围成。

十七年秋，齐侯伐我北鄙，围洮。

将帅师围邑时

襄十七年，齐高厚帅师伐我北鄙，围防。

人伐鄙围邑变例月

襄十二年春王三月，莒人伐我东鄙，围台。

人伐鄙时

僖廿六年夏，齐人伐我北鄙。

文十五年，邾娄人伐我南鄙。

襄八年，莒人伐我东鄙。

十年秋，莒人伐我东鄙。

十五年，邾娄人伐我南鄙。

十七年冬，邾娄人伐我南鄙。

师伐鄙时

襄十八年秋，齐师伐我北鄙。

侯侵鄙时

文十五年，齐侯侵我西鄙。

人侵鄙时

僖廿六年，齐人侵我西鄙。公追。

文十五年秋，齐人侵我西鄙。

襄十四年，莒人侵我东鄙。

狄侵鄙时

文七年，狄侵我西鄙。

义兵例表弟十

《孟子》曰："春秋无义战。"非达论也。王者以义征，苟务息兵，则《春秋》耻之。故（我）［戎］未入而大追者，力不能救，伯者讳焉，救而实不救，月以致其意，所以抑强扶危，彰神武也。故追为王者之师，救为伯者之师，次为刺词，还为善词，然后反于无战。今列追、还、救、次，以明其例。

一、追例还例

追正例时

庄十八年夏，公追戎于济西。

追弗及时

僖廿六年，公追齐（帅）［师］至巂，弗及。

公还言师还例时

庄八年秋，师还。上师围成。

公如还加自时

文十三年，还自晋。上如晋及盟。

大夫侵还先言至例时

襄十九年，晋士匄帅师侵齐，至穀乃还。

大夫还后言至时

宣十八年，归父还自晋，至柽。

二、救例

公救围正例时

襄十五年，齐侯伐我北鄙，围成。公救成，至遇。下帅师城成郛。

公会救围时不言公

僖六年，楚人围许，诸侯遂救许。

将帅师救围时

襄十二年，莒人伐我东鄙，围台。季孙宿帅师救台。下遂入运，讥遂。

外救围时

哀七年，宋人围曹。冬，郑驷弘帅师救曹。

外救围伐救时

文三年秋，楚人围江，晋阳处父帅师伐楚救江。四年，狄楚人灭江。

公会救伐正例时

成七年秋，楚公子婴齐帅师伐郑。公会晋侯、齐侯、宋公、卫侯、曹伯、莒子、邾娄子、杞伯救郑。

襄五年，楚公子贞帅师伐陈。公会晋侯，宋公，卫侯，郑、曹伯，莒、邾娄、滕子，薛伯，齐世子光救陈。

公会人救伐时

庄廿八年秋，荆伐郑。公会齐人、宋人、邾娄人救郑。

将会救伐时

文九年，楚人伐郑。公子遂会晋、宋、卫、许人救郑。

师救伐时

僖十八年春王正月，宋公、曹伯、卫人、邾娄人伐齐。夏，师救齐。

公会次将救伐时

僖十五年，楚人伐徐。三月，公会齐侯等盟于牡丘，遂次于匡。公孙敖帅师及诸侯之大夫救徐。

将救伐先救后次救月

襄廿三年，齐侯伐卫，遂伐晋。八月，叔孙豹帅师救晋。次于雍渝。

将救侵时

宣元年，楚子、郑人侵陈。晋赵盾帅师救陈。

外次救时

僖元年，齐、宋、曹师次于聂北，救邢。下城邢，与救成同。

外救伐时

宣九年，楚子伐郑。晋郤缺帅师救郑。

公伐外救时

襄十年，公会晋侯等伐郑。楚公子贞帅师救郑。

变例月

庄五年冬，公会齐、宋、陈、蔡人伐卫。

六年春王三月，王人子突救卫。月者讥内。

外人救伐时

僖廿八年，晋侯伐卫。楚人救卫。

宣十二年，宋师伐陈。卫人救陈。

外人救狄伐时

庄卅二年，狄伐邢。

闵元年，齐人救邢。

狄救伐时

僖十八年五月戊寅，宋师及齐师战于甗，齐师败绩。狄救齐。

哀十年冬，楚公子结帅师伐陈。吴救陈。

三、次例

内次正例时

庄三年秋，纪季以酅入于齐。冬，公次于郎。上见入。

三十年夏，师次于成。

昭廿五年，次于扬州。

廿八年，次于乾侯。二十九年又次。

变例月

庄八年春王正月，师次于郎，以俟陈人、蔡人。上下不见陈、蔡文。

公会次会月次时

僖四年春王正月，公会齐侯等侵蔡，遂伐楚，次于陉。

公会先次后救会月次时

僖十五年三月，公会齐侯等盟于牡丘，遂次于匡。公孙敖帅师及诸侯之大夫救徐。

将先救后次救月次时

襄廿三年八月，叔孙豹帅师救晋，次于雍渝。

将会次不言所救例时

襄元年，仲孙蔑会齐崔杼、曹、邾娄、杞人，次于合。

外师次言救时

僖元年，齐、宋、曹师次于聂北，救邢。上不言伐。

外次不言救伐皆伐我正例时

文十年，楚子、蔡侯次于屈貉。

定九年秋，齐、卫侯次于五氏。

十三年，齐、卫侯次于垂瑕。

十五年，齐、卫侯次于籧篨。

变例月

庄十年夏六月，齐、宋师次于郎。下败宋师。

围取入灭例表弟十一

《春秋》所以拨乱，将使诸侯各守其封地，而不相侵陵。强陵弱，众暴寡，则君子耻之。天下不得相灭亡，而太平治见矣。然无他道，在自治以正，反求诸己。故抑负固，贵死位，贱苟免，绝贪利，义相反而各得道，并行而不悖，虽亡国杀君相随续，而圣人之治之也。雍乎游之于礼乐之林，皆愧畏悔悟，各正性命，不怨天，不尤人，确然其有以自乐也。盛哉乎！非尧舜之世，其孰能若此乎！然其忧深而思精，例繁而义隐，传者慎之。发挥旁通，词详旨闳，浅学习之则愈周张，顾此失彼。今悉条而理之，庶几使《传》义不湮，以三隅反一隅云尔。

伐围取邑正例时

隐五年，宋人伐郑，围长葛。
六年冬，宋人取长葛。

伐围正例时

僖廿三年春，齐侯伐宋，围緍。
廿六年冬，楚人伐宋，围緍。

伐我围邑例时实取例围时

襄十五年夏，齐侯伐我北鄙，围成。公救。季孙宿、叔孙豹城。
十六年秋，齐侯伐我北鄙，围成。

十七年秋，齐侯伐我北鄙，围洮。

变例伐月

襄十二年春王三月，莒人伐我东鄙，围台。季孙宿救。

围邑系国例时

襄元年，仲孙蔑会晋栾黡，宋华元，卫宁殖，曹、莒、邾娄、滕、薛人围宋彭城。

不系例时

哀三年春，齐国夏、卫石曼姑帅师围戚。

讳不系例时

昭廿三年，晋人围郊。天子邑。

君围国例时

宣十二年，楚子围郑。
哀元年，楚子，陈、随侯，许男围蔡。
僖廿七年冬，楚人，陈、蔡侯，郑伯，许男围宋。贬楚。

变例月

宣十四年秋九月，楚子围宋。夏五月，宋人及楚人平。起人即楚子，故皆月。

将围国例时

襄七年，楚公子贞帅师围陈。

定五年冬，晋士鞅帅师围鲜虞。

十年，晋赵鞅帅师围卫。

将取内邑讳言伐围例时

襄十七年，齐高厚帅师伐我北鄙，围防。

师围国例时

宣三年，宋师围曹。

人围国例时

僖六年秋，楚人围许。救。

十九年秋，宋人围曹。

三十年，晋、秦人围郑。

文十二年夏，楚人围巢。

宣九年，宋人围滕。

成九年，郑人围许。

襄四年，陈人围顿。

定四年，楚人围蔡。

哀七年，宋人围曹。入。

狄围国例时

僖卅一年，狄围卫。

君遂会围例时

僖廿八年，遂会诸侯围许。曹伯襄。

围灭例时

文三年秋，楚人围江。晋阳处父救。四年秋灭，君死于位。

变例灭日围时

昭十一年，楚公子弃疾帅师围蔡。丁酉灭，执蔡世子有。

围纳例时

僖廿五年秋，楚人围陈，纳顿子于顿。

围入入月围时

哀七年，宋人围曹。郑驷弘救。八年正月，宋公入曹，以曹伯阳归。

近围讳言来战日从战例

桓十年冬十有二月丙午，齐、卫侯，郑伯来战于郎。我败。

近围讳言战日从战例

桓十三年己巳，及齐侯、宋公、卫侯、燕人战。敌败。

公围内邑例时

昭廿六年夏，公围成。

变例月致围

定十二年十有二月，公围成。致围。

公会围例时致伐

僖六年夏，公会齐侯，宋公，陈、卫侯，曹伯伐郑，围新城。致伐。

变例会月围时致伐

襄十八年冬十月，公会晋侯，宋公，卫侯，郑、曹伯，莒、邾娄、滕子，薛、杞伯、小邾娄子，同围齐。致伐。

变例不言会围言诸侯围例时致围

僖廿八年冬，公会晋、齐侯，宋公，蔡侯，郑伯，陈子，莒、邾娄子，秦人于温。公朝王所。诸侯遂围许。二十九年致围。

将围内邑例时

成三年秋，叔孙骄如帅师围棘。

昭十三年春，叔弓帅师围费。

定六年，季孙斯、仲孙何忌帅师围运。

十年，叔孙州仇、仲孙何忌帅师围郈。秋，叔孙州仇、仲孙何忌帅师围费。

将围国例时

哀三年，叔孙州仇、仲孙何忌帅师围邾娄。

将会围例时

襄元年，仲孙蔑会晋栾黡等围宋彭城。见前例。

师及围例时

庄八年夏，师及齐师围成。成降于齐师。

公伐取敌国邑例时

宣四年，公伐莒，取向。

附以伐取

僖廿六年，公以楚师伐齐，取穀。

变例月

昭四年九月，取鄫。讳灭，不言伐。

昭元年三月，取运。内邑同之外邑，故月不言伐。取器同例。

桓二年夏四月，取郜大鼎于宋。

变例日

隐十年辛未，取郜。辛巳，取防。上言败宋师，不言伐。

公伐取属国邑例时

僖廿二年春，公伐邾娄，取须朐。

三十三年，公伐邾娄，取丛。

变例伐时取日

文七年春，公伐邾娄。三月甲戌，取须朐。

变例不言伐取时

襄十九年，取邾娄田，自漷水。

变例不系取时

宣九年秋，取根牟。上见齐侯伐莱。

成六年，取鄟。上不见伐。

襄十三年夏，取诗。上不见伐。

昭卅二年，取阚。上不见伐。

将伐取属国邑例时

宣十年，公孙归父帅师伐邾娄，取蘱。

变例伐月取时

哀二年春王二月，季孙斯、叔孙州仇、仲孙何忌帅师伐邾娄，取漷东田及沂西田。

取不系国例时

僖卅一年春，取济西田。

成二年，取汶阳田。下俱见归文。

外取内邑讳言围例时

襄十二年，围台。莒人伐我东鄙。

十五年，围成。齐侯伐。

十六年，围成。齐侯伐。

十七年，围洮。齐侯伐。围防。齐高厚伐。

不讳例月

宣元年六月，齐人取济西田。下见我田文。

昭廿五年十有二月，齐侯取运。下见公居文。取人例同。

庄九年九月，齐人取子纠，杀之。

变例时

哀八年夏，齐人取欢及僤。下见归文。

外取国同邑例时

僖三年，徐人取舒。

外取邑例时

隐六年冬，宋人取长葛。五年冬伐围。

变例伐月取时

隐四年春王二月，莒人伐杞，取牟娄。疾始故月。伐托始，故不月取。

外取师例时

哀九年，宋皇瑗帅师取郑师于雍丘。

十三年春，郑轩达帅师取宋师于岩。

外伐取例时

隐十年，郑伯伐取之。宋、蔡、卫人伐载。

讳取言迁例时

庄元年，齐师迁纪、郱、鄑、郚。

讳取言城例时

襄二年，遂城虎牢。下见戍郑文。

降例时

庄八年，成降于齐师。

讳取言降例月

庄三十年秋七月，齐人降鄣。

讳取言假例时

桓元年，郑伯以璧假许田。

内灭国讳言入正例日

隐十一年秋七月壬午，公及齐侯、郑伯入许。
僖廿七年乙巳，公子遂帅师入杞。
哀七年秋，公伐邾娄。八月己酉，入邾娄。执君。
庄廿四年八月丁丑，夫人姜氏入。从灭我例。

变例月

桓二年九月，入杞。略桓故月。

变例时

隐二年，无骇帅师入极。疾始，讳同外入。

内入邑正例月

无。以入国推之可知，故不见。

变例日

隐八年庚寅，我入邴。三月，郑伯使宛来归。

变例时

襄十二年，遂入运。季孙宿入公，不为政，故讳从时。

外入内邑正例月

隐二年夏五月，莒人入向。下见城向。

变例时

成九年，楚人入运。上见城运。

外入国正例时

隐五年秋，卫师入盛。

十年秋，宋、卫人入郑。

僖廿年，郑人入滑。

文五年，秦人入鄀。

十五年，入其郛。齐侯侵我，遂伐曹。

成七年，吴入州来。

定五年，於越入吴。

哀十三年，於越入吴。

变例月

庄十四年秋七月，荆入蔡。狄始入中国，故月。

闵二年十有二月，狄入卫。实灭。

僖卅三年春王二月，秦人入滑。起下秦师日败。

昭十八年六月，邾娄人入鄅。太平见治属国。

哀八年春王正月，宋公入曹。同姓讳例。执君。

变例日

隐十年冬十月壬午，齐、郑人入盛。从内灭例。盛即成也。

僖廿八年三月丙午，晋侯入曹。同姓。

文十五年戊申，入蔡。晋郤缺言伐至之日。

宣十一年丁亥，楚子入陈。伯讨。

襄廿五年六月壬子，郑公孙舍之帅师入陈。不言伐，非至之日。日者，伯讨例。

定四年庚辰，吴入楚。

篡入三例时

以下并见出入例。

月

日

复入一例时

以入一例时

自入一例时

自入以叛一例时

入以叛一例时

乐入例时

昭十五年，龠入。当入亦言入，所谓美恶同词。

星入例月

见灾异例。

内灭国讳言入三例日

月

时

并见入例。

内灭讳言取一例月

见取例。

内灭讳言降一例时

庄八年，成降于齐师。又见降例。

内会灭从外不讳例日

襄十年夏五月甲午，遂灭偪阳。春，公会晋侯等，会吴于柤。

侯灭国君死正例月伯讨

襄六年十有二月，齐侯灭莱。人灭同例。

庄十三年夏六月，齐人灭遂。君死。

变例日

宣十二年冬十有二月戊寅，楚子灭萧。

变例时

昭四年，遂灭厉。楚子等伐吴，托伯讨，故略之。

将帅师灭例月

昭十七年八月，晋荀吴帅师灭贲浑戎。

人灭时

僖十二年夏，楚人灭黄。

文四年秋，楚人灭江。

五年秋，楚人灭六。

宣八年，楚人灭舒蓼。

成十七年，楚人灭舒庸。

文十六年，楚、秦、巴人灭庸。

襄廿五年，楚屈建帅师灭舒鸠。以上皆狄灭，略之。

昭十三年，吴灭州来。

廿四年冬，吴灭巢。

灭执例灭日执时

宣十五年六月癸卯，晋师灭赤狄潞氏，以潞子婴儿归。昭八年十月壬午，楚师灭陈，执陈公子招。托讨，故以招当君正楚罪。

十一年冬十有一月丁酉，楚师灭蔡，执蔡世子有以归。有不成君，嫌楚得讨，日灭从执君例。

定四年夏四月庚辰，蔡公孙归姓帅师灭沈，以沈子嘉归，杀之。

六年春王正月癸亥，郑游遬帅师灭许，以许男斯归。

十四年三月辛巳，楚公子结、陈公子佗人帅师灭顿，以顿子牄归。

十五年二月辛丑，楚子灭胡，以胡子豹归。

变例灭执皆时

僖廿六年秋，楚人灭隗，以隗子归。略例。

侯灭同姓君死例日灭之者名

僖廿五年春王正月丙午，卫侯毁灭邢。

讳不言灭之者例时

僖十七年夏，灭项。

君奔例灭月奔时

庄十年冬十月，齐师灭谭，谭子奔莒。

昭卅年冬十有二月，吴灭徐，徐子章禹奔楚。徐子名者，太平治详。

变例灭奔皆时

僖五年，楚人灭弦，弦子奔黄。

十年，狄灭温。温子奔卫。皆略，狄讳例也。

变例非国言灭时

僖二年，虞师、晋师灭夏阳。使虞首晋，故不月。

变例非灭言灭时

襄六年，莒人灭鄫。非灭，故不月。

君死位言灭例时

昭廿三年，胡子髡、沈子楹灭。讳不月，略狄灭也。

外杀师众言瀐例时

庄十七年夏，齐人瀐于遂。见失国邑例。

袭国例时

襄廿三年，齐侯袭莒。

焚邑同灭国例日

桓七年春二月己亥，焚咸丘。

失国邑例表第十二

《语》曰：仁不能守，虽得必失之。居君父之尊，而失臣民之助，则鱼烂而亡矣，其与见灭者犹径廷也。故昭公出奔不可罪，隐如季氏见拘，曾不如弓玉，以戎自败，为后鉴也。

实灭言去例时

庄四年，纪侯大去其国。

自亡例时

僖十九年，梁亡。

乱例时

昭廿二年，王室乱。

自瀸例时

庄十七年夏，齐人瀸于遂。又见灭例。

自败例时

成元年，王师败绩于贸戎。

自弃例时

闵二年，郑弃其师。

侵溃伐溃例时

僖四年，蔡溃。正月，公会齐侯等侵。

文三年，沈溃。正月，叔孙得臣会晋人等伐。

变例日

成九年庚申，莒溃。楚婴齐时伐。

自溃正例月

昭廿九年冬十月，运溃。同国故月。

以邑畔例时

襄廿六年，卫孙林父入于戚以畔。

定十三年秋，晋赵鞅入于晋阳以畔。冬，晋荀寅及士吉射入于朝歌以畔。

自以邑畔例时

昭廿一年，宋华亥、向宁、华定自陈入于宋南里以畔。

定十一年春，宋公之弟辰及仲佗、石弧、公子池自陈入于萧以畔。

讳畔言自例时

昭廿年夏，曹公孙会自鄸出奔宋。

讳畔言以例时

襄廿一年，邾娄庶其以漆、闾丘来奔。

昭五年夏，莒牟夷以牟娄及防兹来奔。

卅一年，黑弓以滥来奔。

窃例时

定八年，盗窃宝玉大弓。

得例时

定九年，得宝玉大弓。

五十二亡国表

载虞亡国，文异诸亡，故先师不数。注云四十，未知何君所据何本。

向。隐二年，莒人入。极。隐二年，无骇帅师入。盛。隐五年秋，卫师入。十年冬，齐、郑人入。庄八年，降齐师。文十二年，来奔。许。隐十一年，公及齐、郑君入。定六年，郑游遬帅师灭。杞。桓二年，九月入。僖十四年，城缘陵，徐、莒胁之。廿七年，公子遂入。襄廿九年，再城，灭也。纪。庄四年，侯大去齐，灭。宿。庄十年，宋人迁。谭。庄十年，齐师灭。遂。庄十三年，齐人灭。蔡。庄十四年，荆入。僖四年，溃。文十四年，晋郤缺入。昭十一年，楚师灭。阳。闵二年，齐人迁。卫。闵二年，狄入。曹。庄廿四年，赤归，讳灭。僖廿八年，晋侯入。哀八年，宋公入。邢。僖元年，城，讳灭。廿五年，卫侯灭。夏阳。僖二年，虞、晋师灭。舒。僖三年，徐人取。弦。僖五年，楚人灭。温。僖十年，狄灭。黄。僖十二年，楚人灭。项。僖十七年夏灭，齐灭之也。梁。僖十九年，亡。滑。僖廿年，郑人入。卅三年，秦人入。隗。僖廿六年，楚人灭。沈。文三年，溃，叔孙得臣会晋人等伐。定四年，蔡公孙归姓帅师灭。江。文四年，楚人灭。鄀。文五年，秦人入。六。文五年，楚人灭。庸。文十六年，楚、秦、巴人灭。舒蓼。宣八年，楚人灭。陈。宣十一年，楚子入。襄廿五年，郑公孙舍之帅师入。昭八年，楚师灭。萧。宣十二年，楚子灭。赤狄潞氏。宣十四年，晋师灭。赤狄甲氏、留吁。宣十六年，晋人灭。州来。成七年，吴入。昭十三年，吴灭。莒。成九年，溃。运。成九年，楚人入。襄十二年，季孙宿遂入。舒庸。成十七年，楚人灭。鄫。襄六年，莒人灭。昭四年九月取。莱。襄六年，齐侯灭。偪阳。襄十年，公会晋侯等遂灭。舒鸠。襄廿五年，楚屈建帅师灭。厉。昭四年，楚子等遂灭。贲浑戎。昭十七年，晋荀吴帅师灭。鄅。昭十八年，邾娄人入。**巢**。昭廿四年，吴灭。**徐**。昭廿九年，吴灭。**楚**。定四年，吴入。**吴**。定五年、哀十三年，於越入。**顿**。定十四年，楚公子结等帅师灭。**胡**。定十五年，楚子灭。**邾娄**。哀七年八月己酉入。

敌国杀执君大夫例表弟十三

古者天子制诸侯，使小大相维而设其牧，有天子则有方伯，于是有伯讨。其后众私侵伐，方伯不能禁，则伯者耻之。所谓伯者，若齐桓、晋文，位不为方伯而主会诸侯者也。法伯讨以定罪，若执之于天子之侧，结日偏战，获敌论功，虽杀君、大夫，不得依相残之例也。凡执君卿，舍之郊学，盖欲示以礼体，故曰以归，其目言杀执，当坐相贼害也。又其甚者，诱讨而托于义，淫凶以逞其意，据事以观，斧钺乃章。今以二类表之。

君战死位正例时

昭廿三年，胡子髡、沈子楹灭。吴败之，言败。

不死言获例时

僖十五年，获晋侯。秦战，不言败。内讳获言输平，外佚获贬君，使敌大夫，皆时。

隐六年春，郑人来输平。不言战。

成二年，齐侯使国佐如师。言败绩。

诱杀国君诱日杀时

昭十一年丁巳，楚子虔诱蔡侯般，杀之于申。

变例诱杀皆时

昭十六年，楚子诱戎曼子，杀之。

执杀国君不言杀执日杀时

僖十九年己酉，邾娄人执鄫子，用之。

变例月

宣十八年秋七月，邾娄人戕鄫子于鄫。

变例不言爵时

桓六年，蔡人杀陈佗。

变例以归杀之例时

定四年，以沈子嘉归，杀之。蔡归姓，日灭。

以归用之例时

昭十一年，执蔡世子有以归，用之。楚师日灭。

伯讨执君归于正例时

成十五年，晋侯执曹伯，归于京师。

非伯讨称人执归于时

哀四年，晋人执戎曼子赤，归于楚。

执归之于时

僖廿八年，晋人执卫侯，归之于京师。

执畀例时

僖廿八年，执曹伯，畀宋人。晋侯日入。

伐执不言执者时

僖廿一年，执宋公，讳不言楚。以伐宋。

称人执正例时

僖五年冬，晋人执虞公。

成九年，晋人执郑伯。

襄十九年，晋人执邾娄子。

昭四年，楚人执徐子。

哀四年，宋人执小邾娄子。

变例月

僖十九年春王三月，宋人执滕子婴齐。月者，起人即宋公。名者，嫌无罪。

变例日

僖十九年己酉，邾娄人执鄫子。方月宋，故日执，下见用之，从时例。

执以归时

襄十六年，晋人执莒子、邾娄子以归。以归愈乎执，两言之者，有罪言执，大夫执之，加以归也。

昭十一年，执蔡世子有以归。嫌有非君，故加以归。

灭国以君归正例日灭名归时

宣十五年，以潞子婴儿归。晋师，日灭。

定六年，以许男斯归。郑游遬，日灭。

十四年，以顿子牄归。楚结陈佗人，日灭。

十五年，以胡子豹归。楚子日灭。内讳言以来入日来时。

哀七年，以邾娄子益来。己酉入，时归之。

变例月入月败归时

哀八年，以曹伯阳归。宋公，月入。

庄十年，以蔡侯献舞归。荆，月败。

变例灭时归时不名

僖廿六年，以隗子归。楚人，时灭。

战败获大夫正例时

宣二年，获宋华元。郑日战大棘，宋师败绩。

哀十一年，获齐国书。及吴日战艾陵，齐败绩。

败获大夫例时

僖元年，获莒挐。公子友日败。

昭廿三年，获陈夏啮。吴日败顿、胡、沈、蔡、陈、许师于鸡父。

侵获大夫例时

襄八年，获蔡公子燮。郑侵。

直言获时

哀十四年，获麟。春，西狩。

伐执大夫正例时

昭四年，执齐庆封，杀之。楚子等月伐吴。

取杀取月杀时

庄九年九月，齐人取子纠杀之。文与单伯同，顺上君臣词。

灭杀大夫例时

昭八年，杀陈孔瑗。楚师灭。

杀大夫变例月

宣十一年冬十月，楚人杀陈夏征舒。

执杀行人例时

昭八年，楚人执陈行人于征师杀之。

执我行人例时

昭廿三年，晋人执我行人叔孙舍，致。

执行人例时

襄十一年，楚人执郑行人良霄。

十八年夏，晋人执卫行人石买。

定六年秋，晋人执宋行人乐祁犁。

执行人以侵时

定七年，齐人执卫行人北宫结以侵卫。

执内大夫正例时

文十四年，齐人执单伯致。

变例月

成十六年九月，晋人执季孙行父，舍之不致。

执内大夫加以归时

昭十三年，晋人执季孙隐如以归，致。

伐大夫以归时

隐七年，戎伐凡伯于楚丘以归。

执大夫放之例时

昭八年，执陈公子招放之于越。楚师日灭。

执大夫例时

僖四年，齐人执陈袁涛涂。
襄廿六年，晋人执卫宁喜。

变例月

桓十一年九月，宋人执郑祭仲。

执微者不氏例时

庄十七年春，齐人执郑瞻。

执内女从大夫例时

文十四年，齐人执子叔姬。十五年来归之。

执夫人杀之讳言以归时

僖元年，齐人以归。夫人姜氏日薨。

释例时

僖廿一年，释宋公。

逃来例时

庄十七年秋，郑瞻自齐逃来。

来归例时

文十三年，齐人来归子叔姬。

归例时

哀八年，归邾娄子益于邾娄。

至自例时

文十五年，单伯至自齐。
昭十四年，隐如至自晋。

夫人至自日

僖元年十有二月丁巳，夫人氏之丧，至自齐。

出入例表第十四

《传》曰："王者无外。"不言出，内讳奔，谓之孙，所以自治也。诸侯失地名死位灭，所以正人也。然而圣王有兴灭继绝之功，躬自厚而薄责于人，故有相灭亡者，君子耻之。所爵非其贤，所封非其才，君子耻之。故设四科以治出入，而有罪无罪受法焉。其或见入不见出，或见出不见入者，《春秋》新例，示不为记事作也，见者不复见，从可知耳。《传》尤详于出入，发四例以明之，逆则言入，顺则言归，义则言自，力则言纳，余以类附焉。

出入无恶正例出时归时

君无。大夫。

庄廿四年，曹羁出奔陈。贤之同君，故国氏不见归。

闵元年，季子来归。不见出。

变例君执不名归不名皆时

成十五年，晋侯执曹伯归于京师。

十六年，曹伯归自京师。

成七年，卫孙林父出奔晋。

十四年夏，卫孙林父自晋归于卫。

十五年，宋华元出奔晋。宋华元自晋归于宋。

襄廿年，陈侯之弟光出奔楚。

廿三年，陈侯之弟光自楚归于陈。

定十四年，卫公孟彄出奔郑。

哀十年，卫公孟彄自齐归于卫。不见奔齐文，例不见。

君执不名归名时

僖廿八年，晋人执卫侯。

三十年，卫侯郑归于卫。

变例

昭元年，楚公子比出奔晋。

十三年夏四月，楚公子比自晋归于楚。

君不见出归名时

昭十三年，蔡侯庐归于蔡。陈侯吴归于陈。

君不见出归挈时

桓十一年，突归于郑。

庄廿四年，赤归于曹。

君不见出归字月

桓十七年秋八月，蔡季自陈归于蔡。

庄十二年春王三月，纪叔姬归于酅。

出恶归无恶正例出名时复归名时

君无。

僖廿八年，卫元咺出奔晋。卫元咺自晋复归于卫。

变例执不名时复归名时

僖廿八年，执曹伯。曹伯襄复归于曹。

君出不名时复归名月

僖廿八年，卫侯出奔楚。六月，卫侯郑自楚复归于卫。

出奔复归皆名日

襄十四年己未，卫侯衎出奔齐。

廿六年甲午，卫侯衎复归于卫。

变例君出挈复归称世子名时

桓十一年，郑忽出奔卫。

十五年，郑世子忽复归于郑。

出无恶入有恶正例出奔复入皆时

君无。

襄廿一年秋，晋栾盈出奔楚。

廿三年，晋栾盈复入于晋。

变例不见入出挈时

昭元年，莒展出奔吴。

变例

成十五年，宋鱼石出奔楚。

十八年，宋鱼石复入于彭城。不言入宋，明宋君自致楚师，非鱼石罪。

出入恶正例出奔名入名皆时

君无。

变例出奔名入名皆月

桓十五年五月，郑伯突出奔蔡。秋九月，郑伯突入于栎。

十六年十有一月，卫侯朔出奔齐。

庄六年夏六月，卫侯朔入于卫。

变例君子不见出入挈时

庄九年，齐小白入于齐。

哀六年，齐阳生入于齐。

入字时

桓十五年，许叔入于许。许君称字者，从夷例，讥失国也。不名者，我夺其田，未可绝人。

自入时

昭元年秋，莒去疾自齐入于莒。

襄三十年，郑良霄出奔许，自许入于郑。

定十年，宋乐世心出奔曹。

十一年秋，宋乐世心自曹入于萧。不言宋，先已畔。

昭廿年，宋华亥等。奔月，自入以畔时。

定十年，宋公子池。奔时，自入以畔时，见畔例。宋公之弟辰暨宋仲佗、石弫。奔时，自入以畔时，见畔例。

先为出入恶词后为入无恶词君入不名时复归名日

襄廿五年，卫侯入于陈仪。

廿六年甲午，卫侯衎复归于卫。

先为出无恶词后为出入恶词

君无。

襄廿三年，晋栾盈复入于晋，入于曲沃。不言晋，与世心同。

先为出入恶词后为出入无恶词

君无。

定十三年秋，晋赵鞅入于晋阳以畔。晋赵鞅归于晋。

讳奔例内谓之孙君例日

昭廿五年九月己亥，公孙于齐。

夫人例月

闵二年九月，夫人姜氏孙于邾娄。

变例去氏月

庄元年三月，夫人孙于齐。有罪例。

夫人言如讳从如例时

庄卅二年，公子庆父如齐。见来。

王谓之居例时公居同

昭廿三年，天王居于狄泉。

昭廿六年，居于运。二十七年、二十九年，凡三见。

变例言出居

僖廿四年冬，天王出居于郑。

王大夫出奔不言出例时

襄卅年，王子瑕奔晋。

王大夫以王居从畔例王挈时

昭廿二年，刘子、单子以王猛居于皇。

以奔不言出时

昭廿六年，尹氏、召伯、毛伯以王子朝奔楚。

变例言出同国君例时

成十二年春，周公出奔晋。

来奔讳言来月从不能朝例

隐元年冬十有二月，祭伯来。

来例直来例时

庄廿七年冬，杞伯姬来。
僖廿八年秋，杞伯姬来。

讥来时

宣五年冬，齐高固及子叔姬来。

讳入言来时

闵元年冬，齐仲孙来。

讳直言来时

哀七年，以邾娄子益来。

逃来时

庄十七年秋，郑瞻自齐逃来。

逃归时

僖五年，郑伯逃归，不盟。首戴。

襄七年，陈侯逃归。

不能朝言来例时

见朝例。

变例月

桓六年春正月，实来。

君出奔正例时名

昭三年，北燕伯款出奔齐。

廿一年冬，蔡侯朱出奔楚。余见前例。

变例灭奔不言出名时

昭廿九年，徐子章禹奔楚。

灭奔不名时

见灭例。

灭字时

昭十五年夏，蔡昭吴奔郑。

君来奔正例月名

昭廿三年秋七月，莒子庚舆来奔。
哀十年春王二月，邾娄子益来奔。

变例不名月

文十二年春王正月，盛伯来奔。

变例时子奔名

文十四年，宋子哀来奔。

君入正例时

见前例。

变例月前见居。

昭廿六年冬十月，天王入于成周。余见前例。

变例日

见前例。

以君入君挈时

昭廿二年秋，刘子、单子以王猛入于王城。

内夫人入日

庄廿四年八月丁丑，夫人姜氏入。

凡入正例时

宣八年，万入。

昭十五年，籥入。皆不当入。

变例月

文十四年秋七月，有星孛入于北斗。从入成周例。

入以畔时

见畔例。

纳君正例时不名

僖廿五年，纳顿子于顿。

纳子例时挈

庄九年，纳纠。

文十四年，晋人纳接菑于邾娄。弗克纳。

哀二年，晋赵鞅帅师纳卫世子蒯聩于戚。

纳大夫例时

宣十一年，纳公孙宁仪行父于陈。

昭十二年春，齐高偃帅师纳北燕公子阳生。据传文。

内纳日

桓二年，戊申纳于大庙。

内大夫奔正例日

成十六年冬十月乙亥，叔孙骄如出奔齐。

襄廿三年冬十月乙亥，臧孙纥出奔邾娄。

变例月有罪

昭十二年冬十月，公子整出奔齐。

变例时绝

闵二年，公子庆父出奔莒。

奔不言出同正例日

文八年丙戌，奔莒。公孙敖。

变例时同外大夫

宣十八年，遂奔齐。公孙归父。

来奔正例时

襄六年夏，宋华弱来奔。

廿三年夏，邾娄鼻我来奔。

廿八年冬，齐庆封来奔。

昭十年夏，晋栾施来奔。

廿七年，邾娄快来奔。

定十四年春，卫公叔戌来奔。

十四年夏，卫北宫结来奔。

哀六年夏，齐国夏及高张来奔。

以地来奔同正例时

襄廿一年，邾娄庶其以漆、闾丘来奔。

昭五年夏，莒牟夷以牟娄及防兹来奔。

卅一年冬，黑弓以滥来奔。

以地降言入时

庄三年秋，纪季以酅入于齐。

外大夫出奔正例时

庄廿四年，曹羁出奔陈。

成十七年，齐高无咎出奔莒。

襄十七年，宋华臣出奔陈。

廿四年，陈咸宜咎出奔楚。

廿八年夏，卫石恶出奔晋。

廿九年，齐高止出奔北燕。

昭元年夏，秦伯之弟鍼出奔晋。

六年，宋华合比出奔卫。

八年，陈公子留出奔郑。

定四年，楚囊瓦出奔郑。

十四年春，晋赵阳出奔宋。卫世子蒯聩出奔宋。后见纳。

哀四年，蔡公孙辰出奔吴。

十一年夏，陈袁颇出奔郑。卫叔世齐出奔宋。

来奔出奔不名时

文八年，宋司城来奔。

宣十年，齐崔氏出奔卫。

战奔不言出时

文七年，晋先眛奔秦。

杀奔时

文六年，晋杀其大夫阳处父，晋狐射姑出奔狄。

八年，宋人杀其大夫司马，宋司城来奔。

成十五年，宋杀其大夫山，宋鱼石出奔楚。

襄廿年，蔡杀其大夫公子燮，蔡公子履出奔楚。

襄廿七年，卫杀其大夫宁喜，卫侯之弟鱄出奔晋。

卅年，天王杀其弟年夫，王子瑕奔晋。

哀四年春王三月庚戌，盗杀蔡侯申，蔡公孙辰出奔吴。

自地来奔时

定十四年，宋公之弟辰自萧来奔。

自地出奔时

昭廿年夏，曹公孙会自鄸出奔宋。

廿二年，宋华亥、向宁、华定自宋南里出奔楚。

杀奔正例月

庄十二年冬十月，宋万出奔陈。

放正例时

宣元年，晋放其大夫胥甲父于卫。

昭八年，放之于越。楚师执陈公子招。

哀三年，蔡人放其大夫公孙猎于吴。

立正例时

昭廿三年，尹氏立王子朝。

定元年，立炀宫。比立篡，讳，故时。

变例月

隐四年冬十有二月，卫人立晋。众立非篡，如篡文，故月。

变例日

成六年二月辛巳，立武宫。比立晋，可立立之，非故日。

君臣相杀例表弟十五

《语》曰:“君使臣以礼，臣事君以忠。”《传》曰：臣弑子弑，非一朝夕之故，由辨之不早辨也。其始以小失礼之故，至于不忠大逆而不可悔，故夫为国在以礼而已。《孟子》有言:“《春秋》成而乱臣贼子惧。”董狐、南史冒刃奋笔，赵、崔之伦杀之如一孤雏，容之如一蚤虱，行政秉权，夫何惧哉！独孔子讳内恶，君桓宣，谨侯僭，外昭公，深没其文，为史曲笔，其事与执简相反，而天下后世知礼之主，得操魁柄以制乱贼之萌，彼诚不敢发，抑又不忍，非待其萌而绝之也。夫君之杀臣，以讨罪耳。世子母弟，嫌逼势极。三卿五官，权位相轧。故诛戮之祸，必以此生。二者皆正于其君，故杀世子、母弟、大夫与杀君同词。词曰“杀其”者，所谓渐也。君杀世子、母弟称爵，杀大夫称国，明其重也。大夫杀君称名氏，相杀亦称名氏，言无将也。杀君穷诸人，言贱不得干尊，为众词，著其失众，罪坐诸大夫也。杀大夫、穷诸盗，言自下犯上，即叛民也。盗杀君者，大夫也，孰使吾大夫而为盗？君之罪也。人杀大夫者，亦大夫也，没其名氏而人之，亦无君之词也。君杀大夫称国，众杀君亦称国，言其无主名，致国无大夫，且无人焉，犹君自杀也。讨贼必于当国者，其称人盗国，则贼无主名，以葬否见臣子之有无，不葬，是皆与杀也。内杀必葬，国不可以无主，主不可以无臣，先于公薨不地治之。继杀不即位，则有君矣。继杀言即位，是不继也。已有自治，必无自讨，故内讳者，词穷也，亦以乱贼之所惧，不在词也。先以礼防其渐，后以礼待其臣子，彼何故而生乱，我何乱之不弭乎？《记》曰：有道之国，君臣未尝相杀。故表其大例，以为坊禁。

杀君当国不氏正例日

隐四年戊申，卫州吁杀其君完。

庄八年冬十有一月癸未，齐无知杀其君诸兒。皆讨葬。

杀君称名氏正例日

宣十年癸巳，陈夏征舒杀其君平国。

宣二年秋九月乙丑，晋赵盾杀其君夷獆。以下贼未讨不葬。

襄廿五年夏五月乙亥，齐崔杼杀其君光。

廿六年春王二月辛卯，卫宁喜杀其君剽。

变例时

僖十年，晋里克杀其君卓子。不正不日，未讨不葬。

哀六年，齐陈乞杀其君舍。不正不日。

杀君之子正例时

僖九年冬，晋里克杀其君之子奚齐。

昭八年春，陈侯之弟招杀陈世子偃师。

直称杀子例月

庄九年九月，齐人取子纠杀之。

实君不称君例时

昭十三年，楚公子弃疾杀公子比。

非君成君例时

文十四年，齐公子商人杀其君舍。

公子杀君正例日

宣四年夏六月乙酉，郑公子归生杀其君夷。未讨不葬。

变例时

昭十三年，楚公子比自晋归于楚杀其君虔于乾溪。不日非比杀。地者，起非实杀，与克段同。

累杀当国不氏正例日

桓二年春王正月戊申，宋督杀其君与夷及其大夫孔父。

庄十二年秋八月甲午，宋万杀其君接及其大夫仇牧。皆未讨不葬。

不当国称名氏变例时

僖十年，晋里克杀其君卓子及其大夫荀息。不正不日，见称名氏例。

世子杀君正例月

襄卅年夏四月，蔡世子般杀其君固。不忍日，未讨葬。

变例日

文元年冬十月丁未，楚世子商臣杀其君髡。不责夷狄，故从正例日。本不葬未讨。

昭十九年夏五月戊辰，许世子止杀其君买。加杀故日，无贼故葬。

人杀正例月

文十六年冬十有一月，宋人杀其君处臼。不葬。

襄卅一年十有一月，莒人杀其君密州。

附人杀子

庄九年九月，齐人取子纠杀之。人者，大夫之贱子者，贵称，亦同杀君也。

变例日

文十八年夏五月戊戌，齐人杀其君商人。称人例月，日者，起非贱者不葬，本杀君当绝。

盗杀正例时无阍杀时

襄廿九年，阍杀吴子余祭。不言其君，无君臣之义。

变例日

哀四年春王三月庚戌，盗杀蔡侯申。称盗杀君，虽盗当称人，称人例月，此日者，实大夫杀。

杀君兄例时

昭廿年秋，盗杀卫侯之兄辄。

国杀正例时

文十八年，莒杀其君庶其。

定十三年，薛杀其君比。

变例月

昭廿七年夏四月，吴杀其君僚。月者，大夫杀君例。吴无大夫，故称国。

变例日

成十八年庚申，晋杀其君州蒲。日者，大夫杀，托之国杀。

君杀世子母弟例时称爵见本亲

僖五年春，晋侯杀其世子申生。

襄廿六年秋，宋公杀其世子座。

卅年，天王杀其弟年夫。

变例不称爵不见本亲非杀加杀例月

隐元年夏五月，郑伯克段于鄢。与败狄同，以称爵克见加杀。

君杀大夫称国正例时

僖十一年春，晋杀其大夫丕郑父。

文十年，楚杀其大夫宜申。

宣九年，陈杀其大夫泄冶。

十三年冬，晋杀其大夫先縠。

十四年春，卫杀其大夫孔达。

成十八年，齐杀其大夫国佐。

襄十九年，齐杀其大夫高厚。

昭二年秋，郑杀其大夫公孙黑。

五年，楚杀其大夫屈申。

十二年，楚杀其大夫成然。

廿七年，楚杀其大夫郤宛。

君杀公子大夫时

成十六年，楚杀其大夫公子侧。

襄二年，楚杀其大夫公子申。

五年，楚杀其大夫公子壬夫。

十九年，郑杀其大夫公子喜。

廿二年，楚杀其大夫公子追舒。

哀二年，蔡杀其大夫公子驷。

君杀公子不言大夫时

昭十四年冬，莒杀其公子意恢。

君杀大夫不氏时

成十五年，宋杀其大夫山。鱼石奔。

僖廿八年，楚杀其大夫得臣。

君杀大夫无名氏时

庄廿六年，曹杀其大夫。

僖廿五年，宋杀其大夫。

君杀大夫一杀一奔时

文六年，晋杀其大夫阳处父。狐射姑奔。

成十五年，宋杀其大夫山。鱼石奔。

襄廿年，蔡杀其大夫公子燮。公子履奔。

廿七年，卫杀其大夫宁喜。卫侯弟奔。

卅年，天王杀其弟年夫。王子瑕奔。

君杀大夫称爵时

僖七年，郑杀其大夫申侯。盖臣寓公。

君杀大夫二人言及时

僖卅年秋，卫杀其大夫元咺及公子瑕。

襄廿二年，陈杀其大夫庆虎及庆寅。

君杀大夫一人以上不言及时

成八年，晋杀其大夫赵同、赵括。

十七年，晋杀其大夫郤锜、郤州、郤至。

哀四年夏，蔡杀其大夫公孙归姓、公孙霍。

变例月

成十八年春王正月，晋杀其大夫胥童。

大夫杀大夫称人杀例时

文九年，晋人杀其大夫先都。

大夫杀公子大夫例时

昭八年，陈人杀其大夫公子过。

大夫杀大夫称名氏以杀例时

宣十五年，王札子杀召伯、毛伯。

昭十三年，楚公子弃疾杀公子比。

大夫杀大夫称人杀不见名氏例时

文七年，宋人杀其大夫。

大夫杀大夫官举一杀一奔例时

文八年，宋人杀其大夫司马。司城来奔。

贱者杀大夫称盗例时

襄十年冬，盗杀郑公子斐、公子发、公孙辄。

哀十三年，盗杀陈夏彄夫。

大夫杀公子例时

庄廿二年，陈人杀其公子御寇。

大夫杀二大夫言及例时

文九年，晋人杀其大夫士縠及箕郑父。

大夫杀非大夫同讨贼例例时

襄廿三年，晋人杀栾盈。

卅年，郑人杀良霄。

内讳例杀君言薨正例日不地

隐十一年冬十有一月壬辰，公薨。

闵二年秋八月辛丑，公薨。

变例日地葬

桓十八年夏四月丙子，公薨于齐。己丑葬。

杀子言卒正例月

文十八年冬十月，子卒。

变例日同正卒

庄卅二年冬十月乙未，子般卒。以不即位见杀。

杀大夫言刺正例日

成十六年乙酉，刺公子偃。

变例时

僖廿八年，刺之。公子买无罪，故从讳例。

变例同正卒月

庄卅三年秋七月癸巳，公子牙卒。传闻世不卒，大夫卒即见杀也。

外讳例杀君言卒同正例月

襄七年，郑伯髡原如会，未见诸侯。丙戌，卒于操。八年夏葬与桓公同。讳，同内杀。

杀君贼未讨不葬正例

隐公、闵公，宋与夷、接，晋卓子、夷獋子，齐光、舍，卫剽，宋处臼，齐商人，晋州蒲，蔡申，薛比。

讨贼书葬例

卫桓公、齐襄公、蔡昭公。

不责讨贼书葬内正例日

我君桓公。十六年冬十有二月己丑。

外正例月

蔡景公。年冬十月葬。

变例时

陈灵公、郑僖公、许悼公。

未逾年本不葬例

子般、子赤、晋奚齐、齐舍。皆未逾年。楚公子比。不成君。

小国本不见葬例

莒庶其、密州。

吴楚本不见葬例

楚髡、虔，吴余祭、僚。

敌国杀君

胡髡、沈楹、鄫子、戎曼子、沈嘉、鄫子、陈佗。

讨贼正例时挈

春，齐人杀无知。庄九年。

变例月挈

九月，卫人杀州吁于濮。隐四年。

变例月

冬十月，楚人杀陈夏征舒。托讨故不挈。

贼不复见

宋督、楚商臣、世子。郑公子归生、齐崔舒、陈乞、许止、世子。楚公子弃疾。

贼复见称国杀，称大夫、君坐弑之词，敌国杀同

里克、宁喜、先于晋执见，后见杀。商人、公子比、蔡侯般、诱杀。桓公。齐杀。

逸贼

公子庆父。时奔。

宋万。月奔。

附杀君三十六数表

内

隐公。桓杀，不葬。

闵公。庆父，杀奔。

子般。庆父杀，讳。

子赤。宣杀。

附

桓公。齐杀，葬。本当讨，非君不数。

宋

与夷。督杀，不葬。督不见。

接。万杀，奔，不葬。

处臼。人杀，不葬。

晋

子奚齐。里克杀，见杀克非讨。

卓子。里克杀，见杀非讨不葬。

夷獆。赵盾杀。复见盾，不葬。

州蒲。国，不葬。

齐

诸兒。无知杀，讨，葬襄公。

舍。商人杀，本不葬。

光。崔杼杀，不葬。见崔氏奔。

舍。陈乞杀，不葬。乞不见。

附

商人。人杀，本当讨，不葬。

卫

完。州吁杀，讨葬。

剽。宁喜杀，见杀喜非讨，不葬。

陈

佗。蔡人杀，不葬。

平国。夏征舒杀，讨葬。

蔡

固。世子般杀。楚讨，先葬。

申。盗杀，不葬。

附

般。楚诱杀，本当讨，不葬。

楚

髡。世子商臣杀。商臣不复见。

虔。公子比杀。见杀比。

附

公子比。公子弃疾杀。弃疾不复见，比加杀，本非君。皆本不葬。

郑

夷。公子归生杀，不葬。归生不复见。

髡原。讳杀，葬。

吴

谒。巢杀。

余祭。阍杀。

僚。国杀。皆本不葬。

薛

比。国杀不葬。

许

买。世子止杀。加杀葬，止不复见。

沈

楹。吴灭。

嘉。蔡公孙归姓执杀，本不葬。

鄫

鄫子。邾娄人用。

鄫子。邾娄子戕，本不葬。

胡

髡。吴灭，本不葬。

戎

戎曼子。楚子诱杀，本不葬。

凶礼例表第十六

《春秋》定一尊，详内主，无贬讥而有哀隐，故君薨皆日，而以不地见杀，子杀则月矣，夫人杀则见杀之者矣。尊无二上，国君一体，君之所治，皆文之所得治也。大夫则治之所先，于是别三世之文，皆于薨卒详之，所谓慎终者与？文同而事异，词一而例繁，察而可识也。

君薨正例日地

庄卅二年八月癸亥，公薨于路寝。

僖卅三年乙巳，公薨于小寝。

文十八年春王二月丁丑，公薨于台下。

宣十八年冬十月壬戌，公薨于路寝。

成十八年己丑，公薨于路寝。

襄卅一年夏六月辛巳，公薨于楚宫。

定十五年壬申，公薨于高寝。

日葬

闵元年夏六月辛酉，葬我君庄公。子杀过时。

文元年夏四月丁巳，葬我君僖公。当时。

文十八年六月癸酉，葬我君文公。当时。

成元年二月辛酉，葬我君宣公。当时。

成十八年丁未，葬我君成公。不及时。

襄卅一年癸酉，葬我君襄公。当时。见不克葬例。

君薨外正例日地

昭卅二年十有二月己未，公薨于乾侯。

桓十八年夏四月丙子，公薨于齐。

日至

定元年夏六月癸亥，公之丧至自乾侯。

桓十八年丁酉，公之丧至自齐。廿二日至。

日葬

定元年秋七月癸巳，葬我君昭公。

桓十八年冬十有二月己丑，葬我君桓公。文全同昭，雅以庄不即位见杀。

君杀正例日不地

隐十一年冬十有一月壬辰，公薨。

闵二年秋八月辛丑，公薨。

不葬

子卒正例日不地

桓六年九月丁卯，子同生。生卒同录，当同例也。

变例月不地见杀

文十八年冬十月，子卒。宣即位，故特见杀。

未逾年子卒名日不地

襄卅一年秋九月癸巳，子野卒。

夫人薨正例日不地君母同词

庄廿一年秋七月戊戌，夫人姜氏薨。

文四年冬十有一月壬寅，夫人风氏薨。

十六年秋八月辛未，夫人姜氏薨。

襄二年夏五月庚寅，夫人姜氏薨。

四年秋七月戊子，夫人弋氏薨。

九年五月辛酉，夫人姜氏薨。

昭十一年五月甲申，夫人归氏薨。

宣八年戊子，夫人熊氏薨。

日葬

庄廿二年癸丑，葬我小君文姜。

文五年三月辛亥，葬我小君成风。

十七年夏四月癸亥，葬我小君圣姜。

襄二年己丑，葬我小君齐姜。

四年八月辛亥，葬我小君定弋。

九年秋八月癸未，葬我小君穆姜。

昭十一年九月己亥，葬我小君齐归。

葬顷熊见不克葬例。

君母薨正例日不地不葬

隐十年十有二月乙卯，夫人子氏薨。

君母不称夫人例日卒

定十五年秋七月壬申，姒氏卒。

日葬

定十五年辛巳，葬定姒。不称我小君。

夫人不称夫人变例日卒不葬

哀十二年夏五月甲辰，孟子卒。

夫人杀例日地

僖元年秋七月戊辰，夫人姜氏薨于夷。

日至

僖元年十有二月丁巳，夫人氏之丧至自齐。去氏有罪。

日葬

僖二年夏五月辛巳，葬我小君哀姜。

君夫人不克葬例日加时

定十五年丁巳，葬我君定公。雨，不克葬。戊午，日下昃，乃克葬。

宣八年冬十月己丑，葬我小君顷熊。雨，不克葬。庚寅，日中，而克葬。

传闻世例不卒大夫

翚、公子翚、柔、单伯、公子庆父、溺、公子结。

变例录大夫卒时

隐元年，公子益师卒。

九年，侠卒。

变例月

隐八年冬十有二月，无骇卒。有罪。

变例日

隐五年冬十有二月辛巳，公子弨卒。

庄卅二年秋七月癸巳，公子身卒。恩录之，起鸩杀。

僖十六年三月壬申，公子季友卒。贤之。秋七月甲子，公孙慈卒。使僖录大夫同隐。

闻世大夫卒正例日

文十年春王三月辛卯，臧孙辰卒。

宣十七年冬十有一月壬午，公弟叔肸卒。

成四年夏四月甲寅，臧孙许卒。

十五年三月乙巳，仲婴齐卒。非正例，故特见。

襄五年辛未，季孙行父卒。

十九年八月丙辰，仲孙蔑卒。

廿二年秋七月辛酉，叔老卒。

廿三年己卯，仲孙遬卒。

卅一年己亥，仲孙偈卒。

变例时

宣五年，叔孙得臣卒。与杀，贬。

八年，仲遂卒于垂。与杀。

见世大夫卒正例日

昭四年冬十有二月乙卯，叔孙豹卒。

七年冬十有一月癸未，季孙宿卒。

廿三年癸丑，叔鞅卒。

廿四年春王二月丙戌，仲孙貜卒。

廿五年冬十月戊辰，叔孙舍卒。

廿九年夏四月庚子，叔倪卒。

定五年六月丙申，季孙隐如卒。

哀三年秋七月丙子，季孙斯卒。

变例时

昭十五年，叔弓卒。恩录同仲遂有罪例，见三世文同义异，即以起传闻世不卒例。

闻世大夫不卒

文，叔彭生、单伯。

见世大夫不见事但见卒

昭廿一年八月乙亥，叔痤卒。

定五年秋七月壬子，叔孙不敢卒。

非大夫以大夫卒加地日

文十四年九月甲申，公孙敖卒于齐。

成十七年壬申，公孙婴齐卒于狸轸。

归丧时

文十五年，齐人归公孙敖之丧。

外大夫正例不卒

不葬

见世变例时卒

定四年，刘卷卒。

时葬

定四年，葬刘文公。

闻世变例月卒不葬

文三年夏五月，王子虎卒。

传闻变例日卒不葬

隐三年夏四月辛卯，尹氏卒。

变例不卒时葬

庄廿七年，葬原仲。

内未嫁女卒正例日

僖九年秋七月乙酉，伯姬卒。

文十二年二月庚子，子叔姬卒。见世不更见者，从可知例。

已嫁正例不卒

僖，杞伯姬。

庄廿七年，莒叔姬。以上非夫人。

僖，荡伯姬。荡氏之母。

宣，高叔姬。

庄，陈人妇。

变例日卒

僖十六年夏四月丙申，鄫季姬卒。嫌有罪，当绝也。

成八年冬十月癸卯，杞叔姬卒。胁纪归丧，刺内恩之。

变例月卒

庄四年三月，纪伯姬卒。

庄廿九年冬十有二月，纪叔姬卒。内女贱卒者，君夫人皆先死，得同嫡夫人。

日葬

庄四年六月乙丑，齐侯葬纪伯姬。

庄三十年八月癸亥，葬纪伯姬。不言葬之者，以内恩葬之，异于纪伯姬为外夫人也。

变例时卒

襄卅年，伯姬卒。不系宋，亲之。

外夫人卒月不葬

庄二年秋七月，齐王姬卒。

变例时葬

襄卅年，葬宋共姬。

奔丧例时

定十五年，邾娄子来奔丧。

会葬例时

文元年，天王使叔服来会葬。

五年，王使召伯来会葬。

变例月

襄卅一年冬十月，滕子来会葬。君来故月。

定十五年九月，滕子来会葬。

唁例时

昭廿五年，齐侯唁公于野井。

昭廿九年，齐侯使高张来唁公。

卅一年，晋侯使荀栎唁公于乾侯。

哭例时

成三年，三日哭。

不哭变例月

庄廿二年春王正月，肆大省。

赗例时禭同

文五年，且赗。

文九年，秦人来归僖公、成风之禭。

变例月含同

隐元年秋七月，天王使宰咺来归惠公、仲子之赗。

文五年春王正月，王使荣叔归含。

大国卒葬例表第十七

《春秋》托王于鲁，京师称成周，故王犹公也，唯以记崩不记葬为异尔。凡诸侯五月而葬，大国之例，卒日葬月，当时月葬不日，正也。日者危也，不及五月而日，渴葬也。不日，慢葬也。过五月而日，隐之也。不日，不能也。此六例者，以治其臣子。日卒时葬，略之也。日卒不葬，著其有罪也。罪恶见者则从前六例，明不葬之必有罪也。被杀贼不讨亦不葬，绝其臣子也，亦罪之也。月卒不葬者，罪尤重，时卒不葬者，讳而略之，其实一也。此二例者，《春秋》所以治列国，仲尼所以等百王。今次为七等。

日卒月葬正例天王变例

天王五事书葬，余皆从正例，不书葬

桓十五年三月乙未，崩。庄三年五月，葬桓王。过时书。
文八年秋八月戊申，崩。
宣二年冬十月乙亥，崩。
襄元年九月辛酉，崩。二年春王正月，葬简王。不及时。
昭廿二年夏四月乙丑，崩。

宋

庄二年乙酉，公冯卒。三年夏四月，葬庄公。正。
昭廿五年十有一月己亥，公佐卒于曲棘。廿六年春王正月，葬元

公。不及时。

齐

成九年秋七月丙子，侯无野卒。冬十有一月，葬顷公。正。

哀五年秋九月癸酉，侯处臼卒。闰月，葬景公。讥闰数不及时。

附见杀

晋

襄十五年冬十有一月癸亥，侯周卒。十六年春王正月，葬悼公。不及时，慢。

昭十六年秋八月己亥，侯夷卒。冬十月，葬昭公。不及时，慢。

昭卅年夏六月庚辰，侯去疾卒。秋八月，葬顷公。不及时，慢。

卫

桓十二年丙戌，侯晋卒。十三年三月，葬宣公。正。

成十四年冬十月庚寅，侯臧卒。十五年春王二月，葬定公。正。

襄廿九年五月庚午，侯衎卒。秋九月，葬献公。正。

哀二年夏四月丙子，侯元卒。冬十月，葬灵公。过时不能。

附见杀

隐四年春，完。戊申杀。五年夏四月，葬桓公。不能，贼已讨。

陈

庄元年冬十月乙亥，侯林卒。二年春王二月，葬庄公。正。

僖十二年冬十有二月丁丑，侯处臼卒。十三年夏四月，葬宣公。正。

定四年春王二月癸巳，侯吴卒。六月，葬惠公。正。

八年秋七月戊辰，侯柳卒。九月，葬怀公。不及时，慢。

蔡

隐八年夏六月己亥，侯考父卒。八月，葬宣公。慢。

昭廿年冬十有一月辛卯，侯庐卒。廿一年春王二月，葬平公。慢。见世小国例。

附见杀

哀四年，申。庚戌杀。冬十有二月，葬昭公。不能，贼已讨。

郑

桓十一年夏五月癸未，伯寤生卒。秋七月，葬庄公。慢。

庄廿一年夏五月辛酉，伯突卒。冬十有二月，葬厉公。不能。

昭十二年三月壬申，伯嘉卒。五月，葬简公。慢。

卅八年夏四月丙戌，伯宁卒。六月，葬定公。不及时。

定九年夏四月戊申，伯囆卒。六月，葬献公。不及时。

变例日卒日葬

天王

文九年辛丑，葬襄王。讥内不往有危。

宋

隐三年八月庚辰，公和卒。冬癸未，葬缪公。当时危。

成二年八月壬午，公鲍卒。三年春乙亥，葬文公。过时隐之。

齐

桓十四年冬十有二月丁巳，侯禄父卒。十五年夏四月己巳，葬僖公。当时危。

僖十七年冬十有二月乙亥，侯小白卒。十八年秋八月丁亥，葬桓公。过时隐之。

僖廿七年夏六月庚寅，侯昭卒。秋八月乙未，葬孝公。不及时，渴。

附见杀

庄八年，诸兒。十一月癸未杀。九年秋七月丁酉，葬襄公。过时，贼已讨。隐之者，赦小白。

晋

僖卅二年冬十有二月己卯，侯重耳卒。卅三年夏四月癸巳，葬文公。危背殡。

卫

成二年秋庚寅，侯遬卒。三年春辛亥，葬缪公。过时，隐之。

昭七年秋八月戊辰，侯恶卒。十二月癸亥，葬襄公。危。

蔡

桓十七年六月丁丑，侯封人卒。桓癸巳，葬桓侯。渴不称公，为杀陈君佗，使季篡立，无臣子。

变例日卒时葬

天王

宣三年，葬匡王。不及时。

昭廿二年，葬景王。不及时，内不往。

宋

昭十年十有二月甲子，公戌卒。十一年春，葬平公。不及时。共公不日卒，盈去平葬月以起之。

齐

宣十年己巳，侯元卒。六月，葬惠公。讥公不待葬，略之。

襄十九年秋七月辛卯，侯瑗卒。冬，葬灵公。使子从政略之。

哀十年三月戊戌，侯阳生卒。夏，葬悼公。起谖杀。

晋

文六年八月乙亥，侯欢卒。冬，葬襄公。漏言略之。

昭十年冬戊子，侯彪卒。葬平公。公不恤晋，致后失援而亡，去冬以起其意。

卫

僖廿五年夏四月癸酉，侯毁卒。秋，葬文公。嗣子罪未明，夺其恩，故不月。

桓五年春正月甲戌、己丑，侯鲍卒。二日，无臣子词。夏，葬桓公。时葬，略之。

襄四年春王三月己酉，侯午卒。秋，葬成公。

昭八年夏四月辛丑，侯溺卒。冬十月，葬哀公。楚葬无臣子，过时。

附见杀

宣十年夏，平国。癸巳杀。十二年春，葬灵公。楚讨葬之。

蔡

宣十七年春丁未，侯申卒。夏，葬文公。小国所闻世例日卒时葬，此葬不月者，蔡入闻世即楚，故贬。

郑

宣（三）［五］年冬十月丙戌，伯兰卒。葬缪公。慢。

成四年三月壬申，伯bin卒。夏，葬襄公。慢。

襄七年冬丙戌，卒于操。髡原言卒，实杀。八年夏，葬僖公。不能，无臣子。入闻世郑当时葬，以小国从楚，还从本爵，退之。至髡原后乃褒录，复同大国。

变例月卒日葬

宋

成十五年夏六月，公固卒。不日，国乱。秋八月庚辰，葬共公。不及时，渴。葬例月，卒不当见渴，日者为共姬加录之。

蔡

附月杀月葬

襄卅年，固。夏四月杀。冬十月，葬景公。子不必讨，故葬，从深讳，使若正葬。

变例日卒不葬天王正例

天王

隐三年三月庚戌，崩。

僖八年冬十有二月丁未，崩。

成五年冬十有一月乙酉，崩。

襄廿八年十有二月甲寅，崩。

宋

僖九年春王三月丁丑，公御说卒。不葬。为襄公讳背殡。

僖廿三年夏五月庚寅，公慈父卒。不葬。盈讳。

附见杀

桓二年，与夷。正月戊申杀。不葬。贼未讨。

庄十二年，接。秋八月甲午杀。不葬。贼出。

齐

文十四年夏五月乙亥，侯潘卒。不葬。起子舍未逾年称君，使若早卒。

附见杀

文十八年，商人。五月戊戌杀。不葬。贼未讨。

晋

僖九年秋甲戌，侯诡诸卒。不葬。晋本小国，故始见不葬。

宣九年秋辛酉，侯黑臀卒于扈。卒会，故地。不葬。篡不明。

成十年夏丙午，侯獳卒。不葬。败王师，文不明。

附见杀

宣一年，夷獆。九月乙丑杀。不葬。贼未讨。

成十八年春，州蒲。庚申杀。不葬。贼未讨。

卫

庄廿五年夏五月癸丑，侯朔卒。不葬。得罪天子，子不当立，故夺其臣子词。

宣九年冬十月癸酉，侯郑卒。不葬。杀叔武罪不明。

附见杀

襄廿六年春，剽。辛卯杀。不葬。贼未讨。

陈

桓十二年秋八月壬辰，侯跃卒。不葬。先佗死于蔡，跃与蔡会，故去葬。

文十三年夏五月壬午，侯朔卒。不葬。背款殡会温盈，为之讳。

郑

僖卅［二］年夏四月己丑，伯接卒。不葬。杀寓公申侯，略之。

成六年夏壬申，伯费卒。不葬。背殡绝之。

襄二年六月庚辰，伯睔卒。不葬。讳伐丧，髡原杀不明，踊夺臣子恩。

附见杀

宣四年，夷。夏六月乙酉杀。不葬。贼未讨。

变例月卒不葬

天王

附

昭廿二年冬十月，王子猛卒。

宋

文七年夏四月，公王臣卒。内娶故月。不葬。绝之。

文十六年，处臼。冬十有一月杀。不葬。

蔡

昭廿三年夏六月，侯东国卒于楚。存蔡，故不日以起之。不葬。在楚卒，无臣子。

变例时卒不葬

齐

附加杀

文十四年，舍。秋杀，不日，未逾年。不葬。贼未讨。

晋

僖廿四年冬，侯夷吾卒。为文公略之。不葬。篡不明。

陈

僖廿八年，侯款卒。不葬。从卒会褒例。

桓六年秋，佗。不葬。绝。

蔡

僖十四年冬，侯肸卒。不葬。时卒不葬，小国初见例，起狄桓侯，蔡始进为小国。

附时杀月葬

昭十一年，般。楚诱杀于申。般当绝，故诱日，杀不日。十三年冬十月，葬灵公。不与楚讨，使庐得葬。

楚附

楚自旅伯即进同大国例，日卒月葬，不葬者，辟其僭也。卒恒日，无月、时者，治夷狄之义，与进不与退，与洁不保往也。吴、秦不从此例者，不一而足，余夷皆小国，不在此例。

宣十八年秋甲戌，子旅卒。

襄十三年秋九月庚辰，子审卒。

廿八年冬乙未，子昭卒。闰月。

昭元年冬十有一月己酉，子卷卒。

廿六年九月庚申，子居卒。

哀六年秋七月庚寅，子轸卒。

附见杀

文元年，髡。十月丁未杀。

小国卒葬例表第十八

始卒时卒不名不葬正例传闻世

滕

隐七年，侯卒。

闻世

变例始卒月卒不名不葬

薛

庄卅一年夏四月，伯卒。前书侯，故见月，以起伯为本爵。

杞

僖廿三年冬十有一月，子卒。前书伯，此子卒，起伯、子、男一也。凡见降爵皆月者，恩录之，以见非贬。

变例始卒日卒不名不葬

宿

隐八年夏辛亥，男卒。日卒以起正例，不名，不为褒贬恩礼也。虽至亲，录之仍不名，不书葬。

变例始卒时卒名不葬

邾娄

庄十六年，子克卒。名以褒之。

秦

文十八年春，伯罃卒。以闻世卒，故名进之。

变例始卒月卒名不葬

吴

襄十二年秋九月，子乘卒。录札父。吴例不葬。

莒

成十四年春王正月，子朱卒。闻世始卒，以升平进，故不葬。

变例始卒名时卒时葬

许

僖四年夏，男新臣卒。葬缪公。从伯褒之。

变例始卒名日卒月葬

曹

桓十年春王正月庚申，伯终生卒。同大国，以王正正其罪。夏五月，葬桓公。

正例卒月葬时

邾娄终进卒日葬时，本由新王封

曹终进卒月。葬月同夷例。以射姑见治于王者，故夷之

庄廿三年冬十有一月，伯射姑卒。传闻世。

庄廿四年春，葬庄公。

文九年秋八月，伯襄卒。闻世。冬，葬共公。

昭十四年三月，伯滕卒。见世。秋，葬武公。

十八年春王三月，伯须卒。见世。秋，葬平公。

许终退卒时，从夷例，不进，犹不若吴、莒

滕终进卒日葬月，同大国，本先代所封

秦终进卒日葬时，同邾娄。秦无君名，亦即夷，不若吴、莒

杞终进卒日葬月，同大国，本先代所封

昭六年春王正月，伯益姑卒。见世不日，略之。夏，葬文公。上来盟称杞子，起其曾灭。

吴例不书葬，终进卒月，同曹

莒例不书葬，终进卒月，同吴

薛终卒葬皆时，不进，见本例

变例卒时葬时

曹

僖七年秋，伯般卒。传闻世褒。冬，葬昭公。

成十二年夏，伯庐卒于师。闻世褒。冬，葬宣公。

襄十八年冬，伯负刍卒于师。闻世褒。十九年春，葬成公。

定八年春，伯露卒。见世退。秋，葬竫公。

许

哀十三年夏，男成卒。见世已灭，即夷略之。秋，葬元公。

秦

昭五年秋，伯卒。见世。闻世卒，故见世即葬，正例。六年春，葬景公。

定九年秋，伯卒。冬，葬哀公。

杞

定四年夏，伯戊卒于会。见世从大信词。秋，葬悼公。

薛

定十二年春，伯定卒。见世。夏，葬襄公。

哀十年夏，伯寅卒。见世。秋，葬惠公。

变例卒日葬时

邾娄

昭元年六月丁巳，子华卒。见世褒例。秋，葬悼公。

定三年三月辛卯，子穿卒。见世由褒进，故终日。秋，葬庄公。

曹

宣十四年夏五月壬申，伯寿卒。闻世讥内篡，详录先君时来朝者，与终生相起。秋，葬文公。

许

文五年冬十月甲申，男业卒。闻世录新臣子。六年春，葬僖公。

宣十七年春王正月庚子，男锡我卒。闻世仍进之，以起上意。夏，葬昭公。

襄廿六年八月壬午，男宁卒于楚。闻世录其卒于外。冬，葬灵公。

附加杀

昭十九年夏五月戊辰，买。冬，葬悼公。赦止。

滕

昭廿八年秋七月癸巳，子宁卒。见世。冬，葬悼公。

哀四年秋八月甲寅，子结卒。见世。冬，葬顷公。皆不月葬，起月为褒进，此见常例。

秦

哀三年冬十月癸卯，伯卒。见世进例。四年春，葬惠公。

杞

襄六年春王三月壬午，伯姑容卒。秋，葬桓公。闻世进。

襄廿三年三月己巳，伯匄卒。夏，葬孝公。闻世。

昭廿四年丁酉，伯郁釐卒。见世进例。葬平公。

薛

昭卅一年夏四月丁巳，伯穀卒。秋，葬献公。卒日者，伯卒后始见卒，嫌伯为贬，日录起其恩也。

变例卒月葬月

曹

昭廿七年冬十月，伯午卒。见世。

廿八年春王三月，葬悼公。进。

变例卒日葬月同大国

滕

昭三年春王正月丁未，子泉卒。见世滕、薛始朝，故于见世日卒月葬。五月，葬成公。

哀十一年秋七月辛酉，子虞母卒。见世终进。冬十有一月，葬隐公。

杞

哀八年冬十有二月癸亥，伯过卒。见世。

九年春王二月，葬僖公。终进。

变例时卒不葬

邾娄

文十三年夏，子籧篨卒。闻世琐褒不葬，故此不葬。

成十七年，子貜且卒。闻世例不葬。

秦

宣四年春，伯稻卒。

成十四年冬，伯□卒。闻世正例不葬。

吴

襄廿五年，子谒伐楚门于巢，卒。闻世正例。吴本不书葬。

定十四年夏，子光卒。见世篡不明，故时起之。

薛

定十三年，比。国杀，不葬。

变例月卒不葬

滕

宣九年八月，滕子卒。闻世起滕本非侯，若至此始卒，亦例不葬，与薛、杞、吴备三世也。

吴

昭十五年春王正月，子夷昧卒。见世正例。

莒

昭十四年八月，子去疾卒。见世同吴。

不葬日卒

邾娄

庄廿八年夏四月丁未，子瑣卒。传闻世起邾娄本由褒进，故加录。

襄十七年春王二月庚午，子瞷卒。闻世将进，故褒之日卒。

滕

成十六年夏四月辛未，滕子卒。闻世日卒，仍不葬，起褒进见常例。

吉事例表弟十九

孔子曰："鲁之郊禘，非礼也。周公其衰矣！"杞、宋者，天子之事守也。鲁之王，广之天下者也。故《传》曰"鲁郊，非礼也"，则必卜而用之。又曰："僭诸公犹可言也，僭天子不可言也。"子家驹以季氏之祸，原于君僭，三家雍彻，则不可忍。然则鲁之大礼，专施于祭，至其余制，宜同侯国。而君臣缘僭，实兴郊禘，既灌不观，蜡则喟然。盖伤子孙之不能承休，而乃以盛典为厉阶与？予夺之意，先师不言，今辄次类其文，以待推省者该郊之变耳。

用郊正例日

变例不言用日

夏五月辛亥，郊。
夏四月辛巳，郊。

变例不郊时

成七年，不郊。

变例乃不郊时

宣三年，乃不郊。
成十年，乃不郊。
襄十一年，乃不郊。

卜郊正例三卜月不从时

襄七年夏四月，三卜郊，不从。

四卜月不从时

僖卅一年夏四月，卜郊，不从。
襄十一年夏四月，四卜郊，不从。

五卜月不从时

成十年夏四月，五卜郊，不从。

免牲正例时

乃免牲。
乃免牲。

免牛时

乃免年。

牛伤正例月

宣三年春王正月，郊牛之口伤。

变例牛死时

牛死。

鼠食正例月

成七年春王正月，奚鼠食郊牛角。

鼠又食时

奚又食其角。

不言所食时

定十五年，奚鼠食郊牛。

哀元年，奚鼠食郊牛。

改卜牛正例时

改卜牛。

改卜牛。

改卜牛。

犹三望正例时

犹三望。

犹三望。

犹三望。

社正例日

以祭日知之。

变例时

庄廿五年，用牲于社。

文十五年，用牲于社。

三十年，用牲于社。

庄廿三年夏，公如齐观社。

门正例日

以凡祭皆日知之。

变例时

庄廿五年，用牲于门。

祭大庙世室言有事正例日

宣八年辛巳，有事于大庙。

昭十五年二月癸酉，有事于武宫。

绎例日

壬午，犹绎。

大祫言大事正例日

文二年八月丁卯，大事于大庙。

变例不当祫言吉禘日

闵二年夏五月乙酉，吉禘于庄公。

变例非禘言禘月

僖八年秋七月，禘于大庙。

时祭尝例日

桓十四年乙亥，尝。

烝例日

桓八年春正月己卯，烝。夏五月丁丑，烝。

告月正例月

文六年闰月，不告月。

视朔正例月

文十六年夏五月，公四不视朔。

朝庙正例月以视朔知之

变例时

犹朝于庙。

祀正例日即大事有事时祭

变例时

定八年冬，从祀先公。

变例不言祀时

跻僖公。

事正例日即大事有事

变例时

卒事。

宫庙例表弟二十

《传》曰："周公称大庙，鲁公称世室，群公称宫。"此鲁旧名，文家之辞也。《春秋》书庙，皆大庙，亲庙皆称公、称宫者，非五庙之例，同生人寝宫耳。故称西宫无嫌，而公居楚宫，其文显明。孔子曰："必也，正名乎！"使可以假借通辞，则尊卑人鬼渎矣。是故改群宫曰公，而以宫为讥辞。讥有轻重，亦分三例，以三寝附著焉。大庙、世室、路寝，正也。先公，亲庙也。高寝，母居也。余宫以大庙治之。小寝，夫人之寝也，以路寝小之。故祖祢可以名治，男女可以义别。

大庙日例

文二年八月丁卯，大事于大庙。

宣八年辛巳，有事于大庙。

桓二年戊申，纳于大庙。

月例

僖八年秋七月，禘于大庙。

庙时例

文六年，犹朝于庙。不言，大讥不敬。

世室时例

文十三年，世室屋坏。

群公日例

闵二年夏五月乙酉，吉禘于庄公。

文二年丁丑，作僖公主。

时例

文二年，跻僖公。

定八年冬，从祀先公。

群公称宫日例

无。即当称宫，宜见有事时祭称宫之文，今无亲庙称宫者，固知当改聘礼曰受币于某宫，是周制亲庙称宫也。

月例

庄廿四年春王三月，刻桓宫桷。

时例

庄廿三年秋，丹桓宫楹。

群庙外别立宫日

成六年二月辛巳，立武宫。

昭十五年二月癸酉，有事于武宫。

哀三年五月辛卯，桓宫僖宫灾。

时

定元年秋，立炀宫。

不称谥但称宫日

成三年春，甲子，新宫灾。不言宣公庙，灾时初除丧，讥事祢不尽，故同之生宫。

非庙称宫日

僖廿年五月乙巳，西宫灾。见生人所居乃称宫。

襄卅一年夏六月辛巳，公薨于楚宫。

妾母庙称宫月

隐五年九月，考仲子之宫。不成丧，故同之生宫。

非庙称庙时

僖十五年秋，震夷伯之庙。天戒大之称庙，即以起先公不当称宫。

非室称室时

昭廿二年，王室乱。诸子争立，不能承宗庙，故称室。

路寝

庄卅二年，路寝。公薨地下同。

宣十八年，路寝。

成十八年，路寝。

高寝

定十五年，高寝。母所居，起下孟子卒为昭夫人。

小寝

僖卅三年，小寝。夫人称小君，故寝称小寝。

昏礼例表第二十一

《春秋》详夫人之丧葬，而不具录其昏至，盖葬者君之所以事母，内治则统于政礼而已矣。讥不亲迎，一托始而已足，故十二君之娶，唯见六君，而皆别有义，嫁女三见归于，再见来逆，明圣经之作，不为王者嫁娶作记注也。然则礼不若义，义斯为礼，而凡言据史文从赴告者，诚为陋矣。

公纳币非礼时

庄廿二年冬，公如齐纳币。取仇女，托以讥亲纳为小恶。

大夫纳币正时

文二年，公子遂如齐纳币。下为微者词，故以如齐明非实微。

公亲迎正时

廿四年夏，公如齐逆女。前讥不亲迎，此讳取仇女，使若得正。

大夫逆女非礼时

桓三年，公子翚如齐逆女。

宣元年，公子遂如齐逆女。不讥丧娶，起下去氏。

成十四年秋，叔孙骄如如齐逆女。见一正例，仍不见纳币，明常事不书。

不言逆者但言逆妇时

四年夏，逆妇姜于齐。讥丧娶，使若大夫女。

夫人至时

秋，夫人姜氏至自齐。

以夫人妇至月

九月，骄如以夫人妇姜氏至自齐。见一正例。

以夫人妇贬去氏至月

三月，遂以夫人妇姜至自齐。去氏，贬夫人，起宣杀立。

夫人入日

八月丁丑，夫人姜氏入。嫌实正，故为灭国词。

觌夫人日

戊寅，大夫宗妇觌用币。大夫无君之词，非正自明。

致夫人时不言至妾词

僖八年，用致夫人。

来纳币正例时

成八年夏，宋公使公孙寿来纳币。不言逆，不亲迎，讳之。

来逆女正例时

变例月

隐二年九月，纪履緰来逆女。托讥不亲迎。

成九年春王正月，杞伯来逆叔姬之丧以归。前已绝，此若重嫁死女，又若杞伯执之。

变例不言女时

庄廿七年，莒庆来逆叔姬。嫁大夫正例。

变例月

宣五年秋九月，齐高固来逆子叔姬。讥来，故月。

变例言逆妇时

僖廿五年，宋荡伯姬来逆妇。

来求妇时

僖卅一年冬，杞伯姬来求妇。

女归正例月

冬十月，伯姬归于纪。

隐七年春王三月，叔姬归于纪。前见伯姬归，此复归媵，自明媵而同女贤之。

九年二月，伯姬归于宋。

变例时

庄廿五年，伯姬归于杞。

僖十五年，季姬归于鄫。前已遇，故略之。

来媵时

成八年，卫人来媵。

九年，晋人来媵。

十年，齐人来媵。三媵非礼犹书，起非书媵。

致女时

九年夏，季孙行父如宋致女。起上不逆女，非略之。

女大归时

宣十六年秋，郯伯姬来归。

附

闵元年，季子来归。

月

成五年春王正月，杞叔姬来归。下胁杞，故月录之。

女直来时

廿七年冬，杞伯姬来。

僖廿八年秋，杞伯姬来。

附

闵元年冬，齐仲孙来。

女与未来时

冬，齐高固及子叔姬来。

女与子来时

僖五年春，杞伯姬来朝其子。

嫁女卒正例日

十六年夏四月丙申，鄫季姬卒。嫌季姬有罪，故正录恩之。

八年冬十月癸卯，杞叔姬卒。以胁归其丧，日卒，讥内恩之。

变例月

庄四年三月，纪伯姬卒。

庄廿九年冬十二月，纪叔姬卒。

变例时

襄卅年，伯姬卒。五月甲午，宋灾不再出宋，恩之，不再出日，使从诸侯卒会例，即当日卒，宜云五月甲午宋伯姬卒，宋灾，故方起其一事也。

嫁女葬时

葬宋共姬。上书秋七月叔弓如宋，下时葬，内会伯国葬例荣之。

日

六月乙丑，齐侯葬纪伯姬。

三十年八月癸亥，葬纪叔姬。

内逆外女

庄元年夏，单伯逆王姬。

来逆外女

桓八年，祭公来，遂逆王后于纪。

外逆外女不言来

襄十五年，刘夏逆王后于齐。

外女归

王姬归子齐。

九年春，纪季姜归于京师。

庄十一年冬，王姬归于齐。盈前讳文。

外女卒时

月

庄二年秋七月，齐王姬卒。

外逆女时

月

隐二年九月，纪履緰来逆女。本不书，故月。

馆外女时

庄元年秋，筑王姬之馆。

媵外女时

庄十九年秋，公子结媵陈人之妇于鄄。

送女月

桓三年九月，齐侯送姜氏于欢。

妇事例表弟二十二

妇人无外事，而文家有大飨之礼、交问之道，所以赞佐二姓，恭事社稷，以为昏姻和合之本。又有归宗之义，文无不通，内不为讳，《穀梁》以为皆讥，非也。然经书唯及外平，盖去文从质，则改其制，岂不以文、哀二姜，功小罪大，圣姜胁僖，翱翔卞淄？大邦有子，非可恒得，齐桓戮夷，辱同外讨。故备记鄫、杞，以显共姬。三媵犹侈，不嫌非礼，守堂逮火，贤比三累，亦何必托刺于舜华，期荣于河鲤？今故备其本末，以待考者知正变焉。

公夫人如正例时

桓十八年，公夫人姜氏遂如齐。

夫人如正例时

庄十五年夏，夫人姜氏如齐。

十九年，夫人姜氏如莒。

文九年，夫人姜氏如齐。前为略之之词，故特见如至。

变例月

庄廿年春王二月，夫人姜氏如莒。结昏莒庆，讥汲汲，故月。

夫人如师例时

庄五年夏，夫人姜氏如齐师。

夫人如至月

文九年三月，夫人姜氏至自齐。月者，起非大夫女，故特见至。

公及夫人会外君正例时

僖十一年夏，公及夫人姜氏会齐侯于阳谷。

夫人会外君正例时

庄七年春，夫人姜氏会齐侯于防。冬，夫人姜氏会齐侯于穀。前已见月，故频会皆从正例。

僖十七年秋，夫人姜氏会齐侯于卞。

变例月

庄二年冬十有二月，夫人姜氏会齐侯于郜。月者，起未孙。

夫人飨外君月

庄四年春王二月，夫人姜氏飨齐侯于祝丘。前讥嫌为会，故再见月。

夫人归正例时

文十八年，夫人姜氏归于齐。大归。

变例言孙月

庄元年三月，夫人孙于齐。义当绝，故月，孙。去氏起未孙。

夫人孙月

闵二年九月，夫人姜氏孙于邾娄。实孙，故不去氏。有罪，故月。

致夫人时

僖八年，用致夫人。

致女时

成九年夏，季孙行父如宋致女。

公会女正例时

庄廿七年春，公会杞伯姬于洮。

女遇变例月

僖十四年夏六月，季姬及鄫子遇于防。会遇同例，此月者，起改嫁。

女来正例时

庄廿七年冬，杞伯姬来。
僖廿八年秋，杞伯姬来。

女来求妇时

僖卅一年冬，杞伯姬来求妇。

女来逆妇时

僖廿五年，宋荡伯姬来逆妇。

女及夫来时

宣五年冬，齐高固及子叔姬来。

女来朝子时

僖五年，杞伯姬来朝其子。

女执正例月

变例时

文十四年，齐人执子叔姬。

来归女正例月

文十五年十有二月，齐人来归子叔姬。

女来归正例时

宣十六年秋，郯伯姬来归。

变例月

成五年春王正月，杞叔姬来归。

嫁女归于正例月

庄十二年春王三月，纪叔姬归于酅。

襚君母正例时

文九年，秦人来归僖公、成风之襚。

赗君母变例月

隐元年秋七月，天王使宰咺来归惠公、仲子之赗。

文五年春王正月，王使荣叔归含且赗。

会葬君母例时

文五年，王使召伯来会葬。

执君母讳言以归时

僖元年，齐人以归。

政役例表第二十三

作正例时

无。以新作知之。

变例月

成元年三月，作丘甲。讥始，故月。

襄十一年春王正月，作三军。讥僭非讥作，故月。

变例日

文二年丁丑，作僖公主。欲久丧不能，托于作之功重。

新作正例时

僖廿年春，新作南门。

变例月

定二年冬十月，新作雉门及两观。

新时

庄廿九年春，新延厩。实作，讳言新。

筑时

庄元年秋，筑王姬之馆于外。

廿八年冬，筑微。

卅一年春，筑台于郎，筑台于薛。秋，筑台于秦。

成十八年，筑鹿囿。

昭九年冬，筑郎囿。

定十三年夏，筑蛇渊囿。

丹刻正例时

庄廿三年秋，丹桓宫楹。

变例月

庄廿四年春王三月，刻桓宫桷。讳役久，托以刻未毕，故月。

用正例时

庄廿四年，用币。

廿五年，鼓用牲于社。鼓用牲于社、于门。

卅年，鼓用牲于社。

僖八年，用致夫人。

文十五年，鼓用牲于社。

哀十二年春，用田赋。

变例月

无。言用已讥，用郊日，自为郊出，非用变例也。以有日，不可在时例，故例此明之。

变例日

成十七年九月辛丑，用郊。用者不宜用日者，郊正例，无讥。

初正例时

隐五年，初献六羽。

宣十五年，初税亩。

毁时

文十六年，毁泉台。

坏时

文十三年，世室屋坏。

去时

宣八年，去籥。非礼。

昭十五年，去乐。礼。

隳时

定十二年，叔孙州仇帅师隳郈。季孙斯、仲孙何忌帅师隳费。

舍月

昭五年春王正月，舍中军。

考月

隐五年九月，考仲子之宫。

内城一邑

隐七年夏，城中丘。

九年夏，城郎。

桓五年，城祝丘。

十六年冬，城向。

庄卅二年春，城小穀。

宣八年，城平阳。

成四年冬，城运。

九年，城中城。

襄七年，城费。

十三年，城防。

十九年，城武城。

定六年冬，城中城。

十五年冬，城漆。

哀五年春，城比。

内城二邑

庄廿九年，城诸及防。

定十四年，城莒父及霄。

内城外邑

哀六年春，城邾娄葭。

内帅师城

哀三年，季孙斯、叔孙州仇帅师城开阳。

内城郛

襄十九年，城西郛。

哀四年，城西郛。

内帅师城郛

襄十五年，季孙宿、叔孙豹帅师城成郛。

内帅师城二邑

文十二年，季孙行父帅师城诸及运。

内会城

襄廿九年，仲孙偈会晋荀盈，齐高止，宋华定，卫世叔齐，郑公孙段，曹、莒、邾娄、滕、薛、小邾娄人，城杞。

昭卅二年冬，仲孙何忌会晋韩不信，齐高张，宋仲幾，卫世叔申，郑国参，曹、莒、邾娄、薛、杞、小邾娄人，城成周。

内会遂城

襄二年冬，仲孙蔑会晋荀罃，齐崔杼，宋华元，卫孙林父，曹、邾娄、滕、薛、小邾娄人于戚，遂城虎牢。

内遂城

文七年，遂城部。春，公伐邾娄。三月甲戌，取须朐。

外师城

僖元年，齐师、宋师、曹师城邢。

诸侯城已上皆时

僖十四年春，诸侯城缘陵。

直言城灭国词月

僖二年春王正月，城楚丘。

内戍例时

僖廿八年，公子买戍卫。

外戍为内词时

襄五年冬，戍陈。

十年，戍郑虎牢。

不卒戍时

不卒戍。

浚时

庄九年冬，浚洙。

疆时

昭元年，叔弓帅师疆运田。

焚日

桓八年春二月己亥，焚咸丘。

蒐正例时

昭八年秋，蒐于红。

大阅正例时

大蒐正例时

昭十一年，大蒐于比蒲。

昭廿二年，大蒐于昌奸。

定十三年，大蒐于比蒲。

十四年，大蒐于比蒲。

狩正例时

庄四年冬，公及齐人狩于郜。讳从正狩例。

哀十四年春，西狩获麟。

变例月

桓四年春正月，公狩于郎。

变例日

桓六年秋八月壬午，大阅。

大狩时

僖廿八年，天王狩于河阳。

祠兵日

庄八年甲午，祠兵。

观时

隐五年春，公观鱼于棠。

庄廿三年夏，公如齐观社。

俟时

庄八年，以俟陈人、蔡人。

迁于例时

成十五年，许迁于叶。闻世录许，为见世三录起例。

昭九年，许迁于夷。

十八年冬，许迁于白羽。

定四年，许迁于容城。详录小国，见世致太平存恤之义也，必三录乃足起其例。

变例月

僖元年夏六月，邢迁于陈仪。月者，起邢亡。

卅一年十有二月，卫迁于帝丘。月者，卫先亡，重录之。

哀二年十有一月，蔡迁于州来。存蔡故月。

迁正例月

庄十年三月，宋人迁宿。同灭例重，故月。

闵二年春王正月，齐人迁阳。

变例时

庄元年，齐师迁纪、郱、鄑、郚。讳取言迁，故时。

灾异例表弟二十四

《春秋》始元终麟，以示天道，其义主于记变，以法象治人事，人事常者不书，然则主书者唯灾异尔。自周以前，历家皆知日食有定限，不足为异。唯《小雅》之诗曰：月食其常，日食不臧。《小雅》，周公之徒也。文王演易，于《明夷》《丰》皆见日食之象。至《春秋》而重为大法，以为天异之最重，杀君三十六，日食三十七，似其应矣，而不可推测其余，则皆《鸿范》六沴之占，亦无术以言之。信乎，天道不可得闻乎！具列其端，以待达人发其奥焉。

日食正朔既

桓三年秋七月壬辰朔，日有食之，既。

襄廿四年秋七月甲子朔，日有食之，既。又见频食例。

日食正朔

庄廿五年六月辛未朔，日有食之。鼓，用牲于社。

廿六年冬十有二月癸亥朔，日有食之。

卅年九月庚午朔，日有食之。鼓，用牲于社。

僖五年九月戊申朔，日有食之。

文元年二月癸亥朔。

十五年六月辛丑朔，日有食之。鼓，用牲于社。

成十六年六月丙寅朔。

十七年十有二月丁巳朔。

襄十四年二月乙未朔。

二十年冬十月丙辰朔。

二十三年春王二月癸酉朔。

二十七年冬十有二月乙亥朔。

昭七年夏四月甲辰朔。

十五年六月丁巳朔。

十七年夏六月甲戌朔。

二十一年秋七月壬午朔。

二十二年十有二月癸酉朔。

二十四年夏五月乙未朔。

三十一年十有二月辛亥朔。

定五年春王正月辛亥朔。

十二年十有一月丙寅朔。

十五年八月庚辰朔。

日食朔后既

宣八年秋七月甲子，日有食之，既。

日食朔前

庄十八年春王三月，日有食之。

僖十五年夏五月，日有食之。

日食朔后

隐三年春王二月己巳，日有食之。

僖十二年春王三月庚午，日有食之。

宣十年夏四月丙辰。

十七年六月癸卯。

襄十五年秋八月丁巳。

日食朔不言甲子

桓十七年冬十月朔，日有食之。

日频食非食言食

襄廿一年九月庚戌朔，冬十月庚辰朔，日有食之。

二十四年秋七月甲子朔，日有食之，既。此正食。八月癸巳朔，日有食之。此非食。

星异日例

庄七年夏四月辛卯，夜，恒星不见。夜中星霣如雨。

月例

文十四年秋七月，有星孛入于北斗。

哀十三年冬十有一月，有星孛于东方。

时例

昭十七年冬，有星孛于大辰。

大雨异日例

隐九年三月癸酉，大雨。

月例

僖三年六月，雨。

不雨异时例

庄卅一年冬，不雨。

经时月例

文二年，自十有二月不雨，至于秋七月。
十年，自正月不雨，至于秋七月。
十三年，自正月不雨，至于秋七月。

月例

僖二年冬十月，不雨。
三年春王正月，不雨。

雨冰异月

成十六年春王正月，雨木冰。

雨雪异月

桓八年冬十月，雨雪。
昭四年春王正月，大雨雪。

日

隐九年庚辰，大雨雪。

雨雹异时

僖十年冬，大雨雹。
二十九年秋，大雨雹。

昭三年冬，大雨雹。

晦异日

僖十五年己卯，晦。

成十六年甲午，晦。

震异日

文九年九月癸酉，地震。

襄十六年五月甲子，地震。

昭十九年己卯，地震。

二十三年八月乙未，地震。

哀三年夏四月甲午，地震。

时

隐九年，震电。

僖十五年，震夷伯之庙。

霜异时

僖卅三年，實霜，不杀草。

月

定元年冬十月，實霜杀尗。

冰异时

桓十四年，无冰。

成元年，无冰。

襄廿八年春，无冰。

月

成十六年春王正月，雨木冰。

郊牛异时

成七年，改卜牛，奚鼠又食其角。
定十五年，奚鼠食郊牛，牛死。
哀元年，奚鼠食郊牛。

月

成七年春王正月，奚鼠食郊牛角。
宣三年春王正月，郊牛之口伤。

人异日

文十一年冬十月甲午，叔孙得臣败狄于咸。长狄记异。

草木异时

僖卅三年，賈霜，不杀草，李、梅实。

月

成十六年春王正月，雨木冰。

虫异时

庄十八年秋，有蜮。
廿九年秋，有蜚。

文八年，螺。冬螺，记异。

宣十五年冬，蝝生。

月

哀十二年冬十有二月，螺。

十三年十有二月，螺。

鸟异时

昭廿五年，有鸜鹆来巢。

兽异时

庄十七年冬，多麋。

哀十四年春，西狩获麟。

外霣异日

僖十六年春王正月戊申朔，霣石于宋，五。

外崩异日

僖十四年秋八月辛卯，沙麓崩。

时

成五年，梁山崩。

外火异日

昭十八年夏五月壬午，宋、卫、陈、郑灾。

外鸟异月

僖十六年，是月六鹢退飞过宋都。

外虫异时

文三年，雨螽于宋。

旱雩时例

桓五年，大雩。

成三年，大雩。

七年冬，大雩。

襄五年秋，大雩。

十六年，大雩。

昭八年，大雩。

定七年，大雩。

十二年秋，大雩。

月例

僖十一年秋八月，大雩。

十三年秋九月，大雩。

襄八年秋九月，大雩。

十七年九月，大雩。

廿八年秋八月，大雩。

昭三年八月，大雩。

六年秋九月，大雩。

十六年九月，大雩。

廿四年秋八月，大雩。

定元年九月，大雩。

七年九月，大雩。

日例

昭廿五年秋七月上辛，大雩。季辛，又雩。日不言辰，实非日例。

旱时

僖廿一年夏，大旱。

宣七年，大旱。

大水时

桓元年秋，大水。

十三年夏，大水。

庄七年秋，大水。

廿四年，大水。

廿五年秋，大水。

宣十年，大水。

成五年秋，大水。

襄廿四年，大水。

火日

桓十四年秋八月壬申，御廪灾。

僖廿年五月乙巳，西宫灾。

成三年甲子，新宫灾。

定二年夏五月壬辰，雉门及两观灾。

哀三年五月辛卯，桓宫、僖宫灾。

四年六月辛丑，蒲社灾。

饥时

宣十年，饥。

十五年，饥。

大饥时

襄廿四年，大饥。

无时

庄七年，无麦苗。

大无时

庄廿八年，大无麦禾。

虫灾时

桓五年，螺。

宣十三年秋，螺。

十五年秋，螺。

隐五年，螟。

庄六年，螟。

月

僖十五年八月，螺。

宣六年秋八月，螺。

哀十三年九月，螽。

外灾时

宣十六年夏，成周宣谢灾。

襄九年春，宋火。

月

昭九年夏四月，陈火。

日

襄三十年五月甲午，宋灾。

外水时

庄十一年秋，宋大水。

外痢时

庄二十年夏，齐大灾。大瘠也。四足死曰瘠，盖牛疫。

有年时

桓三年，有年。以喜书。无德则以异书。

大有年时

宣十六年冬，大有年。

春秋例表东洲本

春秋例表叙长沙府学廪膳生臣王代丰述

《记》曰："属辞比事，《春秋》教也。""《春秋》之失，乱。"其治民也，属辞比事而不乱，则深于《春秋》。大哉，圣人之作乎！五经皆以致治，《春秋》独以拨乱，故三王没而仲尼穷，五经变而《春秋》作。宪章文武，祖述尧舜，唯其辞而已。是以上律天时，下袭水土，水土以缵禹功，于是有外内之词，天时以奉明威，于是有时月日之科，进退褒贬，生死存亡，专在三科治之。自游、夏不能赞一词，而子路、颜渊困于麇角，莫知微言所传，竹帛之所自来，故曰："天之将丧斯文也，天之未丧斯文也。"司马子曰："《春秋》文成数万，其指数千，万物之聚散，皆在《春秋》。""前有谗而弗见，后有贼而不知，故有国者不可以不知《春秋》。守经事而不知其宜，遭变事而不知其权，为人臣者不可以不知《春秋》。""《春秋》，礼义之宗也。为人君父而不通于《春秋》之义者，必蒙首恶之名，为人臣子而不通《春秋》之义者，必陷篡弑之诛、死罪之名，其实皆以为善为之，不知其义，则被之空言而不敢辞。"故《春秋》者礼也，礼者例也。其序则齐桓、晋文，其词则孔子有焉矣。一予一夺，不出一字，一美一恶，不嫌同词，非夫聪明睿智、纵心而不逾矩者，其孰能当之而不乱乎？且天不言而四时行、百物生，《春秋》不事而人事洽、王道备。自后传者观听不决，守文失据，顾此遗彼，亡而为有，有而为亡。故昔闻之何休，犹若有疑而鲜通，乃大括诸例，总为斯表，诵其所闻，俾君子自习焉。《易》曰：“正其本，万事理。失之豪厘，差以千里。”故学者不可不审也。三王之治天下也，皆先道而后礼，有简而文也，淡而不厌也，如此则可以放乎四海矣。

补春秋例表叙清泉廖焸文撰

宋人作《春秋》表者，所见二家，皆不知时月之例，又多《左传》家言。至国朝顾栋高作《春秋大事表》，则史表耳。湘潭王君仲章，吾师湘绮先生之次子也。年未弱冠，能承家学，殚力《春秋》，会稡诸例，编为斯表。年二十余遽殁。四川总督丁文诚将上其书，值世难而止。辛卯岁，吾师自蜀还湘，主讲船山，焸文以蒙鄙之姿，执经请业，希高坚之绝学，叹欲从而末由。尝手是编，朝夕披览，因于微言大义，颇有会通。是犹升堂之有阶级，济河而获津梁，其所裨益岂浅鲜哉！然穷究得失，时有纰缪，欲以愚管稍为增演。去秋归自京师，奉命校雠，时同学诸生治《春秋》者十余人，分篇编次，日加探讨，补阙削繁，增多原表十四篇，凡三十八篇，自朝聘、会盟、战伐、侵围、出入、灭亡、吉凶、灾异，具存旧制，约略修加，至若虚字及一见之例，前书未列，今始创附，益见属词之精，游、夏不能赞也。唯五始、九旨、七等诸篇，其名虽传自先师，究莫知其所从来，因文考义，犹非至当，则概从删削。其有义不能略者，则无妨再见。例可从同者，则姑为附后。至所不知，非敢臆说，每有疑义，皆经师定。发凡起例，庶几有补于将来。如其奥密，以俟能者。

戊申冬至前三日谨叙。

朝例表弟一

《春秋》王鲁，而朝王、如齐，著事天子、方伯之义者，托王非实王也。朝而曰如，从内大夫聘例，明王者有邦交无事人也。如京师见不朝王，然无讥文，则言朝王者皆讥，明内以如为正也。朝内者十八国，邾娄、小邾娄、曹、滕、薛、纪、杞、穀、邓、牟、葛、郜、郯、鄫、介、倪，盖鲁公尝为州伯所旧统也，萧及白狄，见一附庸，一远夷，明托王故无所不统也。不言来朝直言来者，不能朝与无礼同词，以别于有事来者也。

公如正例时附公夫人如、夫人如、夫人如师

文三年冬，公如晋。

十三年冬，公如晋。

宣四年秋，公如齐。

五年春，公如齐。

十年春，公如齐。夏，公如齐。

成三年夏，公如晋。

四年，公如晋。

十年，公如晋。

十八年，公如晋。

襄三年，公如晋。

四年冬，公如晋。

十二年，公如晋。

昭五年，公如晋。

十五年冬，公如晋。

廿七年春，公如齐。冬，公如齐。

公以事如

庄廿二年冬，公如齐纳币。

廿三年夏，公如齐观社。

廿四年夏，公如齐逆女。

公如非如

昭二年冬，公如晋，至河乃复。

十二年，公如晋，至河乃复。

十三年，公如晋，至河乃复。

廿一年，公如晋，至河乃复。

廿三年冬，公如晋，至河，公有疾，乃复。

如次

昭廿八年，公如晋，次于乾侯。

廿九年，公如晋，次于乾侯。

公夫人如

桓十八年，公夫人姜氏遂如齐。

夫人如

庄十五年夏，夫人姜氏如齐。

十九年，夫人姜氏如莒。

文九年，夫人姜氏如齐。

庄五年夏，夫人姜氏如齐师。

变例月

僖十年春王正月，公如齐。

十五年春王正月，公如齐。

卅三年冬十月，公如齐。

宣九年春王正月，公如齐。

成十三年三月，公如京师。

襄八年春王正月，公如晋。

廿一年春王正月，公如晋。

廿八年十有一月，公如楚。

昭七年三月，公如楚。

定三年春王正月，公如晋，至河乃复。

庄二十年春王二月，夫人姜氏如莒。

来朝正例时爵不名

桓二年，滕子。

六年冬，纪侯。

庄廿七年，杞伯。

僖七年夏，小邾娄子。

廿年夏，郜子。

文十一年秋，曹伯。

十二年，杞伯。

十二年秋，滕子。

十五年夏，曹伯。

宣元年秋，邾娄子。

成四年，杞伯。

十八年秋，杞伯。

襄元年，邾娄子。

六年，滕子。

七年春，郯子。

七年，小邾娄子。

廿一年，曹伯。

廿八年，邾娄子。

昭三年秋，小邾娄子。

十七年春，小邾娄子。

十七年秋，郯子。

哀一年，滕子。

侯朝

隐十一年春，滕侯、薛侯。

子朝

僖廿七年春，杞子。起杞灭。

侯名朝

桓七年夏，穀伯绥。

邓侯吾离。

名朝

庄五年秋，倪黎来。

字朝

庄廿三年，萧叔。不言来。

人朝

桓十五年，邾娄人、牟人、葛人。

使来朝

桓九年冬，曹伯使其世子射姑。

僖十四年，使鄫子。

朝其子

僖五年，杞伯姬来朝其子。

变例月

桓二年秋七月，纪侯。

成六年夏六月，邾娄子。月起上取鄟。

七年夏五月，曹伯。月起忧内。

定十五年春王正月，邾娄子。月者，起上来会，无讥。

变例直来时

僖廿九年春，介葛卢。冬，介葛卢。

襄十八年春，白狄。

变例月

隐元年冬十有二月，祭伯。讳奔。

桓六年春正月，实来。化我。

非朝言来

庄廿七年冬，杞伯姬。

闵元年冬，齐仲孙。

僖廿八年秋，杞伯姬。

宣五年冬，齐高固及子叔姬。

来正例时

来会

定十四年，邾娄子来会公。来会葬。

来盟

闵二年冬，齐高子。

僖四年夏，楚屈完。于师。

襄廿九年，杞子。

来归

闵元年，季子。

宣十六年秋，郯伯姬。

人来归

庄六年冬，齐人来归卫宝。

文九年，秦人来归僖公、成风之襚。

定十年，齐人来归运、欢、龟阴田。

来逆

庄廿七年，莒庆来逆叔姬。

僖廿五年，宋荡伯姬来逆妇。

来遂逆

桓八年，祭公来，遂逆王后于纪。

来媵

成八年，卫人。

九年，晋人。

十年，齐人。

来求

隐三年秋，武子来求赙。

僖卅一年冬，杞伯姬来求妇。

文九年春，毛伯来求金。

来输

隐六年春，郑人来输平。

附朝王

僖廿八年，公朝于王所。

变例月

襄卅一年冬十月，滕子。

定十五年九月，滕子。

文十五年三月，宋司马华孙。月者，起宋无大夫。

成五年春王正月，杞叔姬。

文十五年十有二月，齐人来归子叔姬。

隐二年九月，纪履緰来逆女。

宣五年秋九月，齐高固来逆子叔姬。

成九年春王正月，杞伯来逆叔姬之丧。

僖廿八年壬申，公朝于王所。再失礼，故日。

聘例表第二

聘者，邦交之常。王于诸侯，有使事，无聘道，故内大夫出聘不言聘，通言如也。而频见王使来聘，若无讥文者，降同列国，讥意自明。其余内如外使，皆各有起义，非书聘事，故通时录而已。其有月者，重在本事。然则聘例时，实当言聘例月，经无月例，罕特书，是以仍为时例也。鲁、卫至亲，内唯一往，鲁、郑昵近，仅一莅盟，而惑者犹欲依经以见事，不亦蔽乎？

如正例时

京师

僖卅年，公子遂。遂如晋。

文元年，叔孙得臣。

八年，公孙敖。不至。

宣九年夏，仲孙蔑。

襄廿四年，叔孙豹。

齐

庄卅二年，公子庆父。奔。

僖七年，公子友。

十三年冬，公子友。

廿八年，公子遂。

文元年，公孙敖。

十四年冬，单伯。执。

十七年冬，公子遂。

十八年秋，公子遂、叔孙得臣。

十八年，季孙行父。

宣元年夏，季孙行父。

元年，公子遂。

十年，公孙归父。

十年，季孙行父。

十年冬，公孙归父。

成十一年秋，叔孙骄如。

襄廿年，叔老。

昭九年秋，仲孙貜。

定十年，叔孙州仇。

哀五年冬，叔还。

晋

僖卅一年，公子遂。

文五年夏，公孙敖。

六年秋，季孙行父。

十五年春，季孙行父。

十五年，季孙行父。

十八年，公孙归父。还自晋奔。

成六年，公孙婴齐。

六年冬，季孙行父。

十一年夏，季孙行父。

襄四年夏，叔孙豹。

五年，叔孙豹、鄫世子巫。

六年，季孙宿。

九年夏，季孙宿。

十六年冬，叔孙豹。

十九年，季孙宿。

廿四年春，叔孙豹。

廿八年，仲孙偈。

廿九年冬，仲孙偈。

昭二年夏，叔弓。

二年，季孙宿。

六年夏，季孙宿。

八年，叔弓。

十六年，季孙隐如。

定六年夏，季孙斯、仲孙何忌。

宋

文十一年，公子遂。

成五年，仲孙蔑。

襄二年，叔孙豹。

廿年，季孙宿。

昭廿五年春，叔孙舍。

楚

昭六年冬，叔弓。

卫

襄七年秋，季孙宿。

陈

庄廿五年冬，公子友。

廿七年秋，公子友。葬原仲。

文六年夏，季孙行父。

莒

成八年，公孙婴齐。

滕

昭三年夏，叔弓。

邾娄

襄六年冬，叔孙豹。

牟

僖五年夏，公孙慈。

变例月

文九年二月，叔孙得臣。

昭廿二年六月，叔鞅。

宣八年夏六月，公子遂。乃复奔。

文六年冬十月，公子遂。下晋葬不月，故如月。

昭十年九月，叔孙舍。亦为晋葬不月。

廿三年春王正月，叔孙舍。见执，故月。

襄卅年秋七月，叔弓。录伯姬。

昭十一年春王正月，叔弓。下葬、宋平不月。

变例遂如

僖卅年冬，遂如晋。公子遂如京师。

外如例时附如会

桓五年夏，齐侯、郑伯如纪。冬，州公如曹。

僖廿八年，陈侯如会。

襄七年，郑伯髡原如会。

聘正例时

王

隐七年冬，天王使凡伯。

九年春，使南季。

桓四年夏，使宰渠伯纠。

五年，使仍叔之子。

八年，使家父。

僖三十年冬，使宰周公。

宣十年秋，使王季子。

郑

襄五年夏，郑伯使公子发。

齐

隐七年，齐侯使其弟年。

桓三年冬，使其弟年。

僖卅三年，使国归父。

宣十年，使国佐。

襄廿七年春，使庆封。

晋

成八年，晋侯使士燮。

十一年，使郤州。及盟。

十八年，使士匄。

襄元年，使荀罃。

八年，使士匄。

十二年夏，使士彭。

廿六年夏，使荀吴。

廿九年，使士鞅。

昭二年春，使韩起。

廿一年夏，使士鞅。

宋

成四年春，宋公使华元。

八年，使华元。

襄十五年春，使向戌。

昭十二年夏，使华定。

卫

文四年，卫侯使宁遬。

成三年，使孙良夫。及盟。

襄元年冬，使公孙剽。

楚

文九年冬，楚子使萩。

陈

庄廿五年春，陈侯使女叔。

秦

文十二年，秦伯使遂。

吴

襄廿九年，吴子使札。

变例月

成三年冬十有一月，使荀庚。及盟。月，起内汲汲。

襄七年冬十月，使孙林父。及盟。再及盟，起良夫盟，以晋，故不月。

襄三十年春王正月，使薳颇。月者，起进楚。

变例不言使时

庄廿三年，祭叔来聘。讥公为无君词。

庄廿三年，荆人来聘。

使来正例时

使来锡命

庄元年，王使荣叔来锡桓公命。

文元年，天王使毛伯来锡公命。

使来归

定十四年，天王使石尚来归脤。

使来会葬

文元年，天王使叔服。

五年，王使召伯。

使来求

使来献

僖十一年，楚人使宜申来献捷。

使来纳

成八年夏，宋公使公孙寿来纳币。

使来乞

成十三年春，晋侯使郤锜来乞师。

十六年，使栾黡。

十七年，使荀罃。

十八年，使士彭。

使来言

成八年春，晋侯使韩穿来言汶阳之田。

使来盟

桓十四年，郑伯使其弟语来盟。

宣七年春，卫侯使孙良夫来盟。

使来唁

昭廿九年，齐侯使高张来唁公。

使如

襄三年，陈侯使袁侨如会。

变例月

成八年秋七月，天子使召伯来锡公命。

隐元年秋七月，天王使宰咺来归惠公、仲子之赗。

八年三月，郑伯使宛来归邴。

桓十五年春二月，天王使家父来求车。

成二年秋七月，齐侯使国佐如师。佚获，故月。

变例使不言来来不言使

不言来

文五年春王正月，王使荣叔归含且赗。

不言使

隐三年，武氏子来求赙。

文九年春，毛伯来求金。下见二月，明此不月。

不言使

闵二年冬，齐高子来盟。

僖四年夏，楚屈完来盟于师。

文十五年三月，宋司马华孙来盟。

不言来

昭卅一年，晋侯使荀栎唁公于乾侯。

会例表第三

《传》曰“离会不书”，以为无所正也。又曰齐桓会不致，信之也。盖《春秋》托王于鲁，假伯于齐，内会以内为正，桓会故无所危也。传闻世、闻世不见离会，至定、哀文致太平，则录洮之会。其蔡、郑会邓书者，盖邓为灭国，故书会存之，非离会也。以此推之，则会盛、会郜、会穀、会温、会陈、会鄫，皆所以兴灭继绝，为天子、方伯所深恤也。至于首戴、钟离，特见殊义，郪与申、霍，又纪伯功，则王者之大政，于会见之矣。若会之中有盟、伐、侵、战、围、救之文，其例太繁，则皆编入各篇。

公会正例时附及会、会及、夫人会

隐二年春，于潜。会戎。

九年冬，于邴。会齐侯。

桓三年，于欢。会齐侯。

十年秋，于桃丘。会卫侯。

十一年，于夫童。会宋公。

十二年，于郯。会宋公。

十五年，于鄗。会齐侯。

庄廿七年春，于洮。会杞伯姬。

廿七年，于城濮。会齐侯。

僖九年夏，于葵丘。会宰周公、齐侯、宋子、卫侯、郑伯、许男、曹伯。

十三年，于咸。会齐、宋、陈、卫、郑、许、曹君。

廿八年冬，于温。会晋、齐、宋、蔡、郑、陈、莒、邾娄君，秦人。

宣元年，于平州。会齐侯。

七年冬，于黑壤。会晋、宋、卫、郑、曹君。

成十二年夏，于沙泽。会晋、卫侯。

十六年秋，于沙随。会晋、齐、卫君，宋华元，邾娄人。

襄五年，于戚。会晋、宋、陈、卫、郑、曹、莒、邾娄、滕、薛君，齐世子光，吴、鄫人。

廿一年，于商任。会晋、齐、宋、卫、郑、曹、莒、邾娄君。

廿二年冬，于沙随。会晋、齐、宋、卫、郑、曹、莒、邾娄、滕、薛、杞、小邾娄君。

廿四年，于陈仪。会晋、宋、卫、郑、曹、莒、邾娄、滕、薛、杞、小邾娄君。

廿五年，于陈仪。会晋、宋、卫、郑、曹、莒、邾娄、滕、薛、杞、小邾娄君。

廿六年，于澶渊。会晋人，郑良霄，宋、曹人。

昭十三年秋，于平丘。会刘子，晋、齐、宋、卫、郑、曹、莒、邾娄、滕、薛、杞、小邾娄君。

定八年，于瓦。会晋师。

十年夏，于颊谷。会齐侯。

十四年，于坚。会齐、卫侯。

哀七年夏，于鄫。会吴。

十二年，于橐皋。会吴。

十二年秋，于运。会卫侯、宋皇瑗。

及会

僖五年，于首戴。及齐、宋、陈、卫、郑、许、曹君会王世子。

十一年夏，于阳谷。及夫人会齐侯。

会及

哀十三年，于黄池。会晋侯及吴子。

夫人会

庄七年春，于防。夫人姜氏会齐侯。

七年冬，于穀。夫人姜氏会齐侯。

僖十七年秋，于卞。夫人姜氏会齐侯。

变例月

隐十年春王二月，于中丘。会齐、郑君。

十一年夏五月，于祁黎。会郑伯。

桓元年三月，于垂。会郑伯。

二年三月，于稷。会齐、郑、陈君。

三年春正月，于嬴。会齐侯。

三年六月，于盛。会纪侯。

六年夏四月，于成。会纪侯。

十一年冬十有二月，于阚。会宋公。

十二年冬十有一月，于龟。会宋公。

十四年春正月，于曹。会郑伯。

十六年春正月，于曹。会宋、蔡、卫君。

十八年春王正月，于泺。会齐侯。

僖元年八月，于柽。会齐、宋、郑、曹君，邾娄人。

十六年冬十有二月，于淮。会齐、宋、陈、卫、郑、许、邢、曹君。

成二年十有一月，于蜀。会楚公子婴齐。

襄七年十有二月，于鄬。会晋、宋、陈、卫、曹、莒、邾娄君。

十六年三月，于溴梁。会晋、宋、卫、郑、曹、莒、邾娄、薛、杞、小邾娄君。

定四年三月，于召陵。会刘子，晋、宋、蔡、卫、陈、郑、许、曹、莒、邾娄、顿、胡、滕、薛、杞、小邾娄君。

庄二年冬十有二月，于郜。夫人姜氏会齐侯。

内大夫会正例时

庄十四年冬，于鄄。单伯会齐、宋、卫、郑君。

文元年秋，于戚。公孙敖会晋侯。

十一年夏，于承匡。叔彭生会晋郤缺。

十六年春，于阳谷。季孙行父会齐侯。

宣十四年冬，于穀。公孙归父会齐侯。

十五年春，于宋。公孙归父会楚子。

十五年，于牟娄。仲孙蔑会齐高固。

成五年夏，于穀。叔孙骄如会晋荀秀。

襄二年冬，于戚。仲孙蔑会晋荀罃，齐崔杼，宋华元，卫孙林父，曹、邾娄、滕、薛、小邾娄人。

八年，于邢丘。季孙宿会晋侯，郑伯，齐、宋、卫、邾娄人。

十四年冬，于戚。季孙宿会晋士匄、宋华阅、卫孙林父、郑公孙囆、莒人、邾娄人。

十九年，于柯。叔孙豹会晋士匄。

廿七年夏，于宋。叔孙豹会晋赵武、楚屈建、蔡公孙归生、卫石恶、陈孔瑗、郑良霄、许人、曹人。

昭元年，于漷。叔孙豹会晋赵武、楚公子围、齐国酌、宋向戌、卫石恶、陈公子招、蔡公孙归生、郑轩虎、许人、曹人。

九年春，于陈。叔弓会楚子。

十一年秋，于屈银。季孙隐如会晋韩起、齐国酌、宋华亥、卫北宫佗、郑轩虎、曹人、杞人。

廿五年夏，于黄父。叔倪会晋赵鞅，宋乐世心，卫北宫喜，郑游吉，曹、邾娄、滕、薛、小邾娄人。

卅一年，于适历。季孙隐如会晋荀栎。

哀六年，于柤。叔还，会吴。

变例月

襄二年秋七月，于戚。仲孙蔑会晋荀䓨、宋华元、卫孙林父、曹人、邾娄人。

公殊会例时

襄十年春，会吴于柤。公会晋、宋、卫、曹、莒、邾娄、滕、薛、杞、小邾娄君，齐世子光。

会王世子亦殊

僖五年，会王世子于首戴。公及齐、宋、陈、卫、郑、许、曹君。

大夫殊会例月

成十五年冬十有一月，会吴于钟离。叔孙骄如会晋士燮、齐高无咎、宋华元、卫孙林父、郑公子鳍、邾娄人。

襄十四年春王正月，会吴于向。季孙宿、叔老会晋士匄，齐、宋、卫人，郑公孙囆，曹、莒、邾娄、滕、薛、杞、小邾娄人。

变例时

襄五年，会吴于善稻。仲孙蔑、卫孙林父。不殊卫，故时。

外君会正例时附散会、会公、会师、会狄、如会

桓三年，于邓。蔡侯、郑伯。

庄十三年春，于北杏。齐侯，宋、陈、蔡、邾娄人。

十五年春，于鄄。齐、宋、陈、卫、郑君。

僖三年秋，于阳谷。齐侯、宋公、江人、黄人。

廿一年秋，于霍。宋、楚、陈、蔡、郑、许、曹君。

昭四年夏，于申。楚、蔡、陈、郑、许、徐、滕、顿、胡、沈、小邾娄君，宋世子佐，淮夷。

定十年冬，于窜。齐、卫侯，郑游遬。

十四年秋，于洮。齐侯、宋公。

散会

文十七年，会于扈。诸侯。

会公

文十三［年］，会公于沓。卫侯。会公于斐。郑伯。

会师

宣元年，会晋师于斐林。宋公、陈侯、卫侯、曹伯。

会狄

十一年秋，会狄于欑函。

如会

僖廿八年，陈侯。

襄三年，陈侯使袁侨。

七年，郑伯髡原。

变例月

宣九年九月，会于扈。晋侯、宋公、卫侯、郑伯、曹伯。

外大夫会例时

襄卅年，于澶渊。晋、齐、宋、卫、郑、曹、莒、邾娄、滕、薛、杞、小邾娄人。

昭廿七年秋，于扈。晋士鞅，宋乐祁犁，卫北宫喜，曹、邾娄、滕人。

遇例表弟四

遇者，杀礼而会。离会不书，离遇则书，皆在传闻之世，所以拨乱也。记外相遇，凡以为内，亦记正遇以正邦交。《礼》曰："遇以协诸侯之虑。"盖会非正，遇为正乎？王者以会统诸侯，诸侯以遇相协，故遇简于会，而太平无所用遇矣。

内遇正例时

隐四年夏，于清。公及宋公。

庄廿三年，于穀。公及齐侯。

卅年冬，于鲁济。公及齐侯。

变例非遇言遇月

僖十四年夏六月，于防。季姬及鄫子。

外遇例时

隐八年春，于垂。宋公、卫侯。

庄卅二年夏，于梁丘。宋公、齐侯。

众遇例时

庄四年夏，于垂。齐侯、陈侯、郑伯。

盟例表弟五

盟者，末世之事，《春秋》之所恶，故胥命为近正平，皆言及我欲之也。公盟例日，讥公之不见信也。大夫会盟于大夫亦例日，不能信也。其会君则时，君臣之义也。因事正义，则小信月，大信时，例以起矣。齐桓盟皆不日，以美伯功，其讳讥亦或与美同词，皆比事以见之。内盟有五词：一曰来盟，曰使来盟；二曰莅盟；三曰会盟；四曰及盟；五曰同盟。会及有四词：一曰某会及盟于，二曰某会及同盟于，三曰会于某同盟于某，四曰及某盟。外盟有四词：一曰某某盟于或某某同盟于，二曰诸侯同盟于或诸侯盟于，三曰某会盟于，四曰某及某盟。变文起义者有二词：若诸侯盟于扈及戊寅大夫盟，不言何人，一也；鄫子会盟于邾娄及楚屈完来盟于师，皆为内词，二也。盟起于不信，王者不以不信责人。外盟皆时，略之也。公会为讥，则外盟讥自明。外盟不书，书以起内。今次七类以为诸盟表，终于平胥，示反正焉。

公会盟正例时会时盟

庄十三年，于柯。冬会齐侯。

僖十九年，于齐。冬，会陈人、蔡人等。

昭廿六年，于鄟陵。秋，会齐侯等。

月会时盟凡同

僖四年，于召陵。春王正月，会齐侯等。

七年，于宁母。秋七月，会齐侯等。

八年，于洮。春王正月，会王人、齐侯等。

十五年，于牡丘。三月，会齐侯等。

廿九年，于狄泉。夏六月，会王人等。

文七年，于扈。秋八月，会诸侯、晋大夫。

日会**时盟**凡同

隐六年，于艾。夏五月辛酉，会齐侯。

桓十二年，于殴蛇。夏六月壬寅，会纪侯、莒子。于谷丘。秋七月丁亥，会宋公、燕人。于武父。丙戌，会郑伯。

十七年，于黄。春正月丙辰，会齐侯、纪侯。

庄廿三年，于扈。十有二月甲寅，会齐侯。

僖廿五年，于洮。冬十有二月癸亥，会卫子、莒庆。

廿六年，于向。春王正月己未，会莒子、卫宁遬。

廿八年，于践土。五月癸丑，会晋侯等。

襄廿年，于澶渊。夏六月庚申，会晋侯等。

定十二年，于黄。冬十月癸亥，会晋侯。

僖廿一年，于薄。十有二月癸丑，会诸侯。

廿七年，于宋。十有二月甲戌，会诸侯。

变例时会**月盟**先目后凡

僖五年秋八月，于首戴。公及齐侯等会王世子于首戴，诸侯。

月会**月盟**先目后凡

襄十九年春王正月，于祝阿。冬十月，会晋侯等诸侯。

定四年五月，于浩油。三月，会刘子、晋侯。公及诸侯。

变例时会日盟先目后凡

僖九年九月戊辰，于葵丘。夏，会宰周公、齐侯等诸侯。

公及君盟正例日不地同

桓元年夏四月丁未，于越。公及郑伯。

十七年二月丙午，于趡。公及邾娄仪父。

文十七年六月癸未，于穀。公及齐侯。

襄三年夏四月壬戌，于长樗。公及晋侯。

文三年十有二月己巳，公及晋侯。

十三年十有二月己丑，公及晋侯。

变例月

隐元年三月，于眛。公及邾娄仪父。

闵元年秋八月，于洛姑。公及齐侯。

定四年五月，于浩油。公及诸侯。

公及大夫盟正例日不地同

庄廿二年秋七月丙申，于防。及齐高傒。

襄十五年二月己亥，于刘。及向戌。

文二年三月乙巳，及晋处父。

成三年丙午，及荀庚。丁未，及孙良夫。

十一年己丑，及郤州。

襄七年壬戌，及孙林父。

变例时

庄九年，于暨。公及齐大夫。

公及人盟正例日

隐八年九月辛卯，于包来。公及莒人。

成二年丙申，于蜀。公及楚人等。

公及戎盟正例日

隐二年秋八月庚辰，于唐。公及戎。

变例时

桓二年，于唐。公及戎。

公会同盟正例日会时盟附公不与盟

宣十七年，于断道。己未，会晋侯等。

成五年，于虫牢。十有二月己丑，会晋侯等。

十五年，于戚。癸丑，会晋侯等。

昭十三年，公不与。甲戌，同盟于平丘。

月会时盟

庄廿七年，于幽。夏六月，会齐侯等。

时会时盟

成九年，于蒲。会晋侯等。

变例时会日盟先目后凡同

成七年八月戊辰，于马陵。会晋侯等。

十七年六月乙酉，于柯陵。夏，会尹子、单子、晋侯等。

襄九年十有二月己亥，于戏。冬，会晋侯等。

十一年秋七月己未，于京城北。会晋侯等。

昭十三年八月甲戌，于平丘。秋，会刘子、晋侯等。

襄廿五年秋八月己巳，于重丘。会晋侯等诸侯。

月会日盟

文十四年癸酉，于新城。六月，会宋公等。

襄三年己未，于鸡泽。六月，会单子、晋侯等。

大夫会同盟例月会时盟

成十八年，于虚朾。十有二月，仲孙蔑会晋侯等。

外君同盟例月

庄十六年冬十有二月，于幽。齐侯、宋公等。

外人同盟例时

宣十二年，于清丘。晋人、卫人等。

大夫会君盟正例时会时盟

桓十一年，于折。柔会宋公等。

昭十一年，于侵羊。仲孙貜会邾娄子。

大夫会君大夫盟正例月会时盟同盟同

文二年，于垂敛。夏六月，公孙敖会宋公、晋士縠等。

成十八年，于虚朾。十有二月，仲孙蔑会晋侯、齐崔杼等。

大夫会大夫盟正例日会时盟附会戎会人盟

文八年，于衡雍。冬十月壬午，公子遂会晋赵盾。于暴。乙酉，公子遂会伊雒戎。

襄二十年，于向。春王正月辛亥，仲孙遬会莒人。

大夫及君盟正例时丕地同

成元年夏，于赤棘。藏孙许及晋侯。

定三年冬，于枝。仲孙何忌及邾娄子。

庄十九年秋，及齐侯、宋公。公子结媵陈人之妇于鄄，遂。

变例日

文十六年六月戊辰，于蓟丘。公子遂及齐侯。

哀二年癸巳，于句绎。叔孙州仇、仲孙何忌及邾娄子。

大夫及大夫盟正例日附直言大夫盟

成二年己酉，于袁娄。及齐国佐。

十六年十有二月己丑，于扈。季孙行父及晋郤州。

襄廿七年秋七月辛巳，于宋。豹及诸侯之大夫。

十六年戊寅，大夫盟。

大夫莅盟正例时

僖三年冬，公子友如齐。

文七年，公孙敖如莒。
昭七年，叔孙舍如齐。
定十一年，叔还如郑。

微者及盟正例时

文十年，于女栗。及苏子。

变例月

隐元年九月，于宿。及宋人。

殊盟正例日

君无。

大夫殊盟

襄三年，及陈袁侨。戊寅叔孙豹及诸侯之大夫。

外来盟正例时加使同

闵二年冬，齐高子。
僖四年夏，楚屈完。
襄廿九年，杞子。
桓十四年，郑伯使其弟语。
宣七年春，卫侯使孙良夫。

变例月

文十五年三月，宋司马华孙。

外君盟正例时会盟同

隐二年，于密。纪子伯、莒子。

宣十一年夏，于辰陵。楚子等。

定七年秋，于咸。齐侯、郑伯。于沙泽。齐侯、卫侯。

八年冬，于曲濮。卫侯、郑伯。

僖十九年，于邾娄。鄫子会。

变例月附同盟

隐三年冬十有二月，于石门。齐侯、郑伯。

僖二年秋九月，于贯泽。齐侯等。

文十五年冬十有一月，于扈。诸侯。

庄十六年冬十有二月，于幽。齐侯等。

变例日

隐八年秋七月庚午，于瓦屋。宋公等。

外人盟正例时同盟同

僖二十年秋，于邢。齐人、狄人。

廿一年，于鹿上。宋人等。

宣十二年，于清丘。晋人等。

变例月

桓十一年春正月，于恶曹。齐人等。

僖十九年夏六月，于曹南。宋人等。

外及狄弗及盟例时

僖卅二年秋，卫人及狄。

文十六年，齐侯弗及。

外不盟乞盟例时

僖五年，郑伯逃归。秋八月，诸侯盟于首戴。

八年，郑伯乞。春王正月，公会王人等，盟于洮。

成乱例时月会

桓二年，以成宋乱。三月，公会侯等于稷。

及平正例时

定十一年冬，及郑。

变例月附暨平

宣四年春王正月，公及齐侯平莒及郯。

十五年夏五月，宋人及楚人。

定十年春王三月，及齐。

昭七年春王正月，暨齐。

不肯平例时

宣四年，莒人不肯。春王正月，公及齐侯平莒。

输平例时

隐六年春，郑人来。

胥命例时

桓三年夏，于蒲。齐侯、卫侯。

战伐侵例表弟六

王者不能无战，战不能无败，要之，正义而已。伐者，用战之正也，侵则轻矣。结日据偏，战之正也，狄则诈矣，故伐时、侵月、战日、败时。战所以正外，无异词焉。然外侵皆时，虽侵我无加录，略于治外也。今分五例表之。

一、战例

公会及战败会月战日败时

桓十三年己巳，及齐、宋、卫君，燕人战。春二月，会纪、郑君。齐、宋、卫、燕师败绩。

大夫会及战败会日战时败时

成二年及齐师战于鞌，六月癸酉，季孙行父等帅师会晋郤克等。齐师败绩。

内及战不言败战日

桓十七年五月丙午，及齐师战于奚。

僖廿二年秋八月丁未，及邾娄人战于升陉。

内及伐战不言败伐月战日

桓十二年丁未，战于宋。十二月，及郑师伐。

内及战言败战日败时

庄九年八月庚申，及齐师战于乾时，我师败绩。

外君及战败例战日败时附以及

僖廿二年冬十有一月己巳朔，宋公及楚人战于泓，宋师败绩。

廿八年夏四月己巳，晋侯，齐、宋、秦师及楚人战于城濮，楚师败绩。

文二年春王二月甲子，晋侯及秦师战于彭衙，秦师败绩。

附

定四年冬十有一月庚午，蔡侯以吴子及楚人战于伯莒，楚师败绩。

变例战时败时

成十六年，晋侯及楚、郑君战于鄢陵，楚子、郑师败绩。

及战不言败战日来战同

僖十五年十有一月壬戌，晋侯及秦伯战于韩。

来战

桓十年冬十有二月丙午，齐、卫侯，郑伯来战于郎。

外大夫及战败战日败时

宣二年春王二月壬子，宋华元帅师及郑公子归生帅师战于大棘，宋师败绩。

十二年夏六月乙卯，晋荀林父帅师及楚子战于邲，晋师败绩。

成二年夏四月丙戌，卫孙良夫帅师及齐师战于新筑，卫师败绩。

哀二年秋八月甲戌，晋赵鞅帅师及郑轩达战于栗，郑师败绩。

哀十一年甲戌，齐国书帅师及吴战于艾陵，齐师败绩。

外师及战败战日败时

僖十八年五月戊寅，宋师及齐师战于甗，齐师败绩。

外人及战败战时败时

庄廿八年，卫人及齐人战，卫人败绩。

及战不言败战时

昭十七年，楚人及吴战于长岸。

战不言及败战日

文七年戊子，晋、秦人战于令狐。

十二年冬十有二月戊午，晋、秦人战于河曲。

败师正例时

庄十年，败宋师于乘丘。公。

变例月

庄十年春王正月，败齐师于长勺。公。秋九月，败蔡师于莘。荆。

僖元年九月，败邾娄师于缨。公。

变例日

隐十年六月壬戌，败宋师于菅。公。

庄十一年夏五月戊寅，败宋师于鄑。公。

僖元年冬十月壬午，败莒师于犁。公子友帅师。

昭五年戊辰，败莒师于濆泉。叔弓帅师。

廿三年戊辰，败顿、胡、沈、蔡、陈、许之师于鸡父。吴。

败狄正例时

僖十五年，败徐于娄林。楚人。

卅三年，败狄于箕。晋人。

成十二年秋，败狄于交刚。晋人。

昭元年，败狄于大原。晋荀吴帅师。

变例月

定十四年五月，败吴于醉李。于越。

变例日

僖卅三年夏四月辛巳，败秦于殽。晋人及姜戎。

文十一年冬十月甲午，败狄于咸。叔孙得臣。

自败例时

成元年秋，败绩于贸戎。王师自弃师时。

闵二年，郑弃其师。自瀸时。

庄十七年，齐人瀸于遂。自溃月。

昭廿九年冬十月，运溃。蔡溃、莒溃、沈溃三条，见《亡国表》。

二、伐例

公会伐会时伐时附殊会

庄五年冬，伐卫。会齐、宋、陈、蔡人。

廿六年秋，伐徐。会宋、齐人。

僖六年夏，伐郑。会齐侯等。

宣七年夏，伐莱。会齐侯。

成十六年，伐郑。会尹子等。

十七年夏，伐郑。会尹子等。冬，伐郑。会单子等。

襄九年冬，伐郑。会晋侯等。

十年，伐郑。会晋侯等。

十一年，伐郑。会晋侯等。

哀十年，伐齐。会吴。

殊会

襄十一年，伐郑。会晋侯等。会于萧鱼。

会月伐时附会遂、伐遂、会伐

桓十五年，伐郑。冬十有一月，会齐侯等于侈。

十六年，伐郑。夏四月，会宋公等。

成三年，伐郑。正月会晋侯等。

十年，伐郑。五月会晋侯等。

哀十一年，伐齐。五月会吴。

附

僖四年，遂伐楚。正月，会齐侯等。

成十三年，伐秦。五月，自京师遂会晋侯等。

大夫会伐会时伐时

隐四年秋，伐郑。翬帅师会宋公等。

十年夏，伐宋。翬帅师会齐、郑人。

庄十四年夏，伐宋。单伯会。

宣十一年，伐莒。公孙归父会齐人。

成八年，伐郯。叔孙骄如会晋士燮等。

襄十六年，伐许。叔老会郑伯等。

会月伐时

庄三年，伐卫。正月，溺会齐师。

文三年，伐沈。正月，叔孙得臣会晋人等。

襄十四年，伐秦。夏四月，叔孙豹会晋荀偃等。

外君会伐会时伐时附会执以伐

宣元年，伐郑。宋公等会晋师于斐林。

附

僖廿一年，执宋公以伐宋。楚子等会于霍。

公伐正例时以伐同

隐七年秋，伐邾娄。
庄九年夏，伐齐。
廿六年春，伐戎。
僖廿一年冬，伐邾娄。
廿二年春，伐邾娄。
卅三年，伐邾娄。
文七年春，伐邾娄。
宣四年，伐莒。
十八年，伐杞。
哀七年秋，伐邾娄。

以伐

僖廿六年，伐齐。以楚师。

内大夫伐正例时

庄二年夏，伐于余丘。公子庆父帅师。
僖卅三年秋，伐邾娄。公子遂帅师。
文十四年，伐邾娄。叔彭生帅师。
宣十年，伐邾娄。公孙归父帅师。
襄廿年，伐邾娄。仲孙遬帅师。
哀元年冬，伐邾娄。仲孙何忌帅师。

六年冬，伐邾娄。仲孙何忌帅师。

变例月

昭十年秋七月，伐莒。季孙隐如等帅师。

哀二年春王二月，伐邾娄。季孙斯等帅师。

内及伐正例时不言及同

桓十七年，伐邾娄。及宋、卫人。

僖四年秋，伐陈。及江、黄人。

桓八年秋，伐邾娄。

变例月

桓十二年十有二月，伐宋。及郑师。

外君伐正例时附伐取之遂伐

隐四年，伐郑。宋公、陈侯等。

僖十年夏，伐北戎。齐侯、许男。

廿二年夏，伐郑。宋公等。

廿三年春，伐宋。齐侯。

廿八年，伐卫。晋侯。

文元年，伐卫。晋侯。

四年，伐秦。晋侯。

十一年春，伐圈。楚子。

宣三年，伐贲浑戎。楚子。

四年冬，伐郑。楚子。

九年，伐莱。齐侯。伐郑。楚子。

十年，伐郑。楚子。

十三年夏，伐宋。楚子。

十四年，伐郑。晋侯。

十八年春，伐齐。晋侯、卫世子臧。

成四年，伐许。郑伯。

十五年，伐郑。楚子。

十八年夏，伐宋。楚子、郑伯。

襄九年，伐郑。楚子。

十一年，伐宋。楚子、郑伯。

廿三年秋，伐卫。齐侯。

廿四年夏，伐吴。楚子。冬，伐郑。楚子等。

廿六年冬，伐郑。楚子等。

昭五年冬，伐吴。楚子等。

六年，伐北燕。齐侯。

十二年，伐徐。楚子。

十六年春，伐徐。齐侯。

十九年春，伐邾娄。宋公。

廿二年春，伐莒。齐侯。

哀元年秋，伐晋。齐、卫侯。

五年夏，伐宋。齐侯。

九年秋，伐郑。宋公。

附

隐十年，伐取之。郑伯。

文十五年，遂伐曹。齐侯侵我。

襄廿三年，遂伐晋。齐侯伐卫。

变例月

僖十八年春王正月，伐齐。宋公、曹伯等。

襄廿五年十有二月，伐楚。吴子遏。

昭四年秋七月，伐吴。楚子等。

外大夫伐正例时

文三年，伐楚。晋阳处父帅师。

十五年，伐蔡。晋郤缺帅师。

宣九年，伐陈。晋荀林父帅师。

成三年，伐许。郑公子去疾帅师。伐将咎如。晋郤克、卫孙良夫。

六年，伐郑。楚公子婴齐帅师。

七年秋，伐郑。楚公子婴齐帅师。

九年，伐郑。晋栾书帅师。

伐莒。楚公子婴齐帅师。

十四年，伐许。郑公子喜帅师。

襄元年夏，伐郑。晋韩屈帅师。

三年春，伐吴。楚公子婴齐帅师。冬，伐许。晋荀罃帅师。

五年，伐陈。楚公子贞帅师。

八年，伐郑。楚公子贞帅师。

十年，伐宋。楚公子贞等帅师。

十四年秋，伐吴。楚公子贞帅师。

十七年夏，伐曹。卫石买帅师。

十八年，伐郑。楚公子午帅师。

十九年夏，伐齐。卫孙林父帅师。

廿四年，伐莒。齐崔杼帅师。

廿五年冬，伐陈。郑公孙虿帅师。

昭六年，伐吴。楚薳颇帅师。

十五年秋，伐鲜虞。晋荀吴帅师。

十九年秋，伐莒。齐高发帅师。

定四年，伐鲜虞。晋士鞅等帅师。

十二年，伐曹。卫公孟彄帅师。

十三年，伐曹。卫公孟彄帅师。

十五年，伐宋。郑轩达帅师。

哀三年，伐曹。宋乐髡帅师。

五年，伐卫。晋赵鞅帅师。

六年，伐鲜虞。晋赵鞅帅师。

六年，伐曹。宋向巢帅师。

十年冬，伐陈。楚公子结帅师。

十二年，伐郑。宋向巢帅师。

十三年，伐陈。楚公子申帅师。

外师伐正例时

宣二年，伐晋。秦师。

八年，伐秦。晋师、白狄。伐陈，楚师。

十二年，伐陈。宋师。

十三年春，伐卫。齐师。

襄二年，伐宋。郑师。

十年，伐秦。晋师。

变例月

僖十五年秋七月，伐厉。齐、曹师。

宣十年六月，伐滕。宋师。

外人伐正例时附从伐、以伐

隐二年，伐卫。郑人。

五年，伐宋。邾娄、郑人。伐郑。宋人。

十年，伐载。宋、蔡、卫人。

庄十四年春，伐宋。齐、陈、曹人。

十五年秋，伐兒。宋人等。

十六年夏，伐郑。宋人等。

廿年冬，伐戎。齐人。

卅年，伐山戎。齐人。

僖元年，伐郑。楚人。

三年，伐郑。楚人。

七年春，伐郑。齐人。

十一年冬，伐黄。楚人。

十五年，伐徐。楚人。

十五年冬，伐曹。宋人。

十七年春，伐英氏。齐、徐人。

十八年冬，伐卫。邢、狄人。

十九年，伐邢。卫人。

廿年冬，伐随。楚人。

廿三年秋，伐陈。楚人。

廿六年，伐齐。卫人。冬，伐宋。楚人。

卅二年，伐许。晋、陈、郑人。

文元年，伐晋。卫人。

二年冬，伐秦。晋人等。

三年，伐晋。秦人。

九年，伐郑。楚人。

十七年春，伐宋。晋人等。

宣元年，伐郑。晋、宋人。

五年，伐郑。楚人。

十年，伐郑。晋人等。

十五年，伐晋。秦人。

成九年，伐晋。秦人、白狄。

襄十一年冬，伐晋。秦人。

十七年，伐陈。宋人。

定二年秋，伐吴。楚人。

哀九年夏，伐陈。楚人。

十年夏，伐郑。宋人。

附

桓五年秋，从王伐郑。蔡、卫、陈人。

桓十四年，以齐、卫、蔡、陈人伐郑。宋人。

变例月

隐四年春王二月，伐杞。莒人。

变例日

庄廿八年春王三月甲寅，伐卫。齐人。

狄伐正例时附伐以归

庄十六年秋，伐郑。荆。

廿八年秋，伐郑。荆。

卅二年，伐邢。狄。

僖八年夏，伐晋。狄。

廿四年夏，伐郑。狄。

文七年，伐莒。徐。

十年夏，伐晋。秦。

成三年，伐许。郑。

七年，伐郯。吴。

昭十二年，伐鲜虞。晋。

卅二年夏，伐越。吴。

哀六年，伐陈。吴。

附

隐七年，戎伐凡伯于楚丘以归。

三、侵例

公会侵会月侵时

僖四年，侵蔡。春王正月，会齐侯等。

定四年，侵楚。三月，会刘子、晋侯等。

大夫会侵会月侵时

僖四年，侵陈。十二月，公孙慈帅师会齐人、宋人等。

公侵月

庄十年二月，侵宋。

定六年二月，侵郑。

八年春王正月，侵齐。二月，侵齐。

内大夫侵时

成六年秋，侵宋。仲孙蔑等帅师。

襄廿四年，侵齐。仲孙偈帅师。

定八年，侵卫。季孙斯等。

外君侵时附遂侵

僖廿八年春，侵曹。晋侯。

附

宣元年，侵陈，遂侵宋。楚子。

外大夫侵时

宣元年冬，侵柳。晋赵穿帅师。

六年，侵陈。晋赵盾、卫孙免。

成六年，侵宋。卫孙良夫帅师。侵郑。晋栾书帅师。

八年，侵蔡。晋栾书帅师。

十年，侵郑。卫侯之弟黑背帅师。

十六年，侵宋。郑公子喜帅师。

十七年春，侵郑。卫北宫结帅师。

襄元年，侵宋。楚公子壬夫帅师。

十一年，侵宋。郑公孙舍之帅师。

十二年冬，侵宋。楚公子贞帅师。

十九年，侵齐。晋士匄帅师。

定八年，侵卫。季孙斯等帅师。

哀七年春，侵郑。宋皇瑗帅师。

七年，侵卫。晋魏曼多帅师。

十年，侵齐。晋赵鞅帅师。

十三年，侵卫。晋魏多帅师。

附

定八年，侵郑，遂侵卫。晋赵鞅帅师。

外师侵时

成二年冬，侵卫。楚郑师。

襄二年，侵郑。晋师等。

外人侵时附执以侵

庄十五年，侵宋。郑人。

廿九年夏，侵许。郑人。

僖二年，侵郑。楚人。

卅年，侵萧。介人。

卅二年，侵狄。卫人。

宣二年夏，侵郑。晋人等。

三年夏，侵郑。楚人。

成十八年冬，侵宋。楚、郑人。

襄八年，侵蔡。郑人。

附

定七年，执卫行人北宫结以侵卫。齐人。

狄侵时

庄廿四年冬，侵曹。戎。

僖十三年春，侵卫。狄。

十四年，侵郑。狄。

廿一年春，侵卫。狄。

卅年夏，侵齐。狄。

卅三年，侵齐。狄。

文四年，侵齐。狄。

九年夏，侵齐。狄。

十年冬，侵宋。狄。

十一年，侵齐。狄。

十三年，侵卫。狄。

宣三年秋，侵齐。赤狄。

四年，侵齐。赤狄。

四、伐我鄙例

外君伐我鄙时

文十七年，伐我西鄙。齐侯。

成二年春，伐我北鄙。齐侯。

襄十五年春，伐我北鄙。齐侯。

十六年，伐我北鄙。齐侯。秋，伐我北鄙。齐侯。

十七年秋，伐我北鄙。齐侯。

外大夫伐我鄙时

襄十七年，伐我北鄙。齐高厚帅师。

廿五年，伐我北鄙。齐崔杼帅师。

定七年，伐我西鄙。齐国夏帅师。

八年夏，伐我西鄙。齐国夏帅师。

外师伐我鄙时

襄十八年秋，伐我北鄙。齐师。

外人伐我鄙时

庄十九年冬，伐我西鄙。齐人等。

僖廿六年夏，伐我北鄙。齐人。

文十四年，伐我南鄙。邾娄人。

襄八年，伐我东鄙。莒人。

十年秋，伐我东鄙。莒人。

十五年，伐我南鄙。邾娄人。

十七年冬，伐我南鄙。邾娄人。

变例月

襄十二年春王三月，伐我东鄙。莒人。

外大夫伐我不言鄙时

哀十一年春，伐我。齐国夏帅师。

狄伐我不言鄙时

哀八年，伐我。吴。

五、侵我鄙例

外君侵我鄙时

文十五年，侵我西鄙。齐侯。

外人侵我鄙时

僖廿六年，侵我西鄙。齐人。

文十五年秋，侵我西鄙。齐人。

襄十四年，侵我东鄙。莒人。

狄侵我鄙时

文七年，侵我西鄙。狄。

义兵例表弟七

《孟子》曰："春秋无义战。"非达论也。王者以义征，苟务息兵，则《春秋》耻之。故戎未入而大追者，力不能救，伯者讳焉，救而实不救，月以致其意，所以抑强扶危，彰神武也。若还为善词，闵师病而大不伐丧，又天子、方伯所措意者。故列追、救、还三例以明之。

一、追例

公追时

庄十八年夏，追戎于济西。

公追弗及时

僖廿六年，追齐（帅）[师] 至巂。弗及。

二、救例

公会救会时救时

庄廿八年，救郑。会齐人等。

成七年，救郑。会晋侯等。

襄五年，救陈。会晋侯等。

内大夫会救会时救时

文九年，救郑。公子遂会晋人等。

公救时

襄十五年，救成。

内大夫救时附师救

僖十五年，救徐。公孙敖帅师，及诸侯之大夫。

襄十二年，救台。季孙宿帅师。

附

僖十八年夏，救齐。师。

变例月

襄廿三年八月，救晋。叔孙豹帅师。

外诸侯救时

僖六年，救许。诸侯。

外大夫救时附师救

文三年，救江。晋阳处父帅师。

宣元年，救陈。晋赵盾帅师。

九年，救郑。晋郤缺帅师。

襄十年，救郑。楚公子贞帅师。

哀七年冬，救曹。郑驷弘帅师。

附

僖元年，救邢。齐、宋、曹师。

外人救时

闵元年，救邢。齐人。

僖廿八年，救卫。楚人。

宣十二年，救陈。卫人。

变例月

庄六年春王三月，救卫。王人子突。

狄救时

僖十八年，救齐。狄。

哀十年，救陈。吴。

三、还例还自晋二条，附致至表

内师还时

庄八年秋，师还。

外大夫侵还时

襄十九年，晋士匄帅师侵齐，至穀乃还。

次例表弟八

次者舍止之名，有俟也。次陉俟屈完，正也。余皆刺词。公孙在外言次，痛君失位，臣子不忧纳君。讳伐言次，以兵非正，出而不成。为伐救言次，则又以救不及事，实不能救也。今分列之，以明其例。

公会伐次会月伐时次时

僖四年，于陉。春王正月，会齐侯等，遂伐楚。

公会盟次会月盟时次时

僖十五年，于匡。三月，会齐侯等，盟牡丘。

大夫会次会时次时

襄元年，于合。仲孙蔑会齐崔杼、曹人等。

公孙在外言次时

昭廿五年，于扬州。

廿八年，于乾侯。

廿九年，于乾侯。

外君次时

文十年，于屈貉。楚子、蔡侯。

定九年秋，于五氏。齐、卫侯。

十三年春，于垂（暇）［瑕］。齐、卫侯。

十五年，于籧篨。齐、卫侯。

内师次为伐外师次为伐我月

庄八年春王正月，于郎。内师。下见及齐师围成，知次郎为伐成。

十年夏六月，于郎。齐、宋师。下败宋师，知为伐我。

内大夫救次时外师救同

襄廿三年，于雍榆。叔孙豹帅师救晋。

僖元年，于聂北。齐、宋、曹师救邢。

内不能救言次时

庄三年冬，于郎。上见纪季以酅入齐，知救纪。

三十年夏，于成。下见齐人降鄣，与次郎相起。

围取入灭例表弟九

《春秋》所以拨乱，将使诸侯各守其封地，而不相侵陵。强陵弱，众暴寡，则君子耻之。天下不得相灭亡，而太平治见矣。然无他道，在自治以正，反求诸己。故抑负固，贵死位，贱苟免，绝贪利，义相反而各得道，并行而不悖，虽亡国杀君相随续，而圣人之治之也。雍乎游之于礼乐之林，皆愧畏悔悟，各正性命，不怨天，不尤人，确然其有以自乐也。盛哉乎！非尧舜之世，其孰能若此乎！然其忧深而思精，例繁而义隐，传者慎之。发挥旁通，词详旨闳，浅学习之则愈周张，顾此失彼。今悉条而理之，庶几使《传》义不湮，以三隅反一隅云尔。

公围内邑例时

昭廿六年夏，围成。

变例月

定十二年十有二月，围成。

公会伐围例时

僖六年夏，围新城。公会齐侯等伐郑。

变例会月围时

襄十八年，围齐。冬十月，公会晋侯等。月者，起未围。

变例不言会围言诸侯围例时

僖廿八年，围许。诸侯。上公会晋侯等于温。

大夫围内邑例时

成三年秋，围棘。叔孙骄如帅师。

昭十三年春，围费。叔弓帅师。

定六年，围运。季孙斯、仲孙忌帅师。

十年，围郈。叔孙州仇、仲孙何忌帅师。秋，围费。叔孙州仇、仲孙何忌帅师。

大夫围国例时

哀三年，围邾娄。叔孙州仇、仲孙何忌帅师。

大夫会围例时

襄元年，围宋彭城。仲孙蔑会晋栾黡等。

师及围例时

庄八年夏，围成。师及齐师。

外君围正例时附遂会围

僖廿七年冬，围宋。楚人、陈侯等。楚称人，为执宋公贬。

宣十二年，围郑。楚子。

哀元年，围蔡。楚子、陈侯等。

附

僖廿八年，围许。遂会诸侯。曹伯襄。

变例月

宣十四年秋九月，围宋。楚子。

外伐围正例时

隐五年，围长葛。宋人伐郑。

僖廿三年春，围緡。齐侯伐宋。

廿六年冬，围緡。楚人伐宋。

外伐我围邑例时

襄十五年夏，围成。齐侯伐我北鄙。

十六年秋，围成。齐侯伐我北鄙。

十七年秋，围洮。齐侯伐我北鄙。围防。齐高厚帅师伐我北鄙。

变例伐月围时

襄十二年，围台。春王三月，莒人伐我东鄙。月者，起取邑。

外大夫围国邑例时

襄七年，围陈。楚公子贞帅师。

昭十一年，围蔡。楚公子弃疾帅师。

定五年冬，围鲜虞。晋士鞅帅师。

十年，围卫。晋赵鞅帅师。

哀三年春，围戚。齐国夏、卫石曼姑帅师。

外人围例时

僖六年秋，围许。楚人。

十九年秋，围曹。宋人。

廿五年秋，围陈。楚人。

三十年，围郑。晋、秦人。

文三年秋，围江。楚人。

十三年夏，围巢。楚人。

宣九年，围滕。宋人。

成九年，围许。郑人。

襄四年，围顿。陈人。

昭廿三年，围郊。晋人。天子邑，讳不系。

定四年，围蔡。楚人。

七年，围曹。宋人。

外师围例时

宣三年，围曹。宋师。

狄围例时

僖卅一年，围卫。狄。

公伐取正例时以伐取同

僖廿二年春，取须朐。公伐邾娄。

卅三年，取丛。公伐邾娄。

宣四年，取向。公伐莒。

附

僖廿六年，取穀。公以楚师伐齐。

变例月取器同

昭元年三月，取运。内邑同之外邑，故月，不言伐。
四年九月，取鄫。讳灭，不言伐。

附

桓二年夏四月，取郜大鼎。于宋。

变例日

隐十年辛未，取郜。辛巳，取防。上言败宋师，伐可知。
文七年三月甲戌，取须朐。公伐邾娄。

大夫伐取正例时

宣十年，取蘱。公孙归父帅师伐邾娄。

变例伐月取时

哀二年，取漷东田及沂西田。春王二月，季孙斯等伐邾娄。

取不言伐例时

襄十九年，取邾娄田自漷水。

取不系国例时

僖卅一年春，取济西田。
宣九年秋，取根牟。
成二年，取汶阳田。
六年，取鄟。
襄十三年夏，取诗。

昭卅二年，取阚。

外伐取正例时

隐六年冬，取长葛。宋人。五年冬，伐围。

十年，郑伯伐取之。宋、蔡、卫人伐载。

变例伐月取时

隐四年取牟娄。春王二月，莒人伐杞。

取国邑正例时附取师

僖三年，取舒。徐人。

哀八年夏，取欢及倬。齐人。

附

哀九年，取郑师于雍丘。宋皇瑗帅师。

十三年春，取宋师于岩。郑轩达帅师。

变例月附取人

宣元年六月，取济西田。齐人。

昭廿五年十有二月，取运。齐侯。

附

庄九年九月，取子纠杀之。齐人。

讳取言迁例时

庄元年，齐师迁纪、郱、鄑、郚。

讳取言城例时

襄二年，遂城虎牢。

讳取言假例时

桓元年，郑伯以璧假许田。

讳取言降例月

庄卅年秋七月，齐人降鄣。

内灭国讳言入例日入邑同

隐十一年秋七月壬午，入许。公及齐侯、郑伯。

僖廿七年乙巳，入杞。公子遂帅师。

哀七年八月己酉，入邾娄。秋，公伐邾娄。

附

隐八年庚寅，入邴。我。

变例月

桓二年九月，入杞。略桓，故月。

变例时入邑同

隐二年，入极。无骇帅师。疾始灭，讳同外入。

襄十二年，遂入运。季孙宿帅师。公不为政，故从讳时。

外入内邑正例月

隐二年夏五月，入向。莒人。不见城向。

变例时

成九年，入运。楚人。上见城运。

外入国正例时

隐五年秋，入盛。卫师。

十年，入郑。宋、卫人。

僖廿年，入滑。郑人。

文五年，入鄀。秦人。

十五年，入其郛。齐侯侵我，遂伐曹。

成七年，入州来。吴。

定五年，入吴。于越。

哀十三年，入吴。于越。

变例月

庄十四年秋七月，入蔡。荆、狄始入，故月。

闵二年十有二月，入卫。狄。实灭。

僖卅三年春王二月，入滑。秦人。起下秦师日败。

昭十八年六月，入鄅。邾娄人。太平见治属国。

哀八年春王正月，入曹。宋公。同姓讳例执君。

变例日

隐十年冬十月壬午，入盛。齐、郑人。从内灭例。盛即成也。

僖廿八年三月丙午，入曹。晋侯。同姓。

文十五年戊申，入蔡。晋郤缺帅师。言伐至之日。

宣十一年丁亥，入陈。楚子伯讨。

襄廿五年六月壬子，入陈。郑公孙舍之帅师。不言伐，非至之日伯讨。

定四年庚辰，入楚。吴。

灭正例月附迁

庄十年冬十月，灭谭。齐师。

十三年夏六月，灭遂。齐人。

宣十六年春王正月，灭赤狄甲氏及留吁。晋人。

襄六年十有二月，灭莱。齐侯。

昭十七年八月，灭贲浑戎。晋荀吴帅师。

三十年冬十有二月，灭徐。吴。

附

庄十年三月，迁宿。宋人。

闵二年春王正月，迁阳。齐人。

变例时附大去、瀸袭

僖二年，灭夏阳。虞、晋师。

五年，灭弦。楚人。

十年，灭温。狄。

十二年夏，灭黄。楚人。

十七年夏，灭项。不言齐，为伯者讳。

廿六年秋，灭隗。楚人。

文四年秋，灭江。楚人。

五年秋，灭六。楚人。

十六年，灭庸。楚、秦、巴人。

宣八年，灭舒蓼。楚人。

成十七年，灭舒庸。楚人。

襄六年，灭鄫。莒人。

廿五年，灭舒鸠。楚屈建帅师。

昭四年，灭厉。楚子等。

十三年，灭州来。吴。

廿四年冬，灭巢。吴。

昭廿三年，胡子髡、沈子盈灭。上见吴败师。

附

庄四年，纪侯大去其国。

十七年夏，齐人瀸于遂。

襄廿三年，齐侯袭莒。

变例日附焚邑

僖廿五年春王正月丙午，灭邢。卫侯毁。

宣十二年冬十有二月戊寅，灭萧。楚子。

十五年六月癸卯，灭赤狄潞氏。晋师。

襄十年夏五月甲午，灭偪阳。公会晋侯等。

昭八年冬十月壬午，灭陈。楚师。

十一年冬十有一月丁酉，灭蔡。楚师。

定四年夏四月庚辰，灭沈。蔡公孙归姓帅师。

六年春王正月癸亥，灭许。郑游遬帅师。

十四年三月辛巳，灭顿。楚公子结等帅师。

十五年二月辛丑，灭胡。楚子。

附

桓七年春二月己亥，焚咸丘。

致至例表第十

《春秋》先自治，拨乱而反正，文不可悉见，皆于公出入见之。《传》曰：桓之会不致。明致公皆危也。又曰：得意致会，不得意致伐。明致伐尤危也。又曰：自某，某有力焉尔。或至自国，或至自地，以其所自能危我也。又曰：夫人何以不致？得见乎公矣。又曰：大夫不致。夫人、大夫统于君，危不在彼也。至自之例，其旨百数，约而举之，有公如致、公侵伐围次致、公会盟伐围救致、夫人大夫致者，统于君则列于公，后还至同，故附见焉。

公如时至

文四年春，公至自晋。三年冬如。

宣四年，公至自齐。秋如。

五年夏，公至自齐。春如。

九年，公至自齐。春王正月如。

十年，公至自齐。春如。

成三年，公至自晋。夏如。

四年秋，公至自晋。夏如。

十八年，公至自晋。至夏如春。

襄三年，公至自晋。至夏如春。

五年春，公至自晋。四年冬如。

八年，公至自晋。至夏，春王正月如。

十三年春，公至自晋。十二年冬如。

廿一年夏，公至自晋。春王正月如。

昭十六年夏，公至自晋。十五年冬如。

廿七年，公至自齐。春如。

廿七年，公至自齐。冬如。

附

庄廿三年春，公至自齐。廿二年冬如纳币。

廿三年，公至自齐。夏如观社。

廿四年秋，公至自齐。夏如逆女。

月至

僖卅三年十有二月，公至自齐。十月如。

文十四年春王正月，公至自晋。十三年冬如。

宣十年五月，公至自齐。夏如。

成十一年春王三月，公至自晋。十年如晋，去冬。

襄廿九年夏五月，公至自楚。廿八年十有一月如。

昭五年秋七月，公至自晋。春如。

七年九月，公至自楚。三月如。

附

昭廿六年三月，公至自齐。廿五年己亥孙。

成十三年夏五月，公自京师。三月如。不言至，自起凿行。

日丧至

桓十八年丁酉，公之丧至自齐。春如。

定元年夏六月癸亥，公之丧至自乾侯。昭廿九年公如晋，次乾侯。

时至复

昭二年冬、十二年、十三年、廿一年，至河乃复。公如晋。

廿三年，至河，公有疾，乃复。冬公如晋。

定三年，至河乃复。春王正月公如晋。

直言至时

僖廿六年，至巂。公追齐师弗及。

襄十五年，至遇。公救成。

还自附例时

文十三年，还自晋。冬公如。十有二月己丑，及晋侯盟。

公侵时至侵

定六年，公至自侵郑。二月公侵。

八年，公至自侵齐。春王正月公侵。

月至侵

定八年三月，公至自侵齐。二月公侵。

公伐时至伐

庄廿六年夏，公至自伐戎。春，公伐戎。

公围时至围

定十二年，公至自围成。十有二月，公围成。

公次时至地

昭廿九年春，公至自乾侯。廿八年公如晋，次乾侯。

公会时至会

宣八年春，公至自会。黑壤。

成十六年，公至自会。沙随，不见公。

襄五年，公至自会。戚，不殊吴。

十年，公至自会。柤。殊吴日灭偪阳。

十一年，公至自会。会萧鱼上会伐郑。

廿二年，公至自会。冬，沙随。

廿四年，公至自会。陈仪。

定十四年，公至自会。坚。

哀十三年秋，公至自会。夏，黄池。

月至会

僖十七年九月，公至自会。十六年十有二月会淮。

襄廿二年春王正月，公至自会。廿一年冬会商任。

时至地

定八年，公至自瓦。会晋师瓦。

十年，公至自颊谷。夏，会齐侯颊谷。

公会盟时至会

文十四年，公至自会。六月，会宋公等、晋赵盾。癸酉，同盟新城。

宣十七年秋，公至自会。己未，会晋侯等，同盟断道。

成九年，公至自会。会晋侯等，同盟蒲。

十五年，公至自会。癸丑，会晋侯等，同盟戚。

襄三年秋，公至自会。六月，会单子等、齐世子光。己未，同盟鸡泽。

十六年夏，公至自会。三月，会晋侯等溴梁。戊寅，大夫盟。

廿年秋，公至自会。夏六月庚申，会晋侯等盟澶渊。

廿五年，公至自会。会晋侯等陈仪。秋八月己巳，诸侯同盟重丘。

昭十三年，公至自会。秋，会刘子等平丘。八月甲戌，同盟平丘，公不与。

廿六年，公至自会。秋，会齐侯等，盟鄟陵。

月至会会盟次同

成六年春王正月，公至自会。五年十有二月己丑，会晋侯等，同盟虫牢。

附

僖十五年九月，公至自会。三月，会齐侯等，盟牡丘，遂次匡。

时至地及盟同

定十二年，公至自黄。冬十月癸亥，会晋侯，盟黄。

附及盟

桓二年冬，公至自唐。及戎盟唐。

文十七年秋，公至自穀。六月癸未，及齐侯盟穀。

公会侵盟月至会

定四年秋七月，公至自会。三月，会刘子等侵楚。五月，及诸侯盟浩油。

公会伐盟时至会

成十六年，公至自会。会尹子等伐郑。十有二月乙丑，季孙行父及晋郤州盟扈。

十七年秋，公至自会。夏，会尹子等伐郑。六月乙酉，同盟柯陵。

时至伐

襄十一年，公至自伐郑。会晋侯等伐。秋七月己未，同盟京城北。

公会侵伐次盟月至伐

僖四年八月，公至自伐楚。春王正月，会齐侯等侵蔡，遂伐楚，次陉，盟召陵。

公会围盟时至伐

襄十九年，公至自伐齐。十八年冬十月，会晋侯等，同围齐。春王正月，诸侯盟祝阿。

公会救盟时至会

成七年，公至自会。会晋侯等救郑。八月戊辰，同盟马陵。

公会伐时至会

襄十一年，公至自会。会晋侯等伐郑，会萧鱼。

时至伐

庄六年秋，公至自伐卫。五年冬，会齐人等伐。

宣七年秋，公至自伐莱。夏会齐侯。伐。

襄十年，公至自伐郑。会晋侯等伐。

月至伐

桓十六年秋七月，公至自伐郑。夏四月，会宋公等伐。

成三年二月，公至自伐郑。春王正月，会晋侯等伐。

十三年秋七月，公至自伐秦。夏五月自京师，遂会晋侯等伐。

十七年十有一月，公至自伐郑。冬，会单子等伐。

哀十年五月，公至自伐齐。会吴伐。

公会伐围时至伐以师伐取同

僖六年冬，公至自伐郑。夏，会齐侯等伐，围新城。

附

僖廿六年，公至自伐齐。以楚师伐取榖。

公会围时至围

僖廿九年，公至自围许。廿八年冬，会晋侯等温，诸侯遂围许。

公会救月至救

襄五年十有二月，公至自救陈。会晋侯等，齐世子光救陈。

夫人如月至

文九年三月，夫人姜氏至自齐。春如。

逆时至

桓三年，夫人姜氏至自齐。公子翚如齐逆。

月至

宣元年三月，遂以夫人妇姜至自齐。公子遂如齐逆。

成十四年九月，骄如以夫人妇姜氏至自齐。秋，叔孙骄如如齐逆。

日丧至

僖元年十有二月丁巳，夫人氏之丧至自齐。秋七月戊辰薨夷，齐人以归。

大夫执时至

文十五年，单伯至自齐。十四年冬如，执。

昭十四年春，隐如至自晋。十三年晋人执。

廿四年，叔孙舍至自晋。廿三年春王正月如晋，以行人执。

时至复附不至复

宣八年，至黄乃复。夏六月，公子遂如齐。

附

文八年，不至复。公孙敖如京师。

还至附例时外大夫同

宣十八年，还自晋，至柽。归父。冬还，秋如。

附

襄十九年，至穀乃还。晋士匄帅师侵齐。

失邑例表弟十一

灭国入邑一也，灭国而有之者，不复见取邑。《传》曰：地之与人，俄而可以为其有矣。则取邑轻于灭也。以邑畔者又重于畔，皆所以重地止争。故再取邑则谨而书日，与入邴同，治内之义严矣。今分三类表之，降迁附见焉。运溃焚咸丘，自同国例，故不列。

失邑正例时

入

襄十二年，入运。季孙宿帅师。

成九年，入运。楚人。

以入

庄三年秋，以酅入于齐。纪季。

取

宣九年秋，取根牟。内。

成六年，取鄟。内。

襄十三年夏，取诗。内。

昭卅二年，取阚。内。

哀八年夏，取欢及僤。齐人。

伐取

僖廿二年春，取须朐。公伐邾娄。

廿六年，取穀。公以楚师伐齐。

卅三年，取丛。公伐邾娄。

宣四年，取向。公伐莒。

十年，取蘱。公孙归父帅师。

隐四年，取牟娄。莒人伐杞。

六年冬，取长葛。宋人五年冬伐围。

以畔

襄廿六年，入于戚以畔。卫孙林父。

定十三年秋，入于晋阳以畔。晋赵鞅。冬，入于朝歌以畔。晋荀寅及士吉射。

以畔言自

昭廿一年，自陈入于宋南里以畔。宋华亥、向宁、华定。

定十一年春，自陈入于萧以畔。宋公之弟辰及仲佗、石弜、公子池。

讳畔出奔言自

昭廿年夏，自鄸出奔宋。曹公孙会。

讳畔来奔言以

襄廿一年，以漆、闾丘来奔。邾娄庶其。

昭五年夏，以牟娄及防兹来奔。莒牟夷。

昭卅一年，以滥来奔。黑弓。迁。

庄元年，纪、郱、鄑、郚。齐师。降。

变例月

隐二年夏五月，入向。莒人。

昭元年三月，取运。内。

廿五年十有二月，取运。齐侯。

庄三十年秋七月，降鄣。齐人。

变例日

隐八年庚寅，入邴。内。

隐十年辛未，取郜。辛巳，取防。公败宋师于菅。

文七年三月甲戌，取须朐。公伐邾娄。

附失田

《传》曰：“田多邑少，称田。邑多田少，称邑。”宣元年，齐人取济西田，《传》亦云取邑，同于欢、僤，是取田亦失邑例也。故附列于后，以备考核。

正例时

取

僖卅一年春，取济西田。内。

成一年，取汶阳田。内。

襄十九年，取邾娄田，自漷水。内。

伐取

哀二年，取漷东及沂西田。季孙斯等帅师伐邾娄。

假

桓元年，假许田。郑伯以璧。

变例月

宣元年六月，取济西田。齐人。

亡国表弟十二

师说亡国五十二，《春秋》入灭取、伐取、迁、执、溃、亡、大去，皆亡国词，然圣王有兴灭继绝之功，天下诸侯相灭亡者，力为救之，邢亡城邢，杞亡城杞，此方伯之职，亦王者之心。嗟夫，梁亡实鱼烂，而自取悕矣。陈火幸死灰其终然，要之虽见恢复，无解灭亡。合而计之，共五十二国，其中灭文重见者则有十三，至于向与运为内邑，邓、穀、郜又灭在《春秋》前，不在此例。

极。隐二年，无骇帅师入。盛。隐五年，狄、卫师入。十年冬，齐、郑人入。庄八年，降齐师。文十二年，来奔。载。隐十年，郑伯伐取。许。隐十一年，公及齐、郑君入。定六年，郑游遬帅师灭。杞。桓二年九月入。僖十四年，城缘陵，徐、莒胁之。廿七年，公子遂入。襄廿九年再城，灭也。纪。庄四年，侯大去，齐灭。宿。庄十年，宋人迁。谭。庄十年，齐师灭。遂。庄十三年，齐人灭。蔡。庄十四年，荆入。僖四年，溃。文十四年，晋郤缺入。昭十一年，楚师灭。曹。庄廿四年，赤归，讳灭。僖廿八年，晋侯入。哀八年，宋公入。阳。闵二年，齐人迁。卫。闵二年，狄入。邢。僖元年，城，讳灭。二十五年，卫侯灭。夏阳。僖二年，虞、晋师灭。舒。僖三年，徐人取。弦。僖五年，楚人灭。虞。僖五年，晋人执。温。僖十年，狄灭。黄。僖十二年，楚人灭。项。僖十七年夏，灭，齐灭之也。梁。僖十九年，亡。滑。僖廿年，郑人入。卅三年，秦人入。隗。僖廿六年，楚人灭。沈。文三年，溃。昭廿三年，吴败师灭。定四年，蔡公孙归姓帅师灭。江。文四年，楚人灭。鄀。文五年，秦人入。六。文五年，楚人灭。庸。文十六年，楚、秦、巴人灭。舒蓼。宣八年，楚人灭。陈。宣十一年，楚子入。襄廿五年，郑公孙舍之帅师入。昭八年，楚师灭。萧。宣十二年，楚子灭。赤狄潞氏。宣十五年，晋师灭。赤狄甲氏、留吁。宣十六年，晋人灭。州来。成七年，吴入。昭十三年，吴灭。莒。成九年，溃。舒庸。成十七年，楚人灭。鄫。襄六年，莒人灭。昭四年九月，取。莱。襄六年，齐侯灭。偪阳。襄十年，公会晋侯等，遂灭。舒鸠。襄廿五年，楚屈建帅师灭。厉。昭四年，楚子等遂灭。贲浑戎。昭十七年，晋荀吴帅师灭。鄅。昭十八年，邾娄人入。巢。昭廿四年，吴灭。徐。昭三十年，吴灭。楚。定四年，吴入。吴。定五年。哀十三年，於越入。顿。定十四年，楚公子结等帅师灭。胡。昭廿三年，吴败师，灭。定十五年，楚子灭。邾娄。哀七年八月己酉，入。

敌国杀执君大夫表弟十三

古者天子制诸侯，使小大相维而设其牧，有天子则有方伯，于是有伯讨。其后众私侵伐，方伯不能禁，则伯者耻之。所谓伯者，若齐桓、晋文，位不为方伯而主会诸侯者也。法伯讨以定罪，若执之于天子之侧，结日偏战，获敌论功，虽杀君、大夫，不得依相残之例也。凡执君卿，舍之郊学，盖欲示以礼体，故曰以归，其目言杀执，当坐相贼害也。又其甚者，诱讨而托于义，淫凶以逞其意，据事以观，斧钺乃章。今以二类表之。

君战死位正例时

昭廿三年，胡子髡、沈子楹灭。吴败之，言败。

不死言获例时

僖十五年，获晋侯。秦战，不言败。

内讳获言输平例时

隐六年春，郑人来输平。不言战。

外佚获贬君使敌大夫例月

成二年秋七月，齐侯使国佐如师。言败绩。

杀国君例时用之同

桓六年，杀陈佗。蔡人。

昭十一年，杀之于申。楚子虔诱蔡侯般。

十六年，杀之。楚子诱戎曼子。

定四年，杀之。以沈子嘉归。

僖十九年，用之。邾娄人执鄫子。

昭十一年，用之。执蔡世子有以归。

戕例月

宣十八年秋七月，邾娄人戕鄫子于鄫。

侯执国君例时附执伐、执畀

成十五年，晋侯执曹伯，归于京师。

僖廿一年，执宋公以伐宋。楚子等会霍执。

僖廿八年，执曹伯畀宋人。丙午，晋侯入曹执。

人执国君例时

僖五年冬，晋人执虞公。

成九年，晋人执郑伯。

襄十九年，晋人执邾娄子。

昭四年，楚人执徐子。

哀四年，宋人执小邾娄子。

襄十六年，晋人执莒子、邾娄子。以归。

哀四年，晋人执戎曼子。名。归于楚。

僖廿八年，晋人执卫侯。归之于京师。

变例月

僖十九年春王三月，宋人执滕子。名。

变例日

僖十九年己酉，邾娄人执鄫子。用之。

以君归内言以来例时附以归、归于、归之于

哀七年，以邾娄子益来。

庄十年，以蔡侯献舞归。

宣十五年，以潞子婴儿归。

定六年，以许男斯归。

十四年，以顿子牄归。

十五年，以胡子豹归。

哀八年，以曹伯阳归。

僖廿六年，以隗子归。不名。

定四年，以沈子嘉归。杀之。

襄十六年，莒子、邾娄子以归。晋人执。

昭十一年，蔡世子有以归。楚师日灭时执。

成十五年，曹伯归于京师。晋侯执。

哀四年，戎曼子赤归于楚。晋人执。

僖廿八年，卫侯归之于京师。晋人执。

获大夫例时

僖元年，获莒拏。

宣二年，获宋华元。

襄八年，获蔡公子燮。

昭廿三年，获陈夏啮。

哀十一年，获齐国书。

非大夫言获例时

哀十四年，获麟。

杀大夫例时

昭八年，杀陈孔瑗。壬午，楚师灭。

庄九年，杀之。九月齐人取子纠。文与单伯同，顺上君臣词。

昭四年，杀之。秋七月，楚子等伐吴，执齐庆封。

八年，杀之。楚人执陈行人于征师。

变例月

宣十一年冬十月，楚人杀陈夏征舒。

伐执灭执例时

昭四年，执齐庆封。杀之。秋七月，楚子等伐吴执。

八年，执陈公子招。放之于越。壬午，楚师灭执。

人执行人例时

昭廿三年，晋人执我行人叔孙舍。

襄十一年，楚人执郑行人良霄。

十八年夏，晋人执卫行人石买。

定六年秋，晋人执宋行人乐祁犁。

昭八年，楚人执陈行人于征师。杀之。

定七年，齐人执卫行人北宫结。以侵卫。

人执大夫例时

执内大夫内女

文十四年，齐人执单伯。

昭十三年，晋人执季孙隐如。以归。

文十四年，齐人执子叔姬。

执外大夫微者

僖四年，齐人执陈袁涛涂。

襄廿六年，晋人执卫宁喜。

庄十七年春，齐人执郑瞻。

变例月

成十六年九月，晋人执季孙行父。舍之于招丘。

桓十一年九月，宋人执郑祭仲。

定元年三月，晋人执宋仲幾。于京师。

以归以侵例时

隐七年，以归。戎伐凡伯于楚丘。

昭十三年，以归。晋人执季孙隐如。

僖元年，以归。齐人。内夫人，讳杀之，言以归。

定七年，以侵卫。齐人执卫行人北宫结。

释例时

僖廿一年，释宋公。

舍之例时

成十六年，舍之于招丘。九月，晋人执季孙行父。

放之例时

昭八年，放之于越。楚师日灭执陈公子招。

逃来例时

庄十七年秋，郑瞻自齐逃来。

来归例月

文十五年十有二月，齐人来归子叔姬。

归例时

哀八年，归邾娄子益于邾娄。

归自例时

成十六年，曹伯归自京师。

至自例时

文十五年，单伯至自齐。

昭十四年春，隐如至自晋。

昭廿四年，叔孙舍至自晋。

夫人至自日

僖元年十有二月丁巳，夫人氏之丧至自齐。

出入例表第十四

《传》曰："王者无外。"不言出，内讳奔，谓之孙，所以自治也。诸侯失地名死位灭，所以正人也。然而圣王有兴灭继绝之功，躬自厚而薄责于人，故有相灭亡者，君子耻之。所爵非其贤，所封非其才，君子耻之。故设四科以治出入，而有罪无罪受法焉。其或见入不见出，或见出不见入者，《春秋》新例，示不为记事作也，见者不复见，从可知耳。《传》尤详于出入，发四例以明之，逆则言入，顺则言归，义则言自，力则言纳，余以类附焉。

内奔言孙例日

昭廿五年九月己亥，公孙于齐。

夫人孙例月

庄九年三月，夫人孙于齐。不称氏。

闵二年九月，夫人姜氏孙于邾娄。

王奔言居例时公居附

昭廿三年，天王居于狄泉。

昭廿二年，刘子、单子以王猛居于皇。

公居

昭廿六年，居于运。

廿七年，居于运。

廿九年，居于运。

变例言出居

僖廿四年，天王出居于郑。

王大夫奔不言出

襄卅年，王子瑕奔晋。

昭廿六年，尹氏、召伯、毛伯以王子朝奔楚。

变例言出

成十二年，周公出奔晋。自私土。贤者子孙宜有地。

内大夫出奔正例日

成十六年冬十月乙亥，叔孙骄如出奔齐。

襄廿三年冬十月乙亥，臧孙纥出奔邾娄。

变例月

昭十二年冬十月，公子整出奔齐。

变例时

闵二年，公子庆父出奔莒。

变例不言出从正例日

文八年丙戌，奔莒。公孙敖。

变例不言出从变例时

宣十八年，遂奔齐。公孙归父。

出奔正例时例名

昭三年，北燕伯款出奔齐。

僖廿八年夏，卫侯出奔楚。不名。为叔武不绝之。

昭廿一年冬，蔡侯朱出奔楚。

桓十一年，郑忽出奔卫。不爵，以归称世子。

昭元年，莒展出奔吴。

昭元年，楚公子比出奔晋。

庄十年夏，谭子奔莒。以下国灭，不言出，不名。

僖五年，弦子奔黄。

十年，温子奔卫。

昭十五年夏，蔡昭吴奔郑。

卅年，徐子章禹奔楚。太平治详，故名。

大夫

成十五年，宋华元。晋。宋鱼石。楚。

襄七年，宋华臣。陈。

昭六年，宋华合比。卫。

廿二年，宋华亥、向宁、华定。自宋南里出奔楚。

定十年，宋乐世心。曹。宋公子池。陈。宋公之弟辰暨宋仲佗、石弨。陈。

宣十年，齐崔氏。卫。

成十七年，齐高无咎。莒。

襄廿九年，齐高止。北燕。

襄廿一年秋，晋栾盈。楚。

定十四年，晋赵阳。宋。

僖廿八年，卫元咺。晋。

成七年，卫孙林父。晋。

襄廿七年，卫侯之弟鱄。晋。

廿八年，卫石恶。晋。

定十四年，卫世子蒯聩。宋。卫公孟弨。郑。

哀十一年，卫叔世齐。宋。

襄廿年，陈侯之弟光。楚。

廿四年，陈咸宜咎。楚。

昭八年，陈公子留。郑。

哀十年夏，陈袁颇。郑。

襄廿年，蔡公子履。楚。

哀四年，蔡公孙辰。吴。

襄卅一年，郑良霄。许。

庄廿四年，曹羁。陈。

昭廿年夏，曹公孙会。自郑出奔宋。

昭元年夏，秦伯之弟鍼。晋。

定四年，楚囊瓦。郑。

附

文七年，晋先眜。奔秦。在外不言出，所以正其罪。

变例月

桓十六年十有一月，卫侯朔出奔齐。奔入、皆月，重治朔。

桓十五年五月，郑伯突出奔蔡。

庄十二年冬十月，宋万。陈。弑奔。

昭廿年冬十月，宋华亥、向宁、华定。陈。

变例日

襄廿四年己未，卫侯衎出奔齐。

出入无恶言归正例时

僖卅年，卫侯郑归于卫。前执不名。

昭十三年，陈侯吴归于陈。

昭十三年，蔡侯卢归于蔡。

桓十一年，突归于郑。

庄廿四年，赤归于曹郭公。

成十五年，宋华元。自晋。

定十三年，晋赵鞅。归于晋。

成十四年夏，卫孙林父。自晋。

哀十年，卫公孟彄。自齐。

襄廿三年，陈侯之弟光。自楚。

变例月

桓十八年秋八月，蔡季自陈归于蔡。

昭十三年夏四月，楚公子比自晋归于楚。

出有恶归无恶言复归正例时

桓十五年，郑世子忽复归于郑。

僖廿八年，曹伯襄复归于曹。前执不名。

僖廿八年，卫元咺。自晋。

变例月

僖廿八年六月，卫侯郑自楚复归于卫。杀叔武名。

变例日

襄廿六年甲午，卫侯衎复归于卫。复归治剽名以治衎。

出无恶入有恶言复入正例时

成十八年，宋鱼石。复入彭城。

襄廿三年，晋栾盈。复入于晋。

出入恶言入正例时

昭廿二年，刘子、单子以王猛入于王城。

庄九年，齐小白入于齐。

哀六年，齐阳生入于齐。

庄三年秋，纪季以酅入于齐。

襄廿五年，卫侯入于陈仪。不名，恶剽。

昭元年，莒去疾自齐入于莒。

桓十五年，许叔入于许。

昭廿一年，宋华亥、向宁、华定。自陈入于宋南里以畔。

定十一年春，宋公之弟辰及仲佗、石弬、公子池。自陈入于萧以畔。秋，宋乐世心。自曹入于萧。

襄廿三年，入于曲沃。

定十三年秋，晋赵鞅。入于晋阳以畔。冬，晋荀盈及士吉射。入于朝歌以畔。

襄卅年，郑良霄。自许。

变例月

昭廿六年冬十月，天王入于成周。

庄六年夏六月，卫侯朔入于卫。

桓十五年秋九月，郑伯突入于栎。

附凡入

时入

宣八年，万入。

昭十五年，籥入。

月入

文十四年秋七月，有星孛入。于北斗。

日入

庄廿四年八月丁丑，夫人姜氏入。从灭国例。

外君来奔例月名

昭廿三年秋七月，莒子庚舆。

哀十年春王二月，邾娄子益。

变例月不名

文十二年春王正月，盛伯。不名，起我灭之。

变例时名

文十四年，宋子哀。

外大夫来奔例时以自同

襄六年夏，宋华弱。

廿三年夏，邾娄鼻我。

廿八年冬，齐庆封。

昭十年夏，晋栾施。

廿七年，邾娄快。

定十四年春，卫公叔戌。夏，卫北宫结。

哀六年夏，齐国夏及高张。以地。

襄廿一年，邾娄庶其以漆、闾丘。

昭五年夏，莒牟夷以牟娄及防兹。

卅一年冬，黑弓以滥。自某。

定十四年，宋公之弟辰自萧。

变例时不名

文八年，宋司城。宋无大夫。

纳君例时纳子同

僖廿五年，纳顿子于顿。楚围陈。

庄九年，纳纠。公伐齐。

文十四年，晋人纳接菑于邾娄。

昭十二年春，齐高偃帅师纳北燕伯于阳。

哀二年，晋赵鞅帅师纳卫世子蒯聩于戚。

附

桓二年戊申，纳于大庙。取郜鼎于宋。日，从失礼宗庙例。

纳大夫例时

宣十一年，纳公孙宁仪行父于陈。楚子入陈。

放大夫例时

宣元年，晋放其大夫胥甲父。于卫。

哀三年，蔡人放其大夫公孙猎。于吴。

昭八年，放之于越。楚师灭陈，执陈公子招。

立君例月

隐四年冬十有二月，卫人立晋。

变例时

昭廿三年，尹氏立王子朝。凡非立君不录。

君臣相杀表弟十五

《语》曰："君使臣以礼，臣事君以忠。"《传》曰：臣弑子弑，非一朝夕之故，由辨之不早辨也。其始以小失礼之故，至于不忠大逆而不可悔，故夫为国在以礼而已。《孟子》有言："《春秋》成而乱臣贼子惧。"董狐、南史冒刃奋笔，赵、崔之伦杀之如一孤雏，容之如一蚤虱，行政秉权，夫何惧哉！独孔子讳内恶，君桓宣，谨侯僭，外昭公，深没其文，为史曲笔，其事与执简相反，而天下后世知礼之主，得操魁柄以制乱贼之萌。彼诚不敢发，抑又不忍，非待其萌而绝之也。夫君之杀臣，以讨罪耳。世子母弟，嫌逼势极。三卿五官，权位相轧。故诛戮之祸，必以此生。二者皆正于其君，故杀世子、母弟、大夫与杀君同词。词曰"杀其"者，所谓渐也。君杀世子、母弟称爵，杀大夫称国，明其重也。大夫杀君称名氏，相杀亦称名氏，言无将也。杀君穷诸人，言贱不得干尊，为众词，著其失众，罪坐诸大夫也。杀大夫穷诸盗，言自下犯上，即叛民也。盗杀君者，大夫也，孰使吾大夫而为盗？君之罪也。人杀大夫者，亦大夫也，没其名氏而人之，亦无君之词也。君杀大夫称国，众杀君亦称国，言其无主名，致国无大夫，且无人焉，犹君自杀也。讨贼必于当国者，其称人盗国，则贼无主名，以葬否见臣子之有无，不葬，是皆与杀也。内杀必葬，国不可以无主，主不可以无臣，先于公薨不地治之。继杀不即位，则有君矣。继杀言即位，是不继也。已有自治，必无自讨，故内讳者，词穷也，亦以乱贼之所惧，不在词也。先以礼防其渐，后以礼待其臣子，彼何故而生乱，我何乱之不弭乎？《记》曰：有道之国，君臣未尝相杀。故表其大例，以为坊禁。

杀君正例日

世子

文元年冬十月丁未，楚世子商臣杀其君髡。

昭十九年夏五月戊辰，许世子止杀其君买。非杀加杀。

公子

宣四年夏六月乙酉，郑公子归生杀其君夷。

当国不氏

隐四年戊申，卫州吁杀其君完。

庄八年冬十有一月癸未，齐无知杀其君诸兒。

桓二年春王正月戊申，宋督杀其君与夷及其大夫孔父。累杀。

庄十三年秋八月甲午，宋万杀其君接及其大夫仇牧。累杀。

称名氏

宣二年秋九月乙丑，晋赵盾杀其君夷獆。加杀。

十年癸巳，陈夏征舒杀其君平国。

襄廿五年夏五月乙亥，齐崔杼杀其君光。

廿六年春王二月辛卯，卫宁喜杀其君剽。

变例月

襄三十年夏四月，蔡世子般杀其君固。

变例时

文十四年，齐公子商人杀其君舍。非君成君。

昭十三年，杀其君虔于乾溪。楚公子比。

十三年，楚公子弃疾杀公子比。实君不称君。

僖十年，晋里克杀其君卓子及其大夫荀息。累杀。

哀六年，齐陈乞杀其君舍。

国杀正例时附盗杀、阍杀

文十八年，莒杀其君庶其。

定十三年，薛杀其君比。

盗杀

阍杀

襄廿九年，阍杀吴子余祭。不言其君，无君臣之义。

变例月

昭廿七年夏四月，吴杀其君僚。

变例日

成十八年庚申，晋杀其君州蒲。大夫杀，托之国，故日。

哀四年春王三月庚戌，盗杀蔡侯申。称盗杀君，虽盗当称人。称人例月，此日者，实大夫杀。

人杀正例月附人杀子

文十六年冬十有一月，宋人杀其君处臼。

襄卅一年十有一月，莒人杀其君密州。

人杀子

庄九年九月，齐人取子纠杀之。

变例日

文十八年夏五月戊戌，齐人杀其君商人。

杀君之子正例日

无。

变例时

僖九年冬，晋里克杀其君之子奚齐。
昭八年春，陈侯之弟招杀陈世子偃师。

君杀大夫正例时

称爵杀世子母弟

僖五年春，晋侯杀其世子申生。
襄廿六年秋，宋公杀其世子座。
三十年，天王杀其弟年夫。

公子大夫以下称国杀

成十六年，楚杀其大夫公子侧。
襄二年，楚杀其大夫公子申。
五年，楚杀其大夫公子壬夫。

十九年，郑杀其大夫公子喜。

二十年，蔡杀其大夫公子燮。

廿二年，楚杀其大夫公子追舒。

哀二年，蔡杀其大夫公子驷。

公子

昭十四年冬，莒杀其公子意恢。

名氏

僖十年，晋杀其大夫里克。

十一年春，晋杀其大夫平郑父。

文六年，晋杀其大夫阳处父。

宣九年，陈杀其大夫泄治。

十三年冬，晋杀其大夫先縠。

十四年春，卫杀其大夫孔达。

成十八年，齐杀其大夫国佐。

襄十九年，齐杀其大夫高厚。

廿七年，卫杀其大夫宁喜。

昭二年秋，郑杀其大夫公孙黑。

五年，楚杀其大夫屈申。

十二年，楚杀其大夫成然。

廿七年，楚杀其大夫郤宛。

不氏

僖廿八年，楚杀其大夫得臣。

文十年，楚杀其大夫宜申。

成十五年，宋杀其大夫山。

无名氏

庄廿六年，曹杀其大夫。

僖廿五年，宋杀其大夫。

称爵

僖七年，郑杀其大夫申侯。

二人言及

僖三十年秋，卫杀其大夫元咺及公子瑕。

襄廿三年，陈杀其大夫庆虎及庆寅。

一人以上不言及

成八年，晋杀其大夫赵同、赵括。

十七年，晋杀其大夫郤锜、郤州、郤至。

哀四年夏，蔡杀其大夫公孙归姓、公孙霍。

变例月

隐元年夏五月，郑伯克段于鄢。变杀言克，故月。

成十八年春王正月，晋杀其大夫胥童。比杀四大夫，故月。

大夫杀大夫例时附盗杀

称名氏以杀

宣十五年，王札子杀召伯、毛伯。

昭十三年，楚公子弃疾杀公子比。

公子大夫以下称人杀

昭八年，陈人杀其大夫公子过。

公子

庄廿二年，陈人杀其公子御寇。

名氏

文九年，晋人杀其大夫先都。

无名氏

文七年，宋人杀其大夫。

官举

文八年，宋人杀其大夫司马。

二人言及

文九年，晋人杀其大夫士縠及箕郑父。

非大夫同讨贼

襄廿三年，晋人杀栾盈。
三十年，郑人杀良霄。

附盗杀杀君兄同

襄十年冬，盗杀郑公子斐、公子发、公孙辄。

哀十三年，盗杀陈夏弫夫。

昭三十年秋，盗杀卫侯之兄辄。

内讳例杀君言薨正例日不地

隐十一年冬十有一月壬辰，公薨。

闵二年秋八月辛丑，公薨。

薨外亦例日地葬

桓十八年夏四月丙子，公薨于齐。己丑葬。

杀子言卒正例日

庄卅年冬十月乙未，子般卒。

变例月

文十八年冬十月，子卒。

杀大夫言刺正例日

成十六年乙酉，刺公子偃。

变例时

僖廿八年，刺之。公子买无罪，故从讳例。

变例同正卒日

庄卅三年秋七月癸巳，公子牙卒。传闻世不卒，大夫卒即见杀也。

外讳例杀君言卒同正例日

襄七年，郑伯髡原如会。丙戌，卒于操。八年夏葬，与桓公同讳，同内杀。

变例时

襄廿五年十有二月，吴子谒伐楚。门于巢，卒。巢不坐杀，故使若自卒。

讨贼正例时

庄九年春，齐人杀无知。

变例月

隐四年九月，卫人杀州吁。
宣十一年冬十月，楚人杀陈夏征舒。

贼不复见附贼复见、逸贼

宋督、楚商臣、郑归生、齐崔杼、陈乞、许止、楚弃疾。

贼复见

里克、商人、赵盾、宁喜、公子比、蔡侯般、桓公。

逸贼

公子庆父。时奔。
宋万。月奔。

杀君贼未讨不葬

隐公、闵公、宋与夷、陈佗、宋接、晋卓子、晋夷獋、郑夷、齐商人、卫剽。

讨贼书葬

卫桓公、齐襄公、蔡昭公。

不责讨贼书葬

桓公。日葬。蔡景公、蔡灵公。皆月葬。陈灵公、郑僖公、许悼公。皆时葬。

本不见葬

未逾年

子般、子赤、晋奚齐、齐舍、蔡世子有、楚公子比。

小国

鄫子、莒庶其、鄫子、莒密州、戎曼子、胡髡、沈楹、沈嘉。

吴楚

楚髡、楚虔、吴余祭、吴僚。

敌国杀君

陈佗、鄫子、鄫子、蔡般、戎曼子、胡髡、沈楹、沈嘉。

杀君三十六表第十六

师说日食三十六，杀君三十六，然书君书杀，征诸经传，皆无异词者二十四。君为敌国杀者，两鄫子及陈佗、蔡般、吴谒、戎曼子六君败而杀，书灭者，胡髡、沈楹两君，共三十二君。其国灭君死者，坐灭为重，故不在杀例。内则隐、桓、闵，外则郑髡原四君，经不书杀而《传》有杀词，伤词可据，虽不见杀，文亦必从杀例无疑。有传为君，而经书子、书世子、公子者，自与子般、子赤同未逾年，虽曰臣子之心不可一日无君，然究终始之义，一年不二君，故经不书君而书子，子者宜为君，其不得例诸成君亦易明。惟齐舍本非君，而以贱商人君之，许买本非杀，而以警侍疾书杀，共七条，不在此例。故国君见杀者实四十三，而曰三十六。今表如左。

内

隐公。十一年桓杀，不葬。

桓公。十八年齐杀，葬。

闵公。二年庆父杀，奔，不葬。

宋

与夷。桓二年督杀，不葬。督不见。

接。庄十二年万杀，奔，不葬。

处臼。文十六年人杀，不葬。

齐

诸兒。庄八年无知杀，讨，葬。

商人。文十八年人杀，不葬。

光。襄廿五年杼杀，不葬，杼奔。

舍。哀六年乞杀，不葬，乞不见。

晋

卓子。僖十年里克杀，见杀非讨，不葬。

夷獆。宣二年盾杀，复见盾，不葬。

州蒲。成十八年国杀，不葬。

卫

完。隐四年州吁杀，讨，葬。

剽。襄廿六年宁喜杀，杀喜非讨，不葬。

陈

佗。桓六年蔡人杀，不葬。

平国。宣十年征舒杀，讨，葬。

蔡

固。襄卅年世子般杀，楚讨先葬。

般。昭十一年楚诱杀，本当讨，不葬。

申。哀四年盗杀，不葬。

郑

夷。宣四年归生杀，不葬，归生不复见。

髡原。襄七年讳杀，葬。

莒

庶其。文十八年国杀。

密州。襄卅一年人杀。皆本不葬。

薛

比。定十三年国杀，不葬。

沈

楹。昭廿三年吴灭，本不葬。

嘉。定四年蔡公孙归姓执杀，本不葬。

鄫

鄫子。僖十九年邾娄人用。

鄫子。宣十八年邾娄人戕。皆本不葬。

胡

髡。昭廿三年吴灭，本不葬。

楚

髡。文元年世子商臣杀，商臣不复见。

虔。昭十三年比杀，见杀比。皆本不葬。

吴

谒。襄廿五年巢杀。

余祭。襄廿九年阍杀。

僚。昭廿七年国杀。皆本不葬。

戎

戎曼子。昭十六年楚子诱杀，本不葬。

附内

般。庄卅二年庆父杀。

赤。文十八年宣杀。

齐

舍。文十四年商人杀，非君书君。

晋

奚齐。僖元年里克杀。

蔡

有。昭十一年楚执杀。

许

买。昭十九年饮药卒，非杀书杀。

楚

比。昭十三年弃疾杀。

凶礼例表弟十七

《春秋》定一尊，详内主，无贬讥而有哀隐，故君薨皆日，而以不地见杀，子杀则月矣，夫人杀则见杀之者矣。尊无二上，国君一体，君之所治，皆文之所得治也。大夫则治之所先，于是别三世之文，皆于薨卒详之，所谓慎终者与？文同而事异，词一而例繁，察而可识也。

君薨正例日地

庄卅二年八月癸亥，公薨于路寝。

僖卅三年乙巳，公薨于小寝。

文十八年春王二月丁丑，公薨于台下。

宣十八年冬十月壬戌，公薨于路寝。

成十八年己丑，公薨于路寝。

襄卅一年夏六月辛巳，公薨于楚宫。

定十五年壬申，公薨于高寝。

日葬附不克葬

闵元年夏六月辛酉，葬我君庄公。子杀过时。

文元年夏四月丁巳，葬我君僖公。当时。

文十八年六月癸酉，葬我君文公。当时。

成元年二月辛酉，葬我君宣公。当时。

成十八年丁未，葬我君成公。不及时。

襄卅一年癸酉，葬我君襄公。当时。

定十五年丁巳，葬我君定公。雨，不克葬。戊午，日下昃，乃克葬。

君薨外正例日地

桓十八年夏四月丙子，公薨于齐。

昭卅二年十有二月己未，公薨于乾侯。

日至

桓十八年丁酉，公之丧至自齐。

定元年夏六月癸亥，公之丧至自乾侯。

日葬

桓十八年冬十有二月己丑，葬我君桓公。

定元年秋七月癸巳，葬我君昭公。

君杀正例日不地

隐十一年冬十有一月壬辰，公薨。

闵二年秋八月辛丑，公薨。

不葬

子卒正例日不地

庄卅二年冬十月乙未，子般卒。

襄卅一年秋九月癸巳，子野卒。

变例月不地见杀

文十八年冬十月，子卒。

夫人薨正例日不地

庄廿一年秋七月戊戌，夫人姜氏薨。

文四年冬十有一月壬寅，夫人风氏薨。

十六年秋八月辛未，夫人姜氏薨。

襄二年夏五月庚寅，夫人姜氏薨。

四年秋七月戊子，夫人弋氏薨。

九年五月辛酉，夫人姜氏薨。

昭十一年五月甲申，夫人归氏薨。

宣八年戊子，夫人熊氏薨。

日葬附不克葬

庄廿二年癸丑，葬我小君文姜。

文五年三月辛亥，葬我小君成风。

十七年夏四月癸亥，葬我小君圣姜。

襄二年己丑，葬我小君齐姜。

四年八月辛亥，葬我小君定弋。

九年秋八月癸未，葬我小君穆姜。

昭十一年九月己亥，葬我小君齐归。

宣八年冬十月己丑，葬我小君顷熊，雨，不克葬。庚寅，日中，而克葬。

夫人薨正例日不地不葬

隐十年十有二月乙卯，夫人子氏薨。

夫人薨外例日地

僖元年秋七月戊辰，夫人姜氏薨于夷。

日至

僖元年十有二月丁巳，夫人氏之丧至自齐。去氏有罪。

日葬

僖二年夏五月辛巳，葬我小君哀姜。

变例不称夫人不言薨日卒

定十五年秋七月壬申，姒氏卒。

日葬不称我小君

定十五年辛巳，葬定姒。

变例不称夫人不言薨日卒不葬

哀十二年夏五月甲辰，孟子卒。

传闻世例不卒大夫

翚、公子翚、柔、单伯、公子庆父、溺、公子结。

变例录大夫卒时

隐元年，公子益师卒。

九年，侠卒。

变例月

隐八年冬十有二月，无骇卒。有罪。

变例日

隐五年冬十有二月辛巳，公子𫸩卒。

庄卅二年秋七月癸巳，公子牙卒。恩录之，起鸩杀。

僖十六年三月壬申，公子季友卒。贤之。秋七月甲子，公孙慈卒。使僖录大夫同隐。

闻世大夫卒正例日附卒外地

文十年春王三月辛卯，臧孙辰卒。

宣十七年冬十有一月壬午，公弟叔肹卒。

成四年夏四月甲寅，臧孙许卒。

十五年三月乙巳，仲婴齐卒。

襄五年辛未，季孙行父卒。

十九年八月丙辰，仲孙蔑卒。

廿二年秋七月辛酉，叔老卒。

廿三年己卯，仲孙遬卒。

卅一年己亥，仲孙偈卒。

卒外地

文十四年九月甲申，公孙敖卒于齐。

成十七年壬申，公孙婴齐卒于狸轸。

变例时

宣五年，叔孙得臣卒。与杀，故时。

八年，仲遂卒于垂。于外，故地与杀同，得臣亦时。

变例不卒

文篇，叔彭生、单伯。

见世大夫卒正例日

昭四年冬十有二月乙卯，叔孙豹卒。
七年冬十有一月癸未，季孙宿卒。
廿一年八月乙亥，叔痤卒。
廿三年癸丑，叔鞅卒。
廿四年春王二月丙戌，仲孙貜卒。
廿五年冬十月戊辰，叔孙舍卒。
廿九年夏四月庚子，叔倪卒。
定五年六月丙申，季孙隐如卒。
五年秋七月壬子，叔孙不敢卒。
哀三年秋七月丙子，季孙斯卒。

变例时

昭十五年，叔弓卒。同得臣、仲遂有罪例，见三世文同义异，即以起传闻世不卒例。

外大夫正例不卒不葬

传闻世变例日卒不葬

隐三年夏四月辛卯，尹氏卒。

变例不卒时葬

庄廿七年，葬原仲。

闻世变例月卒不葬

文三年夏五月壬子，虎卒。

见世变例时卒

定四年，刘卷卒。

时葬

定四年，葬刘文公。

内未嫁女卒正例日

僖九年秋七月乙酉，伯姬卒。

文十二年二月庚子，子叔姬卒。见世不更见者，从可知例。

已嫁正例不卒

僖，杞伯姬。

庄廿七年，莒叔姬。以下非夫人。

僖，荡伯姬。荡氏之母。

宣，高叔姬。

庄，陈人妇。

变例日卒

僖十六年夏四月丙申，鄫季姬卒。嫌有罪，当绝也。

成八年冬十月癸卯，杞叔姬卒。胁纪归丧，刺内恩之。

变例月卒

庄四年三月，纪伯姬卒。

庄廿九年冬十有二月，纪叔姬卒。内女贱卒者，君夫人皆先死，得同嫡夫人。

日葬

庄四年六月乙丑，齐侯葬纪伯姬。

庄三十年八月癸亥，葬纪叔姬。不言葬之者，以内恩葬之，异于纪伯姬为外夫人也。

变例时卒

襄卅年，伯姬卒。不系宋，亲之。

外夫人卒月不葬

庄二年秋七月，齐王姬卒。

变例时葬

襄卅年，葬宋共姬。

奔丧例时

定十五年，邾娄子来奔丧。

会葬例时

文元年，天王使叔服来会葬。

五年，王使召伯来会葬。

变例月

襄卅一年冬十月，滕子来会葬。君来故月。

定十五年九月，滕子来会葬。

唁例时

昭廿五年，齐侯唁公于野井。

昭廿九年，齐侯使高张来唁公。

卅一年，晋侯使荀栎唁公于乾侯。

哭例时

成三年，三日哭。

不哭变例月

庄廿二年春王正月，肆大省。

赗例时襚同

文五年，且赗。

九年，秦人来归僖公、成风之襚。

变例月含同

隐元年秋七月，天王使宰咺来归惠公、仲子之赗。

文五年春王正月，王使荣叔归含。

天王崩葬例表弟十八

王鲁新周，周同列国，故不记葬王，以立葬公之例。然不见葬文则例不显，必书葬而又以日月时治之。《传》云："记崩不记葬。"又云："我有往者则书。"岂不书皆讥不往乎？则不记葬之文又何说与？以此推之，不及时过时，亦托词耳。既无五月、七月之明文，将以何为过不及，则将舍本经而读礼记耶？故案经起文，分为五例，条释而表之。王子猛，未逾年君，从卒大夫例，附于后。

崩正例日不葬

隐三年三月庚戌，崩。

桓十五年三月乙未，崩。

僖八年冬十有二月丁未，崩。

成五年冬十有一月乙酉，崩。

襄廿八年十有二月甲寅，崩。

附

昭廿二年冬十月，王子猛卒。

变例日葬

文八年秋八月戊申，崩。

九年春辛丑，葬襄王。日葬者，上如月，与使归月相起，明去天内与王皆有讥也，故从内例。

变例月葬

襄元年九月辛酉，崩。

二年春王正月，葬简王。月葬者，贬同大国，起上称天子为治文。

变例时葬

宣二年冬十月乙亥，崩。

三年春，葬匡王。时葬者，崩葬间唯书牛伤，起其微不能奉天，略之，而柳侵为失政益明。

变例不见崩月葬

庄三年五月，葬桓王。不书崩者，若没其崩日者。然不葬则例不见，故又月贬之，起内忘仇，王使之也。下廿三年来聘，去天王，相发明。

诸侯卒葬例表弟十九

《春秋》托王于鲁，贬外诸侯言卒，所以褒内也。故外诸侯记卒记葬，均与内异。凡诸侯五月而葬者，礼说也，《传》发六例，无据以言之。小国不与大国同，则例亦不可推。今但分大、小国为二，著其时月日之异例，三世之异文，以备参考云。

大国

正例日卒月葬

宋

庄二年冬乙酉，公冯卒。三年夏四月，葬庄公。正。

昭廿五年十有一月己亥，公佐卒于曲棘。廿六年春王正月，葬元公。不及时，慢。

齐

成九年秋七月丙子，侯无野卒。冬十有一月，葬顷公。正。

哀五年秋九月癸酉，侯处臼卒。闰月，葬景公。讥闰数不及时。

晋

哀十五年冬十有一月癸亥，侯周卒。十六年春王正月，葬悼公。不及时，慢。

昭十六年秋八月己亥，侯夷卒。冬十月，葬昭公。不及时，慢。

卅年夏六月庚辰，侯去疾卒。秋八月，葬顷公。不及时，慢。

卫

桓十二年丙戌，侯晋卒。十三年三月，葬宣公。正。

成十四年冬十月庚寅，侯臧卒。十五年春王二月，葬定公。正。

襄廿九年夏五月庚午，侯衎卒。秋九月，葬献公。正。

哀二年夏四月丙子，侯元卒。冬十月，葬灵公。过时不能。

附见杀

隐四年春，完。戊申杀。五年夏四月，葬桓公。不能，贼已讨。

陈

庄元年冬十月乙亥，侯林卒。二年春王二月，葬庄公。正。

僖十二年冬十有二月丁丑，侯处臼卒。十三年夏四月，葬宣公。正。

定四年春王二月癸巳，侯吴卒。六月，葬惠公。正。

八年秋七月戊辰，侯柳卒。九月，葬怀公。不及时，慢。

蔡

隐八年夏六月己亥，侯考父卒。八月，葬宣公。慢。

昭廿年冬十有一月辛卯，侯庐卒。廿一年春王三月，葬平公。慢。见世小国例。

附见杀

哀四年，申。庚戌杀。冬十有二月，葬昭公。不能，贼已讨。

郑

桓十一年夏五月癸未，伯寤生卒。秋七月，葬庄公。慢。

庄卅一年夏五月辛酉，伯突卒。冬十有二月，葬厉公。不能。

昭十二年三月壬申，伯嘉卒。五月，葬简公。慢。

卅八年夏四月丙戌，伯宁卒。六月，葬定公。不及时。

定九年夏四月戊申，伯囆卒。六月，葬献公。不及时。

变例日卒日葬

宋

隐三年八月庚辰，公和卒。冬癸未，葬缪公。当时危。

成二年八月壬午，公鲍卒。三年春乙亥，葬文公。过时隐之。

齐

桓十四年冬十有二月丁巳，侯禄父卒。十五年夏四月己巳，葬僖公。当时，危。

僖十七年冬十有二月乙亥，侯小白卒。十八年秋八月丁亥，葬桓公。过时隐之。

僖廿七年夏六月庚寅，侯昭卒。秋八月乙未，葬孝公。不及时，渴。

附见杀

庄八年，诸兒。十有一月癸未杀。九年秋七月丁酉，葬襄公。过时，贼已讨。隐之者，赦小白。

晋

僖卅二年冬十有二月己卯，侯重耳卒。卅三年夏四月癸巳，葬文公。危背殡。

卫

成二年秋庚寅，侯遬卒。三年辛亥，葬缪公。过时隐之。

昭七年秋八月戊辰，侯恶卒。十二月癸亥，葬襄公。危。

蔡

桓十七年六月丁丑，侯封人卒。秋八月癸巳，葬桓侯。渴不称公，为杀陈君佗，使季篡立，无臣子。

变例日卒时葬

宋

昭十年十有二月甲子，公戌卒。十一年春，葬平公。不及时。共公不日卒，盈去平葬，月以起之。

齐

宣十年己巳，侯元卒。六月，葬惠公。讥公不待葬，略之。

襄十九年秋七月辛卯，侯瑗卒。冬，葬灵公。使子从政，略之。

哀十年三月戊戌，侯阳生卒。夏，葬悼公。起谖杀。

晋

文六年八月乙亥，侯欢卒。冬，葬襄公。漏言，略之。

昭十年冬戊子，侯彪卒。葬平公。公不恤晋，致后失援而亡，去冬以起其意。

卫

僖廿五年夏四月癸酉，侯戏卒。秋，葬文公。嗣子罪未明，夺其恩，故不月。

陈

桓五年春正月甲戌、己丑，侯鲍卒。二日，无臣子词。夏，葬桓公。时葬，略之。

襄四年春王三月己酉，侯午卒。秋，葬成公。

昭八年夏四月辛丑，侯溺卒。冬十月，葬哀公。楚葬。无臣子，过时。

附见杀

宣十年夏，平国。癸巳杀。十二年春，葬灵公。楚讨葬之。

蔡

宣十七年春丁未，侯申卒。夏，葬文公。小国所闻世例日卒时葬，此葬不月者，蔡入闻世即楚，故贬。

郑

宣三年冬十月丙戌，伯兰卒。葬缪公。慢。

成四年三月壬申，伯臤卒。夏，葬襄公。慢。

襄七年冬丙戌，卒于操。髡原言卒，实杀。八年夏，葬僖公。不能，无臣子。入闻世，郑当时葬，以小国从楚，还从本爵，退之。至髡原后乃褒录，复同大国。

变例月卒日葬

宋

成十五年夏六月，公固卒。不日，国乱。秋八月庚辰，葬共公。不及时，渴。

蔡

附月杀月葬

襄卅年，固。夏四月杀。冬十月，葬景公。子不必讨，故葬。从深讳，使若正葬。

变例日卒不葬

宋

僖九年春王三月丁丑，公御说卒。不葬。为襄公讳，背殡。

僖廿三年夏五月庚寅，公慈父卒。不葬。盈讳。

附见杀

桓二年，与夷。正月戊申杀。不葬。贼未讨。

庄十二年，接。秋八月甲午杀。不葬。贼出。

齐

文十四年夏五月乙亥，侯潘卒。不葬。起子舍未逾年称君，使若早卒。

附见杀

文十八年，商人。五月戊戌杀。不葬。贼未讨。

哀廿五年，光。夏五月乙亥杀。不葬。贼未讨。

晋

僖九年秋甲戌，侯诡诸卒。不葬。晋本小国，故始见不葬。

宣九年秋辛酉，侯黑臀卒于扈。卒会，故地。不葬。篡不明。

成十年夏丙午，侯獳卒。不葬。败王师，文不明。

附见杀

宣二年，夷獆。九月乙丑杀。不葬。贼未讨。

成十八年春，州蒲。庚申杀。不葬。贼未讨。

卫

庄廿五年夏五月癸丑，侯朔卒。不葬。得罪天子，子不当立，故夺其臣子词。

宣九年冬十月癸酉，侯郑卒。不葬。杀叔武罪不明。

附见杀

襄廿六年春，剽。辛卯杀。不葬。贼未讨。

陈

桓十二年秋八月壬辰，侯跃卒。不葬。先佗死于蔡，跃与蔡会，故去葬。

文十二年夏五月壬午，侯朔卒。不葬。背款殡会温盈，为之讳。

郑

僖卅（一）［二］年夏四月己丑，伯接卒。不葬。杀寓公申侯，略之。

成六年夏壬申，伯费卒。不葬。背殡绝之。

襄二年六月庚辰，伯睔卒。不葬。讳伐丧，髡原杀不明，踊夺臣子恩。

附见杀

宣四年，夷。夏六月乙酉杀。不葬。贼未讨。

变例月卒不葬

宋

文七年夏四月，公王臣卒。内娶故月。不葬。绝之。

文十六年，处臼。冬十有一月杀。不葬。

蔡

昭廿三年夏六月，侯东国卒于楚。存蔡，故不日以起之。不葬。在楚卒，无臣子。

变例时卒不葬

齐

附加杀

文十四年，舍。秋杀，不日，未逾年。不葬。贼未讨。

哀六年，舍。秋杀，不日，起阳生当国。不葬，贼未讨。

晋

僖廿四年冬，侯夷吾卒。为文公略之。不葬。篡不明。

附见杀

僖九年，奚齐。冬杀，不日，未逾年。不葬。起里克非讨杀。

僖十年，卓子，春杀。不葬。起里克非讨杀。

陈

僖廿八年，侯款卒。不葬。从卒会褒例。

附见杀

桓六年秋，佗。淫蔡见杀。不葬。绝。

蔡

僖十四年冬，侯肸卒。不葬。时卒不葬，小国初见例，起狄桓侯蔡，始进为小国。

附时杀月葬

昭十一年，般。楚诱杀于申。般当绝，故诱日，杀不日。十三年冬十月葬灵公。不与楚讨，使庐得葬。

楚附

楚自旅伯即进同大国例，日卒月葬，不葬者，辟其僭也。卒恒日，无月、时者，治夷狄之义，与进不与退，与洁不保往也。吴、秦不从此例者，不一而足，余夷皆小国，不在此例。

变例日卒不葬

宣十八年秋甲戌，子旅卒。

襄十三年秋九月庚辰，子审卒。

廿八年冬乙未，子昭卒。闰月。

昭元年冬十有一月己酉，子卷卒。

廿六年九月庚申，子居卒。

哀六年秋七月庚寅，子轸卒。

附见杀

文元年，髡。冬十月丁未杀。

昭十三年，虔。时者，起非比时杀。

十三年，公子比。实君不称君，故时。

小国

传闻世正例时卒不名不葬

滕

隐七年春，侯卒。

薛

曹

杞

邾娄

宿

许

变例月卒不名不葬

薛

庄卅一年夏四月，伯卒。起本爵，非贬也。

杞

僖廿三年冬十有一月，子卒。起子为见灭。

变例日卒不名不葬

宿

隐八年夏辛亥，男卒。日录之，以起三世例。

变例时卒名不葬

邾娄

庄十六年冬，子克卒。名以褒之。

变例日卒名不葬

邾娄

庄廿八年夏四月丁未，子琐卒。起褒进。

变例时卒名时葬

曹

僖七年秋，伯般卒。冬，葬昭公。

许

僖四年夏，男新臣卒。褒。秋，葬缪公。褒。

变例月卒名时葬

曹

庄廿三年冬十有一月，伯射姑卒。廿四年春，葬庄公。曹正例。

变例日卒名月葬

曹

桓十年春王正月庚申，伯终生卒。夏五月，葬桓公。不从本例，起上为内见。

闻世正例月卒名时葬

滕

曹

文九年秋八月，伯襄卒。冬，葬共公。

杞闻世卒日葬时，进之异于他国，起为新王三客之一

邾娄闻世不葬同滕

莒终春秋狄之，同吴不葬

许

秦见世始葬

吴不葬辟其号

变例时卒名时葬

曹

成十三年夏，伯庐卒于师。褒。冬，葬宣公。
襄十八年冬，伯负刍卒于师。褒。十九年春，葬成公。

变例日卒名时葬

曹

宣十四年夏五月壬申，伯寿卒。起内篡。秋，葬文公。

杞

襄六年春王正月壬午，伯姑容卒。秋，葬桓公。

廿三年三月己巳，伯匄卒。夏，葬孝公。

许

文五年冬十月甲申，男业卒。以父录。六年春，葬僖公。

宣十七年春王正月庚子，男锡我卒。先进之，以起见世从夷例。夏，葬昭公。

襄廿六年八月壬午，男宁卒于楚。录之。冬，葬灵公。

变例时卒名不葬

邾娄

文十三年夏，子蘧篨卒。不葬，见褒进。

成十七年冬，子貜且卒。起上。

秦

文十八年，伯罃卒。褒之使同邾娄子克，故不葬。

宣四年春，伯稻卒。起上。

襄廿五年，子谒伐楚，门于巢，卒。吴正例。

变例月卒名不葬

莒

成十四年春王正月，子朱卒。进。

吴

襄十二年秋九月，子乘卒。录。

变例日卒名不葬

邾娄

襄十七年春王二月庚午，子瞯卒。为见世先示褒例，又不葬。

变例时卒不名不葬

秦

成十四年冬，伯卒。与婴稻相起见正例，非略也。

变例月卒不名不葬

滕

宣九年八月，子卒。初见本爵，故不名不葬。

变例日卒不名不葬

滕

成十六年夏四月辛未，子卒。加录起不名不葬，非贬。

见世正例日卒名月葬

滕

昭三年春王正月丁未，子泉卒。五月，葬成公。

哀十一年秋七月辛酉，子虞母卒。冬十有一月，葬隐公。

薛不进，略之

曹

杞葬时，至哀始进月

哀八年冬十有二月癸亥，伯过卒。春王二月，葬僖公。

邾娄终时葬不进

莒终狄之，同吴不葬

许终退时卒，从夷例，起灭略

秦终进卒日葬时，同邾娄。自殽战贬为夷，嫌实夷，故异吴不名者，非嫡得

吴终进月卒，同曹

变例时卒名时葬

薛

定十二年春，伯定卒。从初卒例，起縠日卒恩录。夏，葬襄公。

哀十年夏，伯寅卒。略。秋，葬惠公。

曹

定八年春，伯露卒。略之。秋，葬竫公。

杞

定四年夏，伯戊卒于会。褒。秋，葬悼公。

许

哀十三年夏，男成卒。葬元公。

变例月卒名月葬

曹

昭廿七年冬十月，伯午卒。
廿八年春王三月，葬悼公。同大国起时，皆略。

变例日卒名时葬

滕

昭廿八年秋七月癸巳，子宁卒。冬，葬悼公。
哀四年秋八月甲寅，子结卒。冬，葬顷公。皆时者，起月为褒进，此见常例。

薛

昭卅一年夏四月丁巳，伯穀卒。秋，葬献公。

杞

昭廿四年秋丁酉，伯郁釐卒。进。冬，葬平公。

邾娄

昭元年六月丁巳，子华卒。秋，葬悼公。
定三年三月辛卯，子穿卒。秋，葬庄公。

许

附加杀
昭十九年夏五月戊辰，买。冬，葬悼公。赦止。

变例时卒不名时葬

秦

昭五年秋，伯卒。六年春，葬景公。
定九年秋，伯卒。冬，葬哀公。

变例月卒名时葬

曹

昭十四年三月，伯滕卒。秋，葬武公。
十八年春王三月，伯须卒。秋，葬平公。

杞

昭六年春王正月，伯益姑卒。前称子，国灭复封，故仍从闻世例。夏，葬文公。

变例日卒不名时葬

秦

哀三年冬十月癸卯，伯卒。四年春，葬惠公。

变例时卒名不葬

吴

定十四年夏，子光卒。篡不明，故时起之。

变例月卒名不葬

莒

昭十四年八月，子去疾卒。

吴

昭十五年春王正月，子夷昧卒。

吉事例表第二十

孔子曰："鲁之郊禘，非礼也。周公其衰矣！"杞、宋者，天子之事守也。鲁之王，广之天下者也。故《传》曰"鲁郊，非礼也"，则必卜而用之。又曰："僭诸公犹可言也，僭天子不可言也。"子家驹以季氏之祸，原于君僭，三家雍彻，则不可忍。然则鲁之大礼，专施于祭，至其余制，宜同侯国。而君臣缘僭，实兴郊禘，既灌不观，蜡则喟然。盖伤子孙之不能承休，而乃以盛典为厉阶与？予夺之意，先师不言，今辄次类其文，以待推省者该郊之变耳。

郊正例日

夏五月辛亥，郊。

夏四月辛巳，郊。

变例不郊时

乃不郊。

不郊。

乃不郊。

乃不郊。

卜郊月不从时

僖卅一年夏四月，四卜郊，不从。

成十年夏四月，五卜郊，不从。

襄七年夏四月，三卜郊，不从。

襄十一年夏四月，四卜郊，不从。

牛伤月牛死时

宣三年春王正月，郊牛之口伤。

牛死。

免牲免牛时

乃免牲。

乃免牛。

乃免牲。

鼠食例月

成七年春王正月，奚鼠食郊牛角。

鼠又食不言所食时

奚鼠又食其角。

定十五年，奚鼠食郊牛。

哀元年，奚鼠食郊牛。

改卜牛例时

改卜牛。

改卜牛。

改卜牛。

犹三望例时

犹三望。

犹三望。

犹三望。

社正例日

以祭日知之。

变例时

庄廿三年夏，公如齐观社。

廿五年，用牲于社。

卅年，用牲于社。

文十五年，用牲于社。

门正例日

以凡祭皆日知之。

变例时

庄廿五年，用牲于门。

庙祭正例日

禘

不当祫言吉禘

闵二年夏五月乙酉，吉禘于庄公。

改禘言有事

宣八年辛巳，有事于大庙。

昭十五年二月癸酉，有事于武宫。

大祫言大事

文二年八月丁卯，大事于大庙。

绎

宣八年壬午，犹绎。

尝

桓十四年乙亥，尝。

烝

桓八年春正月己卯，烝。

夏五月丁丑，烝。

变例月

禘

僖八年秋七月，禘于大庙。

告月

文六年闰月，不告月。

视朔

文十六年夏五月，公四不视朔。

变例时

朝庙

文六年，犹朝于庙。

祀

定八年冬，从祀先公。

跻

文二年，跻僖公。

卒事

昭十五年，卒事。

宫庙例表第二十一

《传》曰："周公称大庙，鲁公称世室，群公称宫。"此鲁旧名，文家之辞也。《春秋》书庙，皆大庙，亲庙皆称公、称宫者，非五庙之例，同生人寝宫耳。故称西宫无嫌，而公居楚宫，其文显明。孔子曰："必也，正名乎！"使可以假借通辞，则尊卑人鬼渎矣。是故改群宫曰公，而以宫为讥辞。讥有轻重，亦分三例，以三寝附著焉。大庙、世室、路寝，正也。先公，亲庙也。高寝，母居也。余宫以大庙治之。小寝，夫人之寝也，以路寝小之。故祖祢可以名治，男女可以义别。

大庙日例

文二年八月丁卯，大事于大庙。

宣八年辛巳，有事于大庙。

桓二年戊申，纳于大庙。

月例

僖八年秋七月，禘于大庙。

庙时例

文六年，犹朝于庙。

世室时例

文十三年，世室屋坏。

群公日例

闵二年夏五月乙酉，吉禘于庄公。

文二年丁丑，作僖公主。

时例

文二年，跻僖公。

定八年，从祀先公。

群公称宫日例

无。即当称宫，宜见有事时祭称宫之文。今无亲庙称宫者，固知当改。《聘礼》曰“受币于某宫”，是周制亲庙称宫也。

月例

庄廿四年春王三月，刻桓宫桷。

时例

庄廿三年秋，丹桓宫楹。

群庙外别立宫日

成六年二月辛巳，立武宫。

昭十五年二月癸酉，有事于武宫。

哀三年五月辛卯，桓宫、僖宫灾。

时

定元年秋，立炀宫。

不称谥但称宫日

成三年春甲子，新宫灾。不言宣公庙灾，时初除丧，讥事祢不尽，故同之生宫。

非庙称宫日

僖廿年五月乙巳，西宫灾。见生人所居乃称宫。

襄卅一年夏六月辛巳，公薨于楚宫。

妾母庙称宫月

隐五年九月，考仲子之宫。不成丧，故同之生宫。

非庙称庙时

僖十五年秋，震夷伯之庙。天戒之，大之称庙，即以起先公，不当称宫。

非室称室时

昭廿二年，王室乱。诸子争立，不能承宗庙，故称室。

寝

庄卅二年，路寝。公薨地。下同。

宣十八年，路寝。

成十八年，路寝。

定十五年，高寝。母所居。起下孟子卒为昭夫人。

僖卅三年，小寝。夫人称小君，故寝称小寝。

昏礼例表第二十二

《春秋》详夫人之丧葬，而不具录其昏至，盖葬者君之事母，内治则统于政礼而已矣。讥不亲迎，一托始而已足，故十二君之娶，唯见六君，而皆别有义，嫁女三见归于，再见来逆，明圣经之作，不为王者嫁娶作记注也。然则礼不若义，义斯为礼，而凡言据史文从赴告者，诚为陋矣。

公纳币非礼时

庄廿二年冬，公如齐纳币。取仇女，托以讥亲纳，为小恶。

大夫纳币正时

文二年，公子遂如齐纳币。下为微者词，故以如齐，明非实微。

公亲迎正时

廿四年夏，公如齐逆女。前讥不亲迎，此讳取仇女，若使得正。

大夫逆女非礼时

桓三年，公子翚如齐逆女。
宣元年，公子遂如齐逆女。不讥丧娶，起下去氏。
成十四年秋，叔孙骄如如齐逆女。见一正例，仍不见纳币，明常事不书。

不言逆者但言逆妇时

四年夏，逆妇姜于齐。讥丧娶，使若大夫女。

夫人至时

秋，夫人姜氏至自齐。

以夫人妇至月

九月，骄如以夫人妇姜氏至自齐。见一正例。

以夫人妇贬去氏至月

三月，遂以夫人妇姜至自齐。去氏，贬夫人，起宣弑立。

夫人入日

八月丁丑，夫人姜氏入。嫌实正，故为灭国词。

觌夫人日

戊寅，大夫宗妇觌用币。大夫无君之词，非正自明。

致夫人时不言至妾词

僖八年，用致夫人。

来纳币正例时

成八年夏，宋公使公孙寿来纳币。不言逆，不亲迎，讳之。

来逆女正例时

变例月

隐二年九月，纪履緰来逆女。托讥不亲迎。

变例不言女时

庄廿七年，莒庆来逆叔姬。嫁大夫正例。

变例月

宣五年秋九月，齐高固来逆子叔姬。讥来故月。

变例言逆妇时

僖廿五年，宋荡伯姬来逆妇。

来求妇时

僖卅一年冬，杞伯姬来求妇。

女归正例月

冬十月，伯姬归于纪。

隐七年春王三月，叔姬归于纪。前见伯姬归，此复归媵，自明媵而同女贤之。

九年二月，伯姬归于宋。

变例时

庄廿五年，伯姬归于杞。

僖十五年，季姬归于鄫。前已遇，故略之。

来媵时

成八年，卫人来媵。

九年，晋人来媵。

十年，齐人来媵。三媵非礼犹书，起非书媵。

致女时

九年夏，季孙行父如宋致女。起上不逆女，非略之。

内逆外女时

庄元年夏，单伯逆王姬。

来逆外女时

桓八年，祭公来，遂逆王后于纪。

外逆外女不言来

襄十五年，刘夏逆王后于齐。

外女归

九年春，纪季姜归于京师。

冬，王姬归于齐。

庄十一年冬，王姬归于齐。盈前讳文。

馆外女时

秋，筑王姬之馆。

媵外女时

外送女月

桓三年九月，齐侯送姜氏于欢。

庄十九年秋，公子结媵陈人之妇于鄄。

妇事例表弟二十三

妇人无外事，而文家有大飨之礼、交问之道，所以赞佐二姓，恭事社稷，以为昏姻和合之本。又有归宗之义，文无不通，内不为讳，《穀梁》以为皆讥，非也。然经书唯及外平，盖去文从质，则改其制，岂不以文、哀二姜，功小罪大，圣姜胁僖，翱翔卞淄？大邦有子，非可恒得，齐桓戮夷，辱同外讨，故备记鄫、杞，以显共姬。三媵犹侈，不嫌非礼，守堂逮火，贤比三彖，亦何必托刺于舜华，期荣于河鲤？今故备其本末，以待考者知正变焉。

夫人如正例时公夫人、如夫人、如师同

庄十五年夏，夫人姜氏如齐。

十九年，夫人姜氏如莒。

文九年，夫人姜氏如齐。前为略之之词，故特见如至。

附

桓十八年，公夫人姜氏遂如齐。

庄五年夏，夫人姜氏如齐师。

变例月

庄廿年春王二月，夫人姜氏如莒。结昏莒庆，讥汲汲，故月。

夫人如至月

文九年三月，夫人姜氏至自齐。月者起非。大夫女，故特见至。

夫人会外君正例时公及夫人会同

庄七年春，夫人姜氏会齐侯于防。冬，夫人姜氏会齐侯于穀。前已见月，故频会皆从正例。

僖十七年秋，夫人姜氏会齐侯于卞。

附

僖十一年夏，公及夫人姜氏会齐侯于阳谷。

变例月

庄二年冬十有二月，夫人姜氏会齐侯于郜。月者，起未孙。

夫人飨外君月

庄四年春王二月，夫人姜氏飨齐侯于祝丘。前讥嫌为会，故再见月。

夫人归时

文十八年，夫人姜氏归于齐。大归。

夫人孙月

庄元年三月，夫人孙于齐。义当绝，故月。孙去氏，起未孙。

闵二年九月，夫人姜氏孙于邾娄。实孙故不去氏，有罪，故月。

致夫人时

僖八年，用致夫人。

公会女正例时

庄廿七年春，公会杞伯姬于洮。

女遇变例月

僖十四年夏六月，季姬及鄫子遇于防。会遇同例，此月者，起改嫁。

执女例时

文十四年，齐人执子叔姬。

女来正例时

直来

庄廿七年冬，杞伯姬来。
僖廿八年秋，杞伯姬来。

来归

宣十六年秋，郯伯姬来。

来朝子

僖五年，杞伯姬来朝。

其子

来逆妇

僖廿五年，宋荡伯姬来逆妇。

来求妇

僖卅一年冬，杞伯姬来求妇。

及夫来

宣五年冬，齐高固及子叔姬来。

变例月

成五年春王正月，杞叔姬来归。
文十五年十有二月，齐人来归子叔姬。

致女时

成九年，季孙行父如宋致女。

禭君母正例时

文九年，秦人来归僖公、成风之禭。

赗君母变例月

隐元年秋七月，天王使宰咺来归惠公、仲子之赗。
文五年春王正月，王使荣叔归含且赗。

会葬君母例时

文五年，王使召伯来会葬。

执君母讳言以归时

僖元年，齐人以归。

归例表弟二十四

归者，女嫁之正名，而嫁反亦曰来归。道有污隆，不可使无亲也，故反国曰归，馈物曰归。归加于者，有往来之义。归言以者，有礼接之情。来归卫宝与来归子叔姬同文，以夫人归与敌国执君同文，皆从女起例。自余归粟、归田，凡言归者，亦于此见义，故别为表之。

内女归于正例月嫁女归于同

隐二年冬十月，伯姬归于纪。

七年春王三月，叔姬归于纪。

成九年二月，伯姬归于宋。

嫁女归于

庄十二年春王三月，纪叔姬归于酅。

变例时

庄廿五年，伯姬归于纪。为后无礼来略之。

僖十五年，季姬归于鄫。改昏略之。略之者，皆夺我恩，非贬女。

桓十一年，突归于郑。

庄廿四年，赤归于曹。

外女归于正例时夫人大归同

桓九年春，纪季姜归于京师。

庄元年，王姬归于齐。

十一年冬，王姬归于齐。

夫人大归

文十八年，夫人姜氏归于齐。同外女嫁，文绝而不殊。

庄卅年，卫侯郑归于卫。

昭十三年，蔡侯庐归于蔡。陈侯吴归于陈。

定十三年，晋赵鞅归于晋。

内女来归正例时附逃归

宣十六年秋，郯伯姬来归。

闵元年，季子来归。从女例，许其亲亲。

附

僖四年，郑伯逃归。

襄七年，陈侯逃归。

变例月

成五年春王正月，杞叔姬来归。

来归内女正例时附归不言来

无。从有罪推之。

庄六年冬，齐人来归卫宝。

文九年，秦人来归僖公、成风之禭。

定十年，齐人来归运、欢、龟阴田。

定十四年，天王使石尚来归脤。

归不言来

文十五年，齐人归公孙敖之丧。

宣十年，齐人归我济西田。

哀八年，齐人归欢及俾。

变例月

文十五年十有二月，齐人来归子叔姬。

隐元年秋七月，天王使宰咺来归惠公、仲子之赗。

八年三月，郑伯使宛来归邴。

文五年春王正月，王使荣叔归含且赗。

以夫人丧归时

僖元年，齐人以归。戊辰夫人姜氏薨于夷。

隐七年，戎伐凡伯于楚丘以归。余见获执例，举一可知。

逆内女丧以归月

成九年春王正月，杞伯来逆叔姬之丧以归。

归某于某时

定五年夏，归粟于蔡。

哀八年，归邾娄子益于邾娄。

归之于某时

僖廿八年，晋人执卫侯归之于京师。

成八年春，晋侯使韩穿来言汶阳之田，归之于齐。

复归

三例俱见出入例，从可知，不更出。

锡求献乞例表第二十五

王者，天下所归往也。圣人作而万物睹，凡有血气者，莫不尊亲，故不喜人附，不禁人畔。喜人附者，畏人畔者也。有诸侯受命，无王锡命，有征诸侯，无求于诸侯。诸侯不来受命，而要王命以为宠。议者曰："我能禁彼之不自王乎？不如授之。"则王灵亵，彼不成为畔而反责望我矣。听其自王，无妄锡命，天下然后知名之不可假。诸侯不朝贡，议者曰："是可忍也，孰不可忍？"则往责之。责之而效则生轻心，责之而不效则必征之，是以小礼召大祸也，不征之则无以复使人也。胜之则是王者私欲自尊而轻民命，不胜则势不可止，故曰："王者无求。"此二者，天下存亡之大机也。齐、楚威我以戎捷，君子书之曰献，内不聘人而乞师，则内外同词。故曰："人有礼则安，无礼则危，非在强弱之势也。"

锡正例时

庄元年，王使荣叔来锡桓公命。庄不言天王。桓无王，去天即去王也。

文元年，天王使毛伯来锡公命。

变例月

成八年秋七月，天子使召伯来锡公命。不称王，讥不王。月者，嫌但讥王。

求正例时

隐三年秋，武氏子来求赙。

文九年春，毛伯来求金。皆不称天王，深讳之。

僖卅一年冬，杞伯姬来求妇。

变例月

桓十五年春二月，天王使家父来求车。月者，桓大罪，天子不能正。

献正例时

僖廿一年，楚人使宜申来献捷。

隐五年，初献六羽。为外至词，起僭诸侯。

变例月

庄卅一年六月，齐侯来献戎捷。不言使，非献捷也。

乞例时附告假

僖廿六年，公子遂如楚乞师。

成十三年春，晋侯使郤锜来乞师。

十六年，栾黡。

十七年，荀罃。

十八年，士彭。皆晋侯使来乞师。

僖八年，郑伯乞盟。

附

庄廿八年，臧孙辰告籴于齐。

桓元年，郑伯以璧假许田。

政役例表弟二十六

《穀梁》说凡城皆讥，据《传》言，讳以凶年造邑，又曰凶年不修，则修筑力役之事，王政所关，宜有大法也。搜阅田狩，教民即戎，见太平之效。今分数类表之，凡工役皆附见焉。

城正例时

内城一邑

隐七年夏，城中丘。

九年夏，城郎。

桓五年，城祝丘。

十六年冬，城向。

庄卅二年春，城小穀。

宣八年，城平阳。

成四年冬，城运。

九年，城中城。

襄七年，城费。

十三年冬，城防。

十九年，城武城。

定六年冬，城中城。

十五年冬，城漆。

哀五年春，城比。

内师城一邑

哀三年，季孙斯、叔孙州仇帅师城开阳。

内城二邑

庄廿九年，城诸及防。
定十四年，城莒父及霄。

内师城二邑

文十二年，季孙行父帅师城诸及运。

内城郛

襄十九年，城西郛。
哀四年，城西郛。

内师城郛

襄十五年，季孙宿、叔孙豹帅师城成郛。

内城外邑

哀六年春，城邾娄葭。

内会城

襄廿九年，仲孙偈会晋荀盈等城杞。
昭卅二年冬，仲孙何忌会晋韩不信等城成周。

内遂城

文七年，遂城部。春，公伐邾娄。甲戌，取须朐。

内会遂城

襄二年冬，仲孙蔑会晋荀罃，等。遂城虎牢。

外师城

僖元年，齐师、宋师、曹师城邢。

诸侯城

僖十四年春，诸侯城缘陵。

变例月

外城为内词

僖二年春王正月，城楚丘。起实灭。

戍时

僖廿八年，公子买戍卫。

诸侯戍

襄五年冬，戍陈。
十年，戍郑虎牢。

不卒戍时

僖廿八年，不卒戍。戍卫。

筑时附浚强

庄元年秋，筑王姬之馆于外。

廿八年冬，筑微。

卅一年春，筑台于郎。夏，筑台于薛。秋，筑台于秦。

成十八年，筑鹿囿。

昭九年冬，筑郎囿。

定十三年夏，筑蛇渊囿。

附

庄九年冬，浚洙。

昭元年，叔弓帅师强运田。

立日

成六年二月辛巳，立武宫。

时

定元年，立炀宫。凡立非役不录。

丹时

庄廿三年秋，丹桓宫楹。

刻月考附

庄廿四年春王三月，刻桓宫桷。

附

隐五年九月，考仲子之宫。

初时

隐五年，初献六羽。

宣十五年，初税亩。

毁坏隳时

文十六年，毁泉台。

十三年，世室屋坏。

定十二年，叔孙州仇帅师隳郈。季孙斯、仲孙何忌帅师隳费。

去大去时

宣八年，去籥。

昭十五年，去乐。

庄四年，纪侯大去其国。

作正例时

无。以新作知之。

变例月舍附

成元年三月，作丘甲。讥始。

襄十一年春王正月，作三军。讥僭。

附

昭五年春王正月，舍中军。

变例日

文二年丁丑，作僖公主。欲久丧不能，托于作之功重。

新作正例时新延附

僖二十年春，新作南门。

附

庄廿九年春，新延厩。

变例月

定二年冬十月，新作雉门及两观。

用正例时

庄廿四年，用币。

廿五年，鼓用牲于社。鼓用牲于社、于门。

三十年，鼓用牲于社。

僖八年，用致夫人。

文十五年，鼓用牲于社。

哀十二年春，用田赋。

变例日

成十七年九月辛丑，用郊。用者不宜用。日者，郊正例。

大阅正例时

无。以廋狩知之。

变例日

桓六年秋八月壬午，大阅。

大廋例时

昭十一年，大廋于比蒲。

昭廿二年，大蒐于昌奸。

定十三年，大蒐于比蒲。

定十四年，大蒐于比蒲。

蒐例时

昭八年秋，蒐于红。

狩正例时

庄四年冬，公及齐人狩于郜。讳从狩正例。

哀十四年春，西狩获麟。

外狩附

僖廿八年，天王狩于河阳。非狩言狩，盈讳之词。

变例月

桓四年春正月，公狩于郎。讥远。

祠兵例日

庄八年甲午，祠兵。

观例时

隐五年春，公观鱼于棠。

庄廿三年夏，公如齐观社。

俟例时

庄八年，以俟陈人、蔡人。

迁于正例时

成十五年，许迁于叶。闻世录许，为见世三录见。

昭九年，许迁于夷。

十八年冬，许迁于白羽。

定四年，许迁于容城。详录小国，见世致太平存恤之义也，必三乃足起其例。

变例月

僖元年夏六月，邢迁于陈仪。起邢亡。

卅一年十有二月，卫迁于帝丘。卫先亡，重录之。

哀二年十有一月，蔡迁于州来。存蔡故月。

迁正例月

庄十年三月，宋人迁宿。

闵二年春王正月，齐人迁阳。

变例时

庄元年，齐师迁纪、郱、鄑、郚。讳取言迁，故时。

灾异例表弟二十七

《春秋》始元终麟，以示天道，其义主于记变，以法象治人事，人事常者不书，然则主书者唯灾异尔。自周以前，历家皆知日食有定限，不足为异。唯《小雅》之诗曰：月食其常，日食不臧。《小雅》，周公之徒也。文王演易，于《明夷》《丰》皆见日食之象。至《春秋》而重为大法，以为天异之最重，杀君三十六，日食三十七，似其应矣，而不可推测其余，则皆《鸿范》六沴之占，亦无术以言之。信乎，天道不可得闻乎！具列其端，以待达人发其奥焉。

日食正朔既

桓三年秋七月壬辰朔，日有食之，既。

襄廿四年秋七月甲子朔日有食之，既。又见频食例。

日食正朔

庄廿五年六月辛未朔，日有食之。鼓用牲于社。

廿六年冬十有二月癸亥朔。

卅年九月庚午朔。鼓用牲于社。

僖五年九月戊申朔。

文元年二月癸亥朔。

十五年六月辛丑朔。鼓用牲于社。

成十六年六月丙寅朔。

十七年十有二月丁巳朔。

襄十四年二月乙未朔。

二十年冬十月丙辰朔。

廿三年春王二月癸酉朔。

廿七年冬十有二月乙亥朔。

昭七年夏四月甲辰朔。

十五年六月丁巳朔。

十七年夏六月甲戌朔。

廿一年秋七月壬午朔。

廿二年十有二月癸酉朔。

廿四年夏五月乙未朔。

卅一年十有二月辛亥朔。

定五年春王正月辛亥朔。

十二年十有一月丙寅朔。

十五年八月庚辰朔。

日食朔前

庄十八年春王三月，日有食之。

僖十五年夏五月，日有食之。

日食朔后既

宣八年秋七月甲子，日有食之。

日食朔后

隐三年春王二月己巳，日有食之。

僖十二年春王三月庚午。

宣十年夏四月丙辰。

十七年六月癸卯。

襄十五年秋八月丁巳。

日食朔不言甲子

桓十七年冬十月朔，日有食之。

日频食非食言食

襄廿一年九月庚戌朔，日有食之。此正食。冬十月庚辰朔。此非食。

廿四年秋七月甲子朔，日有食之，既。此正食。八月癸巳朔。此非食。

星异

日例

庄七年夏四月辛卯，夜恒星不见。夜中星霣如雨。

月例

文十四年秋七月，有星孛入于北斗。

哀十三年冬十有一月，有星孛于东方。

时例

昭十七年冬，有星孛于大辰。

大雨异日

隐九年三月癸酉，大雨。

雨异月

僖三年六月，雨。

不雨异时

庄卅一年冬，不雨。

月

僖二年冬十月，不雨。

三年春王正月，不雨。夏四月，不雨。

经时不雨月

文二年自十有二月不雨，至于秋七月。

十年，自正月不雨，至于秋七月。

十三年，自正月不雨，至于秋七月。

雨雪大雨雪异月

桓八年冬十月，雨雪。

昭四年春王正月，大雨雪。

大雨雪异日

隐九年庚辰，大雨雪。

雨冰异月

成十六年春王正月，雨木冰。

雨雹异时

僖十年冬，大雨。雹。

廿九年秋，大雨雹。

昭三年冬，大雨雹。

晦异日

僖十五年己卯，晦。

成十六年甲午，晦。

震异日

文九年九月癸酉，地震。

襄十六年五月甲子，地震。

昭十九年己卯，地震。

廿三年八月乙未，地震。

哀三年夏四月甲午，地震。

时

隐九年，震电。

僖十五年，震夷伯之庙。

霜异时

僖卅三年，霣霜，不杀草。

月

定元年冬十月，霣霜杀叔。

冰异时

桓十四年，无冰。

成元年，无冰。

襄廿八年春，无冰。

月

成十六年春王正月，雨木冰。

郊牛异时

成七年，改卜牛，鼷鼠又食其角。

定十五年，鼷鼠食郊牛，牛死。

哀元年，鼷鼠食郊牛。

月

成七年春王正月，鼷鼠食郊牛角。

宣三年春王正月，郊牛之口伤。

人异日

文十一年冬十月甲午，叔孙得臣败狄于咸。长狄记异。

草木异时

僖卅三年，賈霜，不杀草，李、梅实。

月

成十六年春王正月，雨木冰。

虫异时

庄十八年秋，有蜮。

廿九年秋，有蜚。

文八年，螺。冬螺，记异。

宣十五年冬，蝝生。

月

哀十二年冬十有二月，螺。太平。

十三年十有二月，螺。太平。

鸟异时

昭廿五年，有鹳鹆来巢。

兽异时

庄十七年冬，多麋。

哀十四年春，西狩获麟。

外霣异日

僖十六年春王正月戊申朔，霣石于宋，五。

外崩异日

僖十四年秋八月辛卯，沙鹿崩。

时

成五年，梁山崩。

外火异日

昭十八年夏五月壬午，宋、卫、陈、郑灾。

外鸟异月

僖十六年，是月六鹢退飞过宋都。

外虫异时

文三年，雨螽于宋。

旱雩时例

桓五年，大雩。

成三年，大雩。

七年冬，大雩。

襄五年秋，大雩。

十六年，大雩。

昭八年，大雩。

定七年，大雩。

十二年秋，大雩。

月例附日例

僖十一年秋八月，大雩。

十三年秋九月，大雩。

襄八年秋九月，大雩。

十七年九月，大雩。

廿八年秋八月，大雩。

昭三年八月，大雩。

六年秋九月，大雩。

十六年九月，大雩。

廿四年秋八月，大雩。

定元年九月，大雩。

七年九月，大雩。

附

昭廿五年秋七月上辛，大雩。季辛，又雩。日不言辰，实非日例。

大旱时

僖廿一年夏，大旱。

宣七年，大旱。

大水时

桓元年秋，大水。

十三年夏，大水。

庄七年秋，大水。

廿四年，大水。

廿五年秋，大水。

宣十年，大水。

成五年秋，大水。

襄廿四年，大水。

火日

桓十四年秋八月壬申，御廪灾。

僖廿五年五月乙巳，西宫灾。

成三年甲子，新宫灾。

定二年夏五月壬辰，雉门及两观灾。

哀三年五月辛卯，桓宫、僖宫灾。

四年六月辛丑，蒲社灾。

饥大饥时

宣十年，饥。

十五年，饥。

襄廿四年，大饥。

无大无时

庄七年，无麦苗。

廿八年，大无麦禾。

虫灾时

桓五年，螺。

宣十三年秋，螺。

十五年秋，螺。

隐五年，螟。

八年，螟。

庄六年，螟。

月

僖十五年八月，螺。闵雨故月。

宣六年秋八月，螺。不记事，从首时例。

哀十三年九月，螺。太平。

外灾时

宣十六年夏，成周宣谢灾。

襄九年春，宋火。

月

昭九年夏四月，陈火。

日

襄卅年五月甲午，宋灾。

外水时

庄十一年秋，宋大水。

外痾时

庄廿年夏，齐大灾。大渍也。四足死曰渍，盖牛疫。

大例表弟二十八

《春秋》常事不书，书则为异，尤异者则加大以别之。如饥又见大饥，有年又见大有年，雨又见大雨，雨雪又见大雨雪，其例显然。大廋见廋、大阅不见阅者，以大廋即大阅也。大雩外无雩文，然季辛又雩，不曰又大雩，亦足相起见义。推之水旱灾雹，与大无麦禾、大事、大去、大省，更可知矣。

大雨日

隐九年三月癸酉，大雨。

大雨雪月

昭四年春王正月，大雨雪。

日

隐九年庚辰，大雨雪。

大雨雹时

僖十年冬，大雨雹。

廿九年秋，大雨雹。

昭三年冬，大雨雹。

大水时

桓元年秋，大水。

十三年夏，大水。

庄七年秋，大水。

十一年秋，宋大水。

廿四年，大水。

廿五年秋，大水。

宣十年，大水。

成五年秋，大水。

襄廿四年，大水。

大旱时

僖廿一年夏，大旱。

宣七年，大旱。

大雩时

桓五年，大雩。

成三年，大雩。

七年冬，大雩。

襄五年秋，大雩。

十六年，大雩。

昭八年，大雩。

定七年，大雩。

十二年秋，大雩。

月

僖十一年秋八月，大雩。

十三年秋九月，大雩。

襄八年秋九月，大雩。

十七年九月，大雩。

廿八年秋八月，大雩。

昭三年八月，大雩。

六年秋九月，大雩。

十六年九月，大雩。

廿四年秋八月，大雩。

定元年九月，大雩。

七年九月，大雩。

日

昭廿五年秋七月，上辛大雩。

大饥时

襄廿四年，大饥。

大无麦禾时

庄廿八年，大无麦禾。

大有年时

宣十六年冬，大有年。

大灾时

庄廿年夏，齐大灾。

大廋时

昭十一年，大廋于比蒲。

廿二年，大廋于昌奸。

定十三年，大廋于比蒲。

十四年，大廋于比蒲。

大阅日

桓六年秋八月壬午，大阅。

大去时

庄四年，纪侯大去其国。

大事日

文二年八月丁卯，大事于大庙。

大省月

庄廿二年春王正月，肆大省。

有例表第二十九附无例

有者，不宜有之词。《春秋》常事不书，书则不宜有矣，明言有者，皆微词也。日食不见所食，言日有食之者，不知所不知也。星孛虫鸟，亦以异书，有疾亦犹是也。惟有事、有年，似无讥意。然有事下一见壬午犹绎，一见立武宫，则有事为讥例自明。见有年，又见大有年，大有年可喜，有年不必喜。不必喜而书，有年则大有年，非以喜书，亦可知矣。

日食言有正例日

隐三年己巳，日有食之。余见灾异，不具录。

变例月

桓十七年冬十月朔，日有食之。
庄十八年春王三月，日有食之。
僖十五年夏五月，日有食之。

星孛言有例月

文十四年秋七月，有星孛入于北斗。
哀十三年冬十有一月，有星孛于东方。

变例时

昭十七年冬，有星孛于大辰。出月则时。

有年例时

桓三年，有年。

宣十六年冬，大有年。

有事例日

宣八年辛巳，有事于大庙。

昭十五年二月癸酉，有事于武宫。

虫鸟言有例时

庄十八年秋，有蜮。

庄廿九年秋，有蜚。

昭廿五年，有鸜鹆来巢。

有疾例时

昭廿三年，公有疾，乃复。

附无例时

桓十四年，无冰。

成元年，无冰。

襄廿八年春，无冰。

庄七年，无麦苗。

廿八年，大无麦禾。

乃例表弟三十附而例

《传》云：乃者，难也。又云：乃，难乎。而明凡言乃者，慎重之至也。故以而附见于后，著圣人一字之宏旨焉。

乃复时

宣八年，乃复。夏六月，公子遂如齐，至黄。

昭二年，乃复。冬公如晋，至河。

十二年，乃复。公如晋，至河。

十三年，乃复。公如晋，至河。

廿一年，乃复。公如晋，至河。

廿三年，乃复。冬公如晋，至河，公有疾。

定三年，乃复。春王正月，公如晋，至河。

乃免时

僖卅一年，乃免牲。夏四月，四卜郊不从。

襄七年，乃免牲。夏四月，三卜郊不从。

成七年，乃免牛。春王正月，奚鼠食郊牛角。改卜牛，奚鼠又食其角。

乃不时

宣三年，乃不郊。春王正月，郊牛之口伤。

成十年，乃不郊。夏四月，五卜郊不从。

襄十一年，乃不郊。夏四月，四卜郊不从。

乃克日

定十五年戊午，日下昃，乃克葬。丁巳，葬我君定公，雨，不克葬。

乃还时

襄十九年，乃还。晋士匄帅师侵齐，至穀，闻齐侯卒。

附而例日

宣八年，而克葬。冬十月己丑，葬我小君顷熊，雨，不克葬。庚寅日中。

及例表弟三十一

《传》曰："何以不言及仲子？仲子微也。"又曰："其言及防兹［来奔何］？以私邑累公邑也。"又曰："何以不言及？敌也。"至于三累言及，则《春秋》之所贵矣。是知言及以别尊卑，故城诸及防，注以君臣邑言之。然城诸及运，运非臣邑也。取田言及，岂公私之词乎？又诸侯、大夫不分尊卑，而亦言及晋侯，及吴子，为两伯之词。则及有二义，今具列之，以俟说经者。

二君言及

哀十二年，公会晋侯及吴子。

二国言及

宣四年，公及齐侯平莒及郯。

二邑言及

庄三十年，城诸及防。

文十二年，季孙行父帅师城诸及运。

定十四年，城莒父及霄。

昭五年，莒牟夷以牟娄及防兹来奔。

哀八年，齐人取欢及倠。冬，齐人归欢及倠。

二田言及

哀二年，取漷东田及沂西田。伐邾娄。

二地言及

定二年，雉门及两观灾。

冬十月，新作雉门及两观。

二人言及

僖十四年，季姬及鄫子遇于防。

宣四年，齐高固及子叔姬来。

定十一年，宋公之弟辰及仲佗、石彄、公子池自陈入于萧以畔。上奔陈言暨，此改言及。

定十三年，晋荀寅及士吉射入于朝歌以畔。

哀六年，齐国夏及高张来奔。

君臣言及

桓二年，宋督杀其君与夷及其大夫孔父。

庄十二年，宋万杀其君捷及其大夫仇牧。

僖十年，晋里克杀其君卓子及其大夫荀息。

二大夫言及

僖三十年，卫杀其大夫元咺及公子瑕。

文九年，晋人杀其大夫士縠及箕郑父。

襄廿三年，陈杀其大夫庆虎及庆寅。

之例表弟三十二

《传》曰："其言之何？缓也。"又曰："归之于者，罪已定矣。"之者，审慎之词也。慎之则重之，故曰君之子、侯之弟兄、王姬之馆、汶阳之田，又曰杀之于、放之于、舍之于。缓之又略之，故曰仲子之赗，夷伯之庙，陈人之妇，顿、胡、沈、蔡、陈、许之师。其杀之、用之、刺之及日食言之，皆文有所指，非辞间之之不在此例。

缓例即略例

宣三年，郊牛之口。伤。

隐元年，仲子之赗。

文九年，成风之襚。

隐五年，考仲子之宫。

僖十五年，震夷伯之庙。

十五年，公孙敖帅师及诸侯之大夫。救徐。

襄三年，叔孙豹及诸侯之大夫。及陈袁侨盟。

廿七年，豹及诸侯之大夫。盟于宋。

庄十九年，公子结媵陈人之妇。于鄄。

昭廿三年，吴败顿、胡、沈、蔡、陈、许之师。于鸡父。

定例即重录例

僖廿八年，晋人执卫侯，归之于京师。

成八年，晋侯使韩穿来言汶阳之田，归之于齐。

庄元年，筑王姬之馆。于外。

桓五年，天王使仍叔之子。来聘。

僖九年，晋里克杀其君之子。奚齐。

襄二十年，陈侯之弟光。出奔楚。

廿三年，陈侯之弟光。自楚归。

廿七年，卫侯之弟鱄。出奔晋。

昭元年，秦伯之弟鍼。出奔晋。

八年，陈侯之弟招。杀陈世子偃师。

二十年，卫侯之兄輒。

定十年，宋公之弟辰。暨宋仲佗、石彄出奔陈。

十一年，宋公之弟辰。及仲佗、石彄、公子池自陈入于萧以畔。

成十六年，舍之于招丘。晋人执季孙行父。

昭八年，放之于越。楚师灭陈，执陈公子招。

十一年，杀之于申。楚子虔诱蔡侯般。

附之丧或缓或重

桓十八年，公之丧。至自齐。忘仇为缓词。

僖元年，夫人氏之丧。至自齐。亦忘仇词。

文十五年，齐人归公孙敖之丧。见胁。

成九年，杞伯来逆叔姬之丧。亦胁词。

定元年，公之丧。至自乾侯。缓词。

自例表弟三十三

《传》曰："自者何？有力焉者也。"自某归、自某复归、自某入、自某奔，皆从有力例。自某月不雨，不得为有力。文而言自，亦闵之也。至自、还自别见，兹专以特言自者表之。

诸侯自时

成十六年，曹伯归自京师。

月

僖廿八年六月，卫侯郑自楚复归于卫。

大夫自时

僖廿八年，卫元咺自晋复归于卫。
成十四年夏，卫孙林父自晋归于卫。
十五年，宋华元自晋归于宋。
襄廿三年，陈侯之弟光自楚归于陈。
三十年，郑良霄自许入于郑。
昭元年秋，莒去疾自齐入于莒。
二十年夏，曹公孙会自鄸出奔宋。
廿一年，宋华亥、向宁、华定自陈入于宋南里。
廿二年，宋华亥等自宋南里出奔楚。
定十一年春，宋公之弟辰等自陈入于萧。秋，宋乐世心自曹入于萧。

十四年，宋公之弟辰自萧来奔。

哀十年，卫公孟彄自齐归于卫。

月

桓十七年秋八月，蔡季自陈归于蔡。

昭十三年夏四月，楚公子比自晋归于楚。

微者自时

庄十七年秋，郑瞻自齐逃来。

自月不雨

文二年，自十有二月不雨，至于秋七月。

十年，自正月不雨，至于秋七月。

十三年，自正月不雨，至于秋七月。

遂例表弟三十四

《传》曰：遂者，生事也。大夫无遂事。文虽与诸侯同，而实则异。必若公子结书遂出竟，有可以安社稷、利国家者，可也。今特列为九以表之。

遂侵

宣元年，遂侵宋。楚子、郑人侵陈。

定八年，遂侵卫。晋赵鞅帅师侵郑。

遂伐遂会伐

僖四年，遂伐楚。公会齐侯等侵蔡。

文十五年，遂伐曹。齐侯侵我西鄙。

襄廿三年，遂伐晋。秋，齐侯伐卫。

成十三年，遂会晋侯等伐秦。夏五月，公自京师。

遂围遂入

僖廿八年，诸侯遂围许。冬，公会晋侯等于温。

僖廿八年，遂会诸侯围许。曹伯襄复归于曹。

襄十二年，遂入运。季孙宿帅师救齐。

遂救遂次

僖六年，诸侯遂救许。秋，楚人围许。

僖十五年，遂次于匡。三月，公会齐侯等，盟于牡丘，为救徐。

遂灭

昭四年，遂灭厉。秋七月，楚子等伐吴。

襄十年夏五月甲午，遂灭偪阳。春，公会晋侯等于柤。

遂城

文七年，遂城郚。三月甲戌，取须朐。

襄二年，遂城虎牢。冬，仲孙蔑等会于戚。

遂如遂奔

桓十八年，遂如齐。公夫人姜氏。

僖卅年，遂如晋。公子遂如京师。

宣十八年，遂奔晋。归父还自晋，至柽。

遂逆

桓八年，遂逆王后于纪。祭公来。

遂及

庄十九年，遂及齐侯、宋公盟。秋，公子结媵陈人之妇于鄄。

用例表第三十五

《春秋·成篇》书用郊，《传》曰：用者，不宜用也。则用为非礼明矣。故大夫宗妇见用币，夫人言用致，亦皆以非礼讥之。虽鼓用牲为得礼，究之言用，则无非非礼也。至于用田赋之苛，用鄫、蔡之虐，尤不待言矣。

用郊日

成十七年辛丑，用郊。

用牲时

庄廿五年，鼓，用牲于社。
廿五年，鼓，用牲于社、于门。
卅年，鼓，用牲于社。

用币时

庄廿四年，用币。

用致时

僖八年，用致夫人。

用田赋时

哀十二年，用田赋。

用之时

僖十九年，用之。执鄫子。

昭十一年，用之。执蔡世子有。

以例表弟三十六

以者何？行其意也。以俟则何？意之行，托不得已也。托之为言，亦仍行意而已。凡词例则不假时、月、日以显，其时、月、日仍视其事而出。今分事汇之。

以伐以战执以伐、执以侵同

桓十四年，宋人以齐人、卫人、蔡人、陈人伐郑。
僖廿六年，公以楚师伐齐。
定四年冬十有一月，庚午，蔡侯以吴子及楚人战于伯莒。
僖廿一年，执宋公以伐宋。
定七年，执卫行人北宫结以侵卫。

以俟

庄八年，以俟陈人、蔡人。

以归执以归、以来同

庄十年，以蔡侯献舞。
僖元年，齐人以归。
廿六年，以隗子。
宣十六年，以潞子婴儿。
定四年，以沈子嘉。
六年，以许男斯。

十四年，以顿子牂。

十五年，以胡子豹。

哀八年，以曹伯阳。

襄十七年，晋人执莒子、邾娄子。

昭十二年，执蔡世子有。

十三年，晋人执季孙隐如。

哀七年，以邾娄子益来。

以畔

襄廿八年，卫孙林父入于戚。

昭廿一年，宋华亥、向宁、华定自陈入于宋南里。

定十一年，宋公之弟辰及宋仲（陀）［佗］、石弧自陈入于萧。

十三年秋，晋赵鞅入于晋阳。冬，晋荀寅及士吉射入于朝歌。

以至

宣元年三月，遂以夫人妇姜至自齐。

成十四年九月，骄如以夫人妇姜氏至自齐。

以入

庄三年秋，纪季以酅入于齐。

昭廿二年，刘子单子以王猛居于皇。秋，刘子、单子以王猛入于王城。

以奔以邑奔同

昭廿六年，尹氏、召伯、毛伯以王子朝奔楚。

襄廿一年，邾娄庶其以漆、闾丘来奔。

昭五年夏，莒牟夷以牟娄及防兹来奔。
卅一年冬，黑弓以滥来奔。

以假

桓元年，郑伯以璧假许田。

以成

桓二年，以成宋乱。

犹例表弟三十七

犹者，通可以已之词也。可已而不已，讥意自明。卜郊告朔，有事外别无所见。其时、月、日，各从本事之例。

犹望时

僖卅一年，犹三望。

宣三年，犹三望。

成七年，犹三望。

犹朝时

文六年，犹朝于庙。

犹绎日

宣八年壬午，犹绎。

一见例表第三十八

一见者，无例可推，而有时、月、日之分，则义有可附。其致女、归宝之类，既从归、致列之。兹录其文之特异者，共为一表，以备检阅。

例时

隐六年，输。春，郑人来输平。

桓元年，假。郑伯以璧假许田。

二年，成。以成宋乱。

三年，胥命。夏，齐侯、卫侯胥命于蒲。

庄四年，大去。纪侯大去其国。

八年，俟。以俟陈人、蔡人。

九年，浚。冬，浚洙。

十七年，瀸。夏，齐人瀸于遂。

廿三年，丹。秋，丹桓宫楹。

廿八年，告（粜）[籴]。臧孙辰告（粜）[籴]于齐。

闵二年，弃。郑弃其师。

僖十九年，亡。梁亡。

廿一年，释。释宋公。

廿八年，畀。执曹伯畀宋人。

文二年，跻。跻僖公。

五年，且。且赗。

六年，不告。闰月不告月。闰不书故从时例。

十三年，坏。世室屋坏。

十六年，毁。毁泉台。

宣四年，不肯。莒人不肯。

成三年，哭。三日哭。

八年，言。春，晋侯使韩穿来言汶阳之田。

襄廿三年，袭。齐侯袭莒。

廿五年，门。门于巢卒。

卅年，故。宋灾故。

昭元年，强。叔弓帅师强运田。

十三年，不与。公不与盟。

定八年，从祀。从祀先公。

八年，窃。盗窃宝玉、大弓。

九年，得。得宝玉、大弓。

例月

隐元年，克。夏五月，郑伯克段于鄢。

五年，考。九月，考仲子之宫。

庄四年，飨。春王二月，夫人姜氏飨齐侯于祝丘。

廿二年，肆省。春王正月，肆大省。

廿四年，刻。春王三月，刻桓宫桷。

僖三年，雨。六月雨。

十六年，退飞过。是月，六鹢退飞过宋都。

文十六年，不视。夏五月，公四不视朔。

宣十八年，戕。秋七月，邾娄人戕鄫子于鄫。

例日

桓七年，焚。春二月己亥，焚咸丘。

庄八年，祠。甲午，祠兵。

廿四年，觌。戊寅，大夫宗妇觌。

宣八年，而。庚寅，日中而克葬。

定十五年，昃。戊午，月下昃。

穀梁申义

序

《记》曰："属词比事，《春秋》教也。"《春秋》之失乱，庄生有言："《春秋》经世先王之志，圣人论而不辨。"自鲁哀以来，微言绝矣。五家为师，三传遂昌。先汉以《公羊》为正，副以《穀梁》，参以《左氏》。自晋至今，《左传》盛矣。郑康成名世大儒，其释《记》文尚误以《左传》为《春秋》，况杜预之徒乎？言《穀梁》者唯麋、范传于博士，及唐唯用范氏。今颁学宫，范为先师。晋代不以专门说经，号为通取，故范氏注《穀梁》而有毁传之词。夫传述圣言不能无瑕，然穀梁子私淑仲尼，亲研异同，指事立教，必有宏旨，受经授义，义同君亲。入室操戈，昔人所伤；说传疑传，后生何述？徒令蔑师法、侮圣言，因缘抵隙，六经皆讹。自赵宋及前明，流祸烈矣。余推测经文，本传《公羊》，泛览二传，各得其趣。《左氏》专于史，离经别行，其体即司马《本纪》之准也。闻驳意殊，不关《春秋》，其有得失，比之迁、固，乃三史之学，非六经之谊。已别条辨著于当篇。至于《穀梁》，依经树义，其有离合，难审其由。后人见《公》《穀》之异同，疑二传之所受，乐《左氏》之事实，曲《春秋》以从之，故有赴告则书，陋同朝报，月日无意，随其刀笔。或又悉废三传，妄作褒讥，乱其词，乱其事，而《春秋》亡矣。今唯明《公羊》不足祛惑，辄以浅学更申《穀梁》，务推其立说之原，期于不乱而止。诸例增减旧注已详，兹但约举巨疑，不全载经传。以《穀梁》儒者之论，可为世范，故以授大女，使它日传之尔。同治八年秋七月乙未序。

卷一

隐元年**秋七月，天王使宰咺来归惠公仲子之赗。传：**母以子氏。仲子者何？惠公之母，孝公之妾也。

申义曰：《公羊》以为仲子桓母，今云惠母者，先师相传有母以子氏之说，以僖公成风既是僖母，惠公仲子必是惠母也。穀梁子未亲闻微言，但受大义。凡人代年世，史家所重，儒者所略。《春秋》不嫌同词同号，《公羊》亲受圣传，故知为桓母，《穀梁》直以词事相比，以为惠母。世次虽舛，然足张嫡庶之义，破母以子贵之误说，固无害于说经也。

隐元年**冬十有二月，祭伯来。传：**"来"者，来朝也。

申义曰：《公羊》以为奔，盖天子畿内诸侯无朝侯国者。今以为来朝，亦是比"州公寔来"之事，明同为来朝也。取足张人臣无外交之义，不妨为异。

隐二年**十有二月乙卯，夫人子氏薨。传：**夫人者，隐公之妻也。

申义曰：《公羊》以为隐母，今以为隐妻者，既云隐居摄，摄子无爵母之义，不得称夫人。以事比之，必君妻也。《公羊》亲受圣言，故知为隐母。隐让不立而母称夫人，桓母贵反称仲子，启羽父之邪心，召桓公之逆谋，故圣人著其薨、去其葬以示由来之渐。此则以隐不葬，妻为从夫而讳。妻称夫人，辞穷则同也。

隐三年**春王二月己巳，日有食之。传：**有，内辞也，或外辞也。

申义曰：内者，亲爱尊敬之词。有、或古一字，通用。日食当言或食之，不可知之词也。今以内日，故改或言有。《易》曰：“或益之①，或击之。”皆外词。

隐五年**九月，考仲子之宫。传：**礼：庶子为君，为其母筑宫，使公子主其祭也。于子祭，于孙止。

申义曰：《丧服小记》论士大夫之祔礼，因及妾祔之礼曰：“妾祔于妾祖姑，亡则中一以上而祔。”又云：“妾母不世祭也。”《杂记》曰：“妾祔于妾祖姑，无则从其昭穆之妾。”《小记》又曰：“妾无妾祖姑者，易牲而祔于女君可也。”中一以上是高祖之妾也。《穀梁传》论庙制，诸侯五、大夫三、士二。今《小记》之说，祭及高祖之妾，似诸侯之庙矣；《杂记》又云从昭穆，则大夫、士之礼也。既祔妾祖姑，则孙祭未止，而《小记》云不世祭。《传》云“于孙止”者，别筑宫之礼耳。凡筑新宫必有祔祭，妾不体君，必从妾食祔之。曰先为妾祖姑，若高祖姑之位。祝词宜云：子某用洁牲嘉荐适尔所生，高祖姑某氏以跻祔尔，孙妾某氏尚飨。其三虞词曰：子某哀荐成事，适尔所生，高祖姑某氏。无妾，高祖姑则易牲而祔于女君。此是诸侯之礼也。若公子、公孙为大夫、士，虽不得祭高祖妾母，而高祖庙未毁，故亦得称高祖妾姑以为词也。若庶姓大夫、士无妾祖姑，宜易牲而祔女君也。祔本称其所合食之祖以安亡者，以高祖妾先经立庙，故引以为祝词，非谓祭及高祖妾、祖妾也。大夫、士既不得祭高祖，自不可称高祖之妾，故以昭穆也。凡祭妾母，必其女君先亡，妾乃得有其子。若女君在而妾亡，其子厌尊，既不得正母名，即亦不得服三年之服，亦不得立庙祭也。《礼经·缌麻服章》曰：“庶子为父后者为其母。”服既是缌，不容有祭，以父及君母在也。女君亡，则为其母得三年。《礼经疏·哀三年章》曰“慈母如母”，明其得申三年也，知非终身服缌。不间存亡者，《缌传》曰：“有死于宫中，则为之三月，不举祭。”因是以服缌也。以父不举祭，故子得服缌。若父已殁，何敢以其母死而言有死于宫中乎？己母若尚服缌，何云慈母三年乎？《三年章》既有“慈母如母”之文，不分公、大夫、士。慈母尚尔，己母可知。彼

① “或益之”，《周易·益卦》上九作“莫益之”。

以父命而申，此以父在而厌。厌则全厌，申则全申，所以然者，其母恩重，义同罔极，既不可服以兄弟之服，又不敢服期，故厌而无服，乃服缌也。亦缘其子德厚流光，传重配尊，故其母亦得于君及女君既殁之后申至三年也。《经》曰“葬我小君成风”，则妾为小君，圣人所许。既名小君，何容服缌？故知三年、缌之分以君存亡异之。女君于妾尊同于君，厌尤近为，知女君在亦不敢服也。《小功章》传曰：“君母之父母从母，君母在则不敢不从服，君母不在则不服。”益知君母之厌同于先君，其不为后则大夫之妾子为其母大功。《礼经·大功章》曰“大夫之庶子为母”是也。郑君云：“士之子服期，然不为后不得有祭，故申其服。”既父在服大功、期，虽父殁、女君亡，不容加至三年，以卑贱不得申，故父在亦不过厌。进退之理，当如此耳。旧以慈母如母，亦不为后者之服；今以立宫别祭，恩礼隆重，故推礼意，女君亡，妾子得申三年也。祭虽别立宫，必傍祢宫，故必祔祖以别昭穆。若自祖以上世嫡相承，则无所祔，宜祔女君也。至孙则罢其祭、瘗其主，故曰不世祭也。若庶士以下无庙者宜祭寝。其母所居之寝祔祠，疑亦称女君也。凡厌者，父在则然。若帝子、公子别有封国，其母随子至国，或有官府，其母从官，则不用大夫庶子大功、士庶子期之制，当同父卒可申三年也。夫父卒之申，本以朝夕起居，无父在旁，故居丧无嫌，非云死。今父妾子别有国府居处之，礼既无所嫌，其母外出已不体君，上无所厌，情自可申。至于立庙，上配祖考，恩有远近，不容至孙，以妾贱德薄故也。仲子之庙宜在惠公时立，今据归赗在元年，知仲子卒在惠末年。范说仲子卒在孝公时，故无谥，平王崇礼诸侯，仲子早卒，无因追赗，因惠公之丧而来赗之。既望文为说，并非事实。凡说《春秋》，欲通三传而申一家，则必阴取他说，别出己意。《公羊》以为兼之非礼，《左氏》以为子氏未薨，与《穀梁》绝异。范乃云因惠归仲，则惠公仲子复非子氏其母。又以无谥疑于未死，故云妾子为君方得谥，今卒在前，故不谥。礼无明文，皆意造耳。推《穀梁》之意，仲子不谥，成风有谥，自由当时事殊；仲子不卒不葬，自由在《春秋》之前，故《传》文云“志不及事”。若《左氏》以夫人子氏似即仲子，故造未薨而赗之说。揆之情事，必不若彼。《左氏》书法，先儒通识以为皆刘歆以后传

《左氏》者所妄加，定论已久，今不致辨也。

隐七年，**滕侯卒。传：**滕侯无名，少曰世子，长曰君，狄道也。其不正者名也。

申义曰：《公羊》以为微国不名，注“所传闻之世，远也”。今以为无名者，庄卅一年薛伯卒、僖廿三年杞子卒并不日；昭五年秦伯卒虽承戊辰日下，日宜别出；隐八年夏六月辛亥宿男卒日而不名，既以未能同盟别之，则此五不名不日者比事相同，同是无名，狄道也。成十六年夏四月辛未滕子卒，日而不名，弥是无名之比，故以狄道说之。《公羊》微国之义具《公羊笺》。

隐八年夏六月**辛亥，宿男卒。传：**宿，微国也，未能同盟，故“男卒”也。

申义曰：《公羊》无传，当与滕侯同。今知非同狄无名者，既特书日，故知与滕事异也。上经书“及宋人盟于宿”，传云“宿，邑名也”。邑者，附庸之称。附庸，同盟不书。宿为附庸亦不得显，故特起例书其卒而不名以明之。宿既非夷，故从正卒。正卒不名，事无可比，因上经盟于宿而推之，知以微国不同诸侯，则凡附庸不书皆可见矣。《左氏》有赴告方书之说，众所习闻，乃引以解此经，故致谬也。

隐九年**春，天王使南季来聘。传：**聘，问也。聘诸侯，非正也。

申义曰：范宁引《周礼·大行人》云：“天子有下聘之义。”案《记》曰：“天子制，诸侯三年大聘，比年小聘。”《礼经·聘礼》：“列国之事宾主之。礼，天子于诸侯但有间，问归脤、贺庆、致禬。”王人虽微，序于诸侯，足以相敌。今来而用相朝之礼，车逆、拜辱，车逆三还则授圭、致命，事无所施。若讶宾、入次、旅摈、迎宾、门内、问君、劳宾全用列国之礼，则亵越王人，失礼莫大，故《聘礼》一篇无王人之文。假有聘礼，何容不及，《大行人》“诸侯得时聘天子”。天子自间问以下四礼皆有所持，如觐礼用璧劳及赐车服之仪耳，不用聘礼也。周衰礼废，天子使来而用聘仪待之，使者不能自正，故书天王使某聘，文与列国同。比事观之，自知非正。《公羊》不讥者，本新周王鲁，义别有在，儒家之说，不取王鲁。故《传》曰：“石尚欲书《春秋》，曰：‘久矣，周之不行礼于鲁也，请行脤。’”若有聘礼，石尚自可请行，不待行脤明矣。经书王使来聘者七，隐七年冬天王使凡伯来聘，未及国而见执，事无所讥，故重戎卫而已；桓四年夏天王使宰渠伯纠来聘、五年夏天王使仍叔之子来聘、八年春天王使家父来聘、僖三十年冬天王使家父来聘、宣十年秋天王使王季子来聘，皆讥，非正可知；庄二十二年祭叔来聘，《传》曰“不正外交”，则祭叔自来行聘，非王所使也。或者归脤使士，则间问亦士，不使大夫。今七子皆大夫，大夫来则不用问礼，而又无聘礼，假以聘使待之，故云聘非正也。

桓四年无秋、冬二时。昭十年十有二月甲子，宋公成卒，不书冬。

申义曰：范宁并云未详。今案：僖二十八年《传》云：“壬申，公朝于王所。其不月，失其所系也。”若无秋、冬二时及十二月无冬，必有《传》明其义，今并无《传》，则作《传》时有二时及冬明矣。盖先师欲比附《公羊》，删削以求合耳。

庄①元年冬，王使荣叔来锡桓公命。

申义曰：范驳何君以天王与王旧史有详略，夫子因而弗革。谨案：凡因史文者，如夏五、伯于阳之类也。若王与天王、天子，其义易知，故歧其文，明必有意。故《传》曰：“隐无正、桓无王、文无天。”成八年秋七月天子使召伯来锡公命，《传》曰：“曰天子何也？见一称也。”《公羊传》曰：“元年春王正月，正也，其余皆通矣。”何君说相通以见刺讥，是则得书元正者，虽隐无正不没正、桓无王不没王也。馀则文五年春王正月王使荣叔、三月王使毛伯及此经皆不称天。成八年称天子不称天王，《公羊》与《穀梁》惟发一传以例其余，待学者之比事耳。不显言者，本传但闻有意义而无旨证，故先师亦不敢说也。范以出居于郑、及任叔之子、家父求车等例，去天之非贬，称天之非褒，此三者失自显见。若锡命含葬，礼有常经，不去天王何以知刺？《传》明言桓无王，今来锡命不可云天锡，故去天著王，仍是无王之义。文无天，故使荣叔、毛伯并称王，而元年书天王使毛伯来锡公命，

① “庄”，原误作“桓”，据阮刻本《穀梁》经文校正。

仍称天，以明文之罪自逆祀始也。《春秋》凡三锡命，独成称天子，传言见一称，说具于后。

庄元年，**齐师迁纪郱、鄑、郚。传：**郱、鄑、郚，国也。或曰：迁纪于郱、鄑、郚。

申义曰：郱、鄑、郚即纪后迁之邑，故国之。或曰齐师迁之，非纪自迁。《公羊》以为取邑，义本相通。范以有别国名郱、鄑、郚，与纪俱为齐所迁，则当再书齐师，又乖复见之文，非也。

庄三年**夏五月，葬桓王。传：**母之子也可，天之子也可。尊者取尊称焉，卑者取卑称焉。

申义曰：此明不书葬天王而书葬王也。天子尊称，非通号，故不言天子崩，而曰天王崩。自民言之则曰王，系天则非极尊，故举谥称王，足以著统。其曰母之子者，即惠公仲子、僖公成风以子氏者也，妾卑故取子为称。子亦卑也，天尊故系天，不申其尊。王自至尊，无取天也。范云众人称母子，词无所施，未合《传》意。

庄四年夏，**纪侯大去其国。传：**不言"灭"而曰"大去其国"者，不使小人加乎君子。

申义曰：《公羊》以为为襄公讳，贤襄公之复仇。此云小人者，《公羊》贤襄公，取为鲁庄不复仇之针砭耳，非谓纪侯不贤也。齐、纪俱贤，故特言大去。若齐贤纪不贤，自可书齐师灭纪；纪贤齐非贤，宜如潞子婴儿谨日也。然《传》云齐侯小人，则无贤齐之义，事异《公羊》。而不书日月亦不恶齐，云小人者，对纪贤而言，非必绝齐甚于他灭，可互通也。

何《废疾》曰："《春秋》楚世子商臣弑其君，其后灭江、六不言大去。又大去者于齐灭之不明，但知不使小人加乎君子，而不言灭，纵失襄公之恶，反为大去也。"郑释曰："商臣弑其君大恶也，不得但为小人。江、六之君又无纪侯得民之贤，不得变灭言大去也。元年冬齐师迁纪，三年纪季以酅入于齐，今纪侯大去其国，是足起齐灭之矣。即以变灭言大去为纵失襄公之恶，是乃经也，非传也。且《春秋》因事见义，舍此以灭人为罪者自多矣。"

申义曰：何论失襄之恶，郑论江、六非贤，皆是也。郑以何义难答，猥以经传游词拒之。何君经自不纵恶，何能知《穀梁传》异说乎？今释何难，直以襄公非恶，故变言大去。若直书灭而别见纪贤，则襄公为小人，不书灭明非小人也。

庄六年**春王二月**[①]**，王人子突救卫。传：**王人，卑者也；称名，贵之也。

何《废疾》曰："称子则非名也。"郑释曰："王人贱者，录则名之。今以其衔命救卫，故贵之。贵之则子突为字可知，明矣。此名当为字误尔。"

申义曰：《传》以子突系王人之下，明其非字。盖突是王子之未爵者，故以子冠名。若实称字，不得加王人也。突既王子未爵，不可称王子突，又不可云王突，复不可单举突。比之王人及石尚、王子瑕之例，知当以贵之之故书名，实微故书人也。郑以子突为字，暗同《公羊》之谊，故何君讥其入室而操戈也。

庄九年**夏，公伐齐纳纠。传：**当可纳而不纳，齐变而后伐，故乾时之战不讳败，恶内也。

何《废疾》曰："三年溺会齐师伐卫，故贬而名之；四年公及齐人狩于郜，故卑之曰人；今亲纳仇子反恶其晚，恩义相违莫此之甚。"郑君释曰："于仇不复则怨不释，而鲁释怨屡会仇雠，一贬其臣，一卑其君，亦足以责鲁臣子，其余则同，不复讥也。至于伐齐纳纠讥，当可纳而不纳尔，此自正义，不相反也。"

申义曰：《公羊》以乾时之战不讳败者伐败也。《穀梁》以为恶内者，《春秋经》前后踊盈之法，儒者所不能传。即事而论，诚如郑说。范注疑《传》或失之，以不待贬绝为此经之义，显与《传》违，今所不取。

庄二十二年**春王正月，肆大眚。传：**肆，失也。眚，灾也。灾纪也，失故也，为嫌天子之葬也。

申义曰：《公羊》以为讥始忌省，谓哭辟子卯也。今以为失大灾为大赦

① "二月"，《左氏》经文作"正月"，《公羊》经文作"三月"，阮刻本《穀梁》经文亦作"三月"，然闽、监、毛本《穀梁》经文俱作"二月"。

者，案上下既无水旱之文，文在夫人薨葬之间，夫人薨葬皆无贬，而著此肆眚之文，故知大赦，然后除文姜之罪。若在薨前即嫌天子赦之，今在葬前是庄公欲葬母而滥恩以说国人也。《尧典》云："眚灾肆赦。"《康诰》云："乃惟眚灾。"眚之为罪名，经典无异赦而后葬，直书其事，足明庄之念母忘仇，亦足以张大法矣。灾纪也，"也"古"邪"字。《弟子问》："赦令常事。"眚灾亦须纪邪？答云"失故也"，言以失罪故纪之也。文姜罪不可赦，今肆大眚为故失有罪，故特书之《传》中。"也"当作"邪"者凡有数处，范不识"也"之为"邪"，而云"纪，治理也，有罪当治理之"，"今失之者，以文姜之故"二句文义隐涩难通，经、传无此词也。

庄二十三年春，**祭叔来聘。传：**不正其外交，故不与"使"也。

申义曰：《公羊》无传，何君以为天子下交小人，故不称使。今知贬外交者，隐元年祭伯来与此相比，明祭以寰内诸侯屡交于外。前称祭伯，知为诸侯；此称祭叔，知是大夫也。周公、祭伯各从其爵，祭有公有伯。祭公来是祭伯，入为公，祭伯来是从其本封。祭叔者，盖未受封而先为大夫也。大夫不可行朝礼，又非受命来使，不可以聘诸侯。非正之词，言之故直书来聘，明无所受，主讥祭伯也。

何《废疾》曰："南季、宰渠伯纠、家父、宰周公来聘皆称使，独于此夺之，何也？"郑释曰："诸称使者，是奉王命，其人无自来之意。今祭叔不一心于王，而欲外交。不得王命来，故去使以见之。"是也。范以叔为祭伯之名，若果袭封，不得舍伯而称名。此祭叔自是以祭氏，非诸侯也。诸侯来不得言聘。

庄二十四年冬，**赤归于曹。郭公。传：**赤盖郭公也。

申义曰：《公羊》亦云："曹无赤者，盖郭公也。""郭公"二字先师所旁记，非经文大字也。经文本宜云"郭公赤归于曹"，故《公羊》云"失地之君"。《穀梁》云"诸侯无外归之义"，口相传授，知赤是郭公也。若经文本有"郭公"二文，《传》不须云盖以疑之，当云"郭公者何，赤也。何以言曹郭公"云云。今直问赤而不问郭公，知经文本无郭公也。《公羊传》弟子问"郭公者何"承"赤盖郭公"之下，乃问师言，非问经文。何君误以

“曹郭公”为经文，《穀梁》经不误也。

庄二十六年夏，**曹杀其大夫。传：**言“大夫”而不称名姓，无命大夫也。

申义曰：《公羊》以为众不称名。今知是无命大夫者，以曹是次国，羁已是命大夫，今复有大夫。《记》曰：“次国二卿，一卿命于天子。”曹羁之外制无命大夫。《公羊》则以国君所命亦得为大夫。传《穀梁》者误以大夫即羁，不知二谊各异也。《传》云为曹羁崇，明是因羁而贵其僚友，何云羁受戮乎？

庄二十七年**夏六月，公会齐侯、宋公、陈侯、郑伯同盟于幽。传：**衣裳之会十有一，兵车之会四。

申义曰：郑《释废疾》云：“自柯之明年，葵丘以前，去贯与阳穀，固已九合矣。”去贯与阳穀非二《传》之义也。《公羊》曰：“远国言江、黄，大国言齐、宋，以为其余莫敢不至。”《穀梁传》同。是贯为大会。《穀梁》言“阳穀之会，桓公委端搢笏而朝诸侯”，《公羊》亦以为大会，是阳穀亦不可去而不数。先儒以管仲不欲会江、黄遂去之，以就九合。郑意数此十一会谓柯一、二鄄二三、二幽四五、柽六、贯七、阳穀八、首戴九、宁母十、葵丘十一也。兵车四会则咸、洮、牡丘、淮也。欲就九合则去柯与葵丘，以柯乃伯始，葵丘乃伯终也。郑以贯与阳穀不数为九合，盖失之矣。或者郑本破先儒之言，故云不去贯与阳穀，传写误作去。若郑本言去此二会，则当云自柯至葵丘，不必云柯之明年、葵丘以前也。云明年、云已前，足明二会当去。范以北杏为一会，不数柯。北杏桓尚未伯，桓之信自柯始，虽非合诸侯而管仲功莫大焉，不得以北杏伐柯也。《史记》云“齐桓公伯于鄄”，则亦自柯之明年始，与郑说同。至《论语》本意自以异地为数，不取二鄄二幽，与此《传》十一会实无异也。

庄三十年冬，**齐人伐山戎。传：**齐人者，齐侯也。其曰人，何也？爱齐侯乎山戎也。则非之乎？善之也。

申义曰：《公羊》以为贬，今云善之者，比下献戎捷称齐侯，知不为贬。使若遣人足以制戎，不以侯敌戎也。僖十年齐侯、许男伐北戎不爱之者，以有许男在，亦犹公不敌大夫而诸侯同会盟则不嫌也。《公羊》以为贬者，桓伐无罪之卫，尽取纪邑，又不能救邢、卫，使狄灭之。中国尚不治，何暇敌戎。《穀梁》直论本事之善恶，取其攘戎狄，不妨为异也。

庄三十一年夏**六月，齐侯来献戎捷。传：**内齐侯也。内与同，不言使也。

申义曰：《公羊》以为威我，今知内之者，比僖二十一年楚人使宜申来献捷不为威我，又威我不当言侯来献，故知内之。若取郜、取防归于我亦不言使。又齐侯自来当云来朝，今云来献，明是使人。又不言使，必是内之。《公羊》亲受圣言，比事属辞，知齐桓有骄矜之心，书侯为贬，义不相妨。

庄三十二年**秋七月癸巳，公子牙卒。**

何《废疾》曰："《传》例'大夫不日卒，恶也'，牙与庆父共淫哀姜，谋杀子般而日卒，何也？"郑释曰："牙，庄公母弟，不言弟，其恶已见，不待去日矣。"范云："案《传》例，诸侯之尊弟兄不得以属通，不称弟自其常例，郑君之说，宁所未详。"

申义曰：牙弑子般，《公羊》所传，《穀梁》未闻也。此不日卒，自是正卒，郑取《公羊》以说《穀梁》，故与《传》例异耳。

闵二年**冬，齐高子来盟。传：**不言使，何也？不以齐侯使高子也。

申义曰：《公羊》以为我无君，今知然者，比屈完不称使，知权在高子也。君不行使乎大夫，自《公羊》之义，《穀梁》则内大夫可敌诸侯。

僖元年**冬十月壬午，公子友帅师败莒师于丽，获莒挐。传：**内不言获，此其言获何？恶公子之绐。

申义曰：《公羊》以为大季子之获，今以为恶公子者，《传》曰"获者，不与之辞"，《公羊》美恶不嫌同辞。又《穀梁》所传季子挑战，一人绐而杀之，弃师之道，知以获挐而后败莒也。

僖四年夏，**楚屈完来盟于师，盟于召陵。传：**菁茅之贡不至，故周室不祭。

申义曰：《史记·封禅书》："管仲对齐桓公曰：古者封禅，江淮之间，一茅三脊，所以为藉也。"《禹贡》："荆州贡包匭菁茅。"左思《吴都赋》："职贡纳其包匭。"刘逵注云："菁茅生桂阳，可以缩酒，给宗庙异物也。"《管子·轻重篇》云："江淮之间，一茅三脊，名曰菁茅。"江淮亦作江汇，故云出桂阳也。《括地志》云："辰州卢溪县西南三百五十里有包茅山。"与江淮、江汇均不相合，非也。周若甸师祭祀供萧茅，或作莤茅。许氏《说文》曰："束茅加于祼圭而灌鬯酒，是为莤。"然则宗庙缩酒之茅甸师所供，封禅乃用荆州菁茅耳。楚有王者则后服，无王者则先叛。楚不服不得为太平，不可封禅，故曰周室不祭。非不祭宗庙也，常祭不以楚叛而废，岂足以责之。

僖九年秋**九月戊辰，诸侯盟于葵丘。传：**桓盟不日，此何以日？美也。为见天子之禁，故备之也。

何《废疾》曰："即日为美，其不日皆为恶也。桓公之盟不日，皆为恶邪？庄十三年柯之盟不日为信，至此日以为美，义相反也。"郑释曰："柯之盟不日，固始信之，自其后盟①以不日为平文。从阳穀以来至此葵丘之盟，皆令诸侯以天子之禁，桓德极而将衰，故备日以美之，自此不复盟矣。"

申义曰：隐无正而元年有正，桓无王而元年、二年、十年、十八年有王，此《传》明始终之义。何君妄驳，不足深答也。

僖九年**冬，晋里克杀其君之子奚齐。传：**"其君之子"云者，国人不子也。

申义曰：《公羊》以为未逾年君见杀之通称，不容有意例。今云"国人不子"者，未葬称子，自可如宋子之比，云"杀晋子奚齐"，今云"其君之子"，比之"杀世子母弟目君，恶之"之例，知是国人不子，故不称晋子也。

僖十一年**秋八月，大雩。传：**雩，得雨曰雩，不得雨曰旱。

何《废疾》曰："《公羊》书雩者，善人君应变求索，不雩则言旱，旱而不害物，言不雨也。就如《穀梁》设本不雩，何以明之？如以不雨明之，

---

① "盟"字原缺，据阮刻本《穀梁注疏》补。

设旱而不害物，何以别乎？”郑释曰：“雩者，夏祈谷实之礼也，旱亦用焉。得雨书雩，明雩有益；不得雨书旱，明旱灾成。后得雨，无及也。国君而遭旱，虽有不忧民事者，何乃废礼本不雩祷哉，顾不能致精诚也。旱而不害物，故以久不雨别之。文二年、十三年，‘自十有二月’‘自正月’‘不雨，至于秋七月’是也。《穀梁传》曰：‘历时而言不雨，文不闵雨也。’以文不忧雨，故不如僖时书不雨。文所以不闵雨者，素无志于民，性退弱而不明，又见时久不雨而无灾耳。”

申义曰：《传》意显于哀元年秋大雩之传，彼云“古之人重请，必待其时穷、人力竭不雨则无及之月。凡雩者，非常之灾也。不雨则旱，雨则喜而书雩。凡书不雨者，不为灾也。”郑以常雩明此雩非《传》意也。何以本不

雩为难，亦非也。本不雩亦不过为旱灾，《公羊》为王者设大法，故须明之。《穀梁》但以得雨不得雨为重，无讥人君之意。所以言文不闵雨，但以一时历时为比，即闵雨如汤而致七年旱，自有备不成灾，何须屡书雩乎？人君亦不以雩为贤也。

僖十四年**春，诸侯城缘陵。传：**其曰“诸侯”，散辞也。

何《废疾》曰：“案先是盟亦言诸侯，非散也。又《穀梁》美九年诸侯盟于葵丘，即散何以美之邪？”郑释曰：“九年公会宰周公、齐侯、宋子、卫侯、郑伯、许男、曹伯于葵丘。九月戊辰，盟于葵丘。时诸侯初在会，未有归者，故可以不序。今此十三年夏公会齐侯、宋公、陈侯、卫侯、郑伯、许男、曹伯于咸，而冬公子友如齐，此聘也，书聘则会前固已归矣。今云诸侯城缘陵而不序其人，明其散，桓德衰矣。葵丘之事，安得以难此。”

申义曰：书诸侯本无散义，《穀梁》直以桓为伯而不专杞城，明非桓功，故为德衰。若盟葵丘、会扈举诸侯者，自是聚会之文，救徐、会宋书诸侯大夫非此事之比也。

僖十五年秋九月**己卯晦，震夷伯之庙。传：**夷伯，鲁大夫也。

申义曰：《公羊》以为季氏之孚，今比单伯不名、外异不书之事，知是鲁大夫也。《公羊》别受师传，故知为微者。

僖十八年夏**五月戊寅，宋师及齐师战于甗，齐师败绩。**

传：客不言及。言及，恶宋也。

何《废疾》曰："战言及者，所以别客主直不直也。故文十三年'晋人、秦人战于河曲'，两不直也，故不云及。今宋言及，明直在宋，非所以恶宋也。即言及为恶，是河曲之战为两善乎？又《穀梁》以河曲'不言及，略之也'，则自相反矣。"郑释曰："及者，别异客主耳，不施于直与不直也，直不直自在事而已。义兵则客直，宣十二年夏'晋荀林父帅师及楚子战于邲，晋师败绩'是也；兵不义则主人直，庄二十八年春'卫人及齐人战，卫人败绩'是也。今齐桓卒未葬，宋襄欲兴霸事而伐丧，于礼尤反，故反其文，以宋及齐。即实以宋及齐，明直在宋。邲之战直在楚，不以楚及晋何邪？秦晋战于河曲，不言及，疾其亟战争举兵，故略其先后。"

申义曰：经书战言及者十有五，晋及秦于韩、及郲于升陉，宋及楚于泓，晋及楚于城濮，晋及秦于彭衙、于令狐，卫及齐于新筑，季孙行父等及齐于鞌，宋及郑于大棘，晋及楚于邲、郑于铁，楚及吴于长岸，齐及吴于艾陵，惟庄二十八年齐人伐卫言及不地，其余皆与此相比。此独知是齐为主者，以上书伐齐，正与庄二十八年齐人伐卫相比，不与馀同。彼以于伐与战知卫为主，贬齐而称人，此虽称师，而以战事由宋，亦知是贬客也。及者，我欲之。齐丧而宋欲战，其贬可知。《公羊》伯宋之说，儒者所不传也。

僖十八年冬，邢人、狄人伐卫。传：狄其称人，何也？善累而后进之。伐卫，所以救齐也。

何《废疾》曰："即伐卫救齐，当两举，如伐楚救江矣。又传以为江远楚近，故伐楚救江。今狄亦近卫而远齐，其事一也，义异何也？"郑释曰："文三年冬，晋阳处父帅师伐楚救江，两举之者，以晋未有救江文，故明言之。今此春宋公、曹伯、卫人、邾人伐齐，夏狄救齐，冬邢人、狄人伐卫，为救齐可知，故省文耳。事同义又何异？"

申义曰：何、郑皆非也。文三年冬处父伐楚救江，二《传》皆云伐楚以救江，明兵不至江，但致其意。故《公羊》讥其为谖，何反为两举乎？今此上救齐、下伐卫，正是两举。其事不一，其义自异，无为妄说。

僖十九年冬，梁亡。传：梁亡，出恶正也。

申义曰：出恶正者，旧以为因有恶政而民出亡；今推无加损之意，盖如日卒正、不日卒恶之恶，恶言恶亡正谓正亡也。既不书灭，自当书亡。不见梁恶，亦非其正，出二者之外也。郑弃其师，既非师败，亦非将奔，则由上弃之。故如其意，亦无加损也。或者出当作由，言由政恶而亡也。

僖二十年夏**五月乙巳，西宫灾。传：**谓之新宫，则近为祢宫。以谥言之，则如疏之然，以是为闵宫也。

申义曰：《公羊》以为小寝，此比新宫、桓宫、僖宫之词，知是宗庙也。不比襄楚宫者，以凡书灾必举重，雉门尊，故并及两观得书。若但后宫灾，不足记载。且比宋伯姬卒不言宋宫灾，宣榭以乐器所臧目之。今若直焚宫而不伤人，则不得为灾。伤人亦唯以君夫人、世子、大夫为重，世妇以下不书于策，则灾死亦不书，足明重轻所在与《公羊》异。

僖二十一年冬**十有二月，释宋公。传：**外释不志，此其志，何也？以公之与之盟目之也。不言楚，不与楚专释也。

何《废疾》曰："《春秋》以执之为罪，不以释之为罪，责楚子专释，非其理也。《公羊》以为公会诸侯释之，故不复出楚耳。"郑释曰："不与楚专释者，非以责之也。《传》言公与诸侯盟而释宋公，公有功焉，与《公羊》义无违错。"

申义曰：《春秋》书执而不书释者有九，晋文公执曹伯、卫侯，晋人执郑伯、莒子、邾子，晋厉公执曹伯，楚人执徐子。其戎曼子赤、曹伯阳皆灭，邾子益为内执。然惟此书释，事无可比，故知释皆不志。此比楚宋平同，以我在志也。晋释曹卫，我亦在，而不书释，故知彼与晋、此不与楚也。会者，外为主，非以公有功明矣。

僖三十年冬，**公子遂如京师，遂如晋。传：**以尊遂乎卑，此言不敢叛京师也。

何《废疾》曰："大夫无遂事。"案襄十二年季孙宿救台、遂入郓，恶季孙不受命而入也。如公子遂受命如晋，不当言遂。郑释曰："遂固受命如京师、如晋，不专受命如周，经近上言'天王使宰周公来聘'，故公子遂报焉。因聘于晋，尊周不敢使并命，使若公子遂自往然。即云公子遂如京师、如晋，是同周于诸侯，叛而不尊天子也。《公羊传》有美恶不嫌同词，何独不广之于此乎？"

申义曰：《公羊》以为公不得为政，今比成十三年公如京师、遂伐秦，非真如京，不叛京师耳。遂本如晋，因使过周，简略已甚。亦比公子结辟要盟，言遂及齐侯、宋公盟也；归父还自晋，遂奔齐，亦辟子奔父之臣也；季孙宿遂入郓，亦辟宿自入郓也。凡言遂皆有所辟，若无所辟即当为两使之词。郑以本使京师言之，似非《传》意。

僖廿二年冬十有一月，泓之战。**传**：司马子反。

申义曰：麋信曰："子反当为子夷。"《公羊》云公子目夷，《左氏》云子鱼。案《尔雅》："马二目白鱼，一目白瞯。"《说文解字·目部》云："眅多白眼也。"子鱼盖多白眼，故名鱼，字子眅。作反，省文耳。夷、鱼盖一声之转。或者目伤多白眼也。

泓之战。**传**：则众败而身伤焉，七月而死。

何《废疾》曰："即宋公身伤，当言公，不当言师，成十六年楚子败绩是也。又成十六年《传》曰：'不言师，君重于师也。'即成十六年是，廿二年虚言也；即廿二年是，十六年非也。"郑释曰："传说楚子败绩曰四体偏断，此则目也。此言君之目与手足有破断者，乃为败矣。今宋襄公身伤耳，当持鼓军，事无所害，而师犹败，故不言宋公败绩也。《传》所以言众败身伤焉者，疾其信而不道以取大辱。"

申义曰：《传》言"七月而死"，则重于楚子。而郑云事无所害，似失之矣。本书曰宋师败者，以公弃师致败也，楚子直身败师未败，但以君重于师而云败绩，故专以楚子为重耳。

僖廿三年①**夏五月庚寅，宋公兹父卒。传**：兹父之不葬何也？失民也。其失民何也？以其不教民战，则是弃其师也。

何《废疾》曰："所谓教民战者，习之也。《春秋》贵偏战而恶诈战，宋襄公所以败于泓者，守礼偏战也，非不教其民也。孔子曰：'君子去仁，

---

① "僖廿三年"，原误作"僖廿二年"，据阮刻本《穀梁》经文校正。

恶乎成名？造次必于是，颠沛必于是。’未有守正以败而恶之也。《公羊》以为不书葬为襄公讳，背殡出会，所以美其有承齐桓、尊周室之美志。”郑释曰：“教民习战而不用，是亦不教也。诈战谓不期也。既期矣，当观敌为策，倍则攻、敌则战、少则守。今宋襄公于泓之战违之，又不用其臣之谋而败，故徒善不用贤良不足以兴霸主之功，徒言不知权谲之谋不足以交邻国、会远疆。故《易》讥鼎折足，《诗》刺不用良，此说善也。”

申义曰：何君以《公羊》之谊讥《穀梁》，此责越人以章甫也。郑君又以《穀梁》为长，亦未足以答《公羊》之难。《穀梁》经国君日卒而不书葬者，宿男，陈跃，卫朔，郲琐，晋诡诸，郑接、睔、费，滕子，郲瞯、蘧蒢，晋黑臀，卫郑，齐潘，陈朔，宋御说及兹父，凡十七君。其楚审、昭、旅、居、轸五君自以夷狄不葬，余十六君皆不发传，明俱以恶及不正、或微国不葬耳。独兹父称伯而无恶，故先师疑之，推其意即以泓战贬耳。《公羊》推襄公比文王，其义宏深，非儒者所及。郑但当答传比事之义，不宜申《穀梁》《左氏》世俗之说也。

僖廿三年**冬十有一月，杞子卒。**僖二十有七年**春，杞子来朝。**文十有二年春，**杞伯来朝。**襄廿九年，**杞子来盟。**

申义曰：杞自庄二十七年来朝称伯，后皆称伯，独僖廿三年称子以卒，盖称子廿年，至文十二年乃复称伯。杞，二王后，本公爵。《公羊》以为黜杞、故宋、新周，伯子男一等爵，见二称，以明非本爵，乃王者绌之耳。《穀梁》儒者，虽传有故宋之说，必不敢传托王之义。范氏乃云时王所黜，且周自迁洛令行畿内，召一卫侯而不能致，何缘黜杞陟杞也？黜爵进爵事久不行，徇杜氏之谬说，诬先师之传习，甚无谓也。此称子者，《公羊》以为为徐莒所胁，微弱，故从微国月卒不名。《穀梁》无传，则自比狄道不名，若滕侯、秦伯之例也。后来朝亦称子，亦无传，则杞自降为子，后复为伯。名从主人，无关义例耳。

僖卅三年**夏四月辛巳，晋人及姜戎败秦于殽。传：**秦越千里之险入虚国，不能守，退败其师，徒乱人子女之教，无男女之别。秦之为狄，自殽之战始也。

申义曰：后文十年夏秦伐晋亦狄之，故云自殽始。云乱子女之教者，子女当作父子，谓百里、蹇叔父谏而子将，父不能止子行，子亦不用父命也。无男女之别者，盖相传三帅之还由夫人请于朝，女与国事，是无别也。旧以为师行无礼，传无其文，且秦师果淫掠，不宜自殽始。或者殽大败，死伤，多以寡妇配兵士，如勾践之令，皆无文以明之。然入滑纵掠当书秦入滑，今无狄文，则为狄自与晋战始，故后再题以显之。

文五年**春王正月，王使荣叔归含且賵。传：**其曰“且”，志兼也。其不言“来”，不周事之用也。賵已早，而含已晚。

何《废疾》曰：“四年夫人风氏薨，九年秦人来归僖公成风之襚，最晚矣，何以言来？”郑释曰：“秦自败于殽之后，与晋为仇，兵无休时，乃加免穆公之丧而来，君子原情不责其晚。”

申义曰：郑君诡言以拒难，非传意也。《礼经》君于士丧使人吊，大小敛使人襚，既祖奠使人賵，柩至邦门使人赠，凡五使矣。天子于诸侯虽道远，未必五使，要之始赴遣一使，襚吊将葬遣一使。賵赠相距数月，不可兼之，以礼文之用贵周也。周衰礼废，故《杂记》遂有含、襚、賵、临同日毕事之文。夫方含旋賵，情礼颠沛，知礼者所不许，经见一讥，先责天王，王固礼之所出也。秦在夷狄，六年始襚，讥文自明，何为原情恕之。又含当入口，襚当附身，侯服去王畿五百里外，必不虚加含襚之使，归含已非礼意矣，况方含即賵，夺主人之哀节，越丧礼之大序。比方言之，为当含邪，则賵已早；为当賵邪，则含已晚。譬之行冠礼而乃县弧，始纳采而已亲迎。此之不讥，何贵言礼？

文六年冬十月，**晋杀其大夫阳处父。传：**赵盾贤、夜姑仁，其不可乎？

申义曰：仁者当时无才能之名也。《论语》曰“仁而不佞”，以仁为诟病，非经典所云仁也。宣九年《传》：“泄冶曰：使仁人闻之则犹可，使国人闻之则不可。”泄冶非自谓仁人，正自谓国人耳。犹言庸人闻之犹可，国士闻之不可也。

同上传。**传：**故士造辟而言。

申义曰：王引之说“造辟”即“造膝”，今“促膝”字也，辟、膝形近而误。

文十一年**冬十月甲午，叔孙得臣败狄于咸。传：**古者不重创、不禽二毛。

申义曰：不重创云云，《左氏》以为宋襄公之论，《穀梁》前讥其何以为人，而此又引之者，长狄一人入鲁，鲁聚众仅乃胜之，故必攒刃于一人，损威莫大。不书获，不使众敌一人之辞也。不重伤者，不以二人敌一人，非已射而不可断首之谓。不禽二毛，不以壮敌老，亦非方叔不敌太公之谓，皆耻其陵弱暴寡耳。若勇力兼常，自可结陈静待之，无取挑战，徒伤军略。《左氏》误解重伤而云伤未及死，如何勿重，襄公虽愚，未至若此。

宣二年**春王二月壬子，宋华元帅师及郑公子归生帅师战于大棘，宋师败绩，获宋华元。传：**“获”者，不与之辞也，言尽其众以救其将也。以三军敌华元，华元虽获，不病矣。

申义曰：经书“获”者，败莒师获莒挐，侵蔡获蔡公子燮，吴败顿胡、沈、蔡、陈、许之师获陈夏啮，艾陵齐师败绩获齐国书，及此凡五获。侵蔡以病公子，获挐以恶季友，馀三获皆不与之词。以比韩之战获晋侯，师不言败，知凡言败言获皆师救其将，将不易获也。莒挐内获，而以先败后获为难，词有优外之文，故知恶季友也。何《废疾》曰：“书‘获’皆生获也，如欲不病华元，当有变文。”郑释曰：“将帅见获，师败可知，不当复书师败绩。此两书之者，明宋师惧华元见获，皆竭力以救之，无奈不胜敌耳。华元有贤行，得众如是，虽师败身获，适明其美，不伤贤行。今而书败获，非变文如何。”是郑亦据韩为说也。

宣八年①夏六月，**仲遂卒于垂。传：**此公子也，其曰“仲”，何也？疏之也。何为疏之也？是不“卒”者也。不疏则无用见其不卒也，则其“卒”之何也？以讥乎宣也。

申义曰：《公羊》以为为弑子赤贬之去公子，此知疏之者，比公子翚贬

---

① “宣八年”，原误作“宣六年”，据阮刻本《穀梁》经文校正。

不书卒，此亦不书。而以讥宣宜书，若书遂卒，嫌与婼去叔孙、意如去季孙同为君臣之词，承上公子而挈之耳，改书仲遂则意义自明。僖十六年公子季友卒，《传》云大夫不称公子、公孙，疏之也。不从贬绝而但疏之，自是讥宣矣。

隐三年**夏四月辛卯，尹氏卒**。上经书“三月庚戌，天王崩”。**传：**尹氏者何也？天子之大夫也。外大夫不“卒”，此何以“卒”之也？于天子之崩为鲁主，故隐而“卒”之。

隐三年**秋，武氏子来求赙**。**传：**武氏子者何也？天子之大夫也。天子之大夫，其称“武氏子”何也？未毕丧。毕丧，孤未爵，未爵使之，非正也。其不言“使”何也？无君也。

僖廿五年夏，**宋杀其大夫**。**传：**其不称名姓，以其在祖之位，尊之也。

文七年夏，**宋人杀其大夫**。**传：**称“人”以杀，诛有罪也。

文八年冬，**宋人杀其大夫司马**。**传：**司马，官也。其以官称，无君之辞也。

文八年冬，**宋司城来奔**。**传：**司城，官也。其以官称，无君之辞也。○僖廿五年在宋公兹父大祥之内；文七年夏四月“宋公壬臣卒”，至八年冬亦在大祥之内。

文十五年春**三月，宋司马华孙来盟**。**传：**司马，官也。其以官称，无君之辞也。○上十四年秋“宋子哀来奔”，《传》曰“其曰子哀，失之也”，十六年冬“宋人弑其君杵臼”。

庄九年春，**公及齐大夫盟于暨**。**传：**公不及大夫，大夫不名，无君也。○上年冬“齐无知弑其君诸儿”，此年春“齐人杀无知”。

文七年秋，**公会诸侯、晋大夫，盟于扈**。承晋侯欢卒小祥之月。**传：**其曰“诸侯”，略之也。

宣十年夏，**齐崔氏出奔卫**。**传：**“氏”者，举族而出之之辞也。

○上经书“己巳，齐侯元卒”。

申义曰：经于王朝列国大夫不称名字者凡十一条：尹氏、武氏子、崔氏皆书氏，宋司马、司城、司马华孙皆书官，华孙之称同于高子、女叔而特发以官称之传；齐、宋、晋、曹皆直书大夫，惟曹大夫发曹无大夫之传，明其独异。此所列十条，武氏子传云“孤未爵”，宋司马、司城、司马华孙、齐大夫皆曰“无君”，尹氏不言其故，崔氏云“举族出之”，宋大夫云“在祖位，尊之”，晋大夫不言其故。《传》说既异，注家互殊。今推寻经文，《传》意当合一例，皆嗣君未毕丧未爵而命大夫，同为无君之词也。诸称氏、称官、称大夫，皆在其君丧大祥之内。四发无君之传，郑以为无君德，非也。郑既知文七年宋杀其大夫为无嗣君，同一无君而作二解，春秋失德之君至众，何独于宋而责君德？《传》于“宋杀大夫”云“以在祖位尊之”，此即孔父不称名，或说为宋讳，乃别传之异义耳。《公羊》有讥世卿之义，故尹氏不名。《穀梁》不讥世卿，尹氏何以无说？知同下武氏子为未爵也。未爵无君，二义不异。晋大夫不名而《传》曰“称诸侯，略之”，诸侯无罪，何为见略？故知晋大夫与齐大夫不异，亦是公不及大夫，以无君而有大夫讥诸侯不宜会之，故略之也。惟华孙既称姓字，则不当书官，而云司马华孙者，华本大夫，特司马非君所命，故讥而书官，不去其姓字也。华孙之来，宋人无丧，而云无君者，上年秋“宋子哀来奔”，宋子是嗣君之称，下年又书“宋弑其君”，则宋乱可知，疑亦丧君。而经文阙，故子哀云无闻也。或者华孙二字后人依《公》《左》二经加之，《穀梁》本经无华孙，不然《传》不得直云官称而已。列国君薨而有大夫者，郑祭仲、蔡季、晋郤缺、郤犨、荀偃、韩起、荀吴、荀跞、卫世叔仪、石曼姑、陈干徵师、齐国书、宋华元，皆在三年之内，不官举，是先君命大夫也。此十人未毕丧而孤命之，改父之臣，故书官书氏也。《穀梁》属词比事不据史文，凡此未爵无君之义要受之先圣。但《公羊》口传有自，知为讥世卿、讥内娶，《穀梁》无此义耳。今总列以见义，仍分释《废疾》于后，庶使传义大明云。

其一曰僖二十五年“宋杀其大夫”，《传》曰“不称名姓，以在祖位尊之”。何《废疾》曰：“曹杀其大夫亦不称名姓，岂可复以为祖乎？”郑释曰："宋之大夫尽名姓。礼，公族有罪，刑于甸师氏，不与国人虑兄弟也，所以尊异之。孔子之祖孔父，累于宋殇公而死，今骨肉在其位而见杀，故尊之，隐而不忍称名氏，此阴据孔父《传》，或说以说此《传》也。若罪大者名之而已，使若异姓然。此乃祖之疏也。此设言若祖行果有大罪，亦不得称大夫，仍当名之，同于异姓所以然者，以非亲祖故也。曹杀其大夫，自以无大夫不称名氏耳。《春秋》词同事异者甚多，隐去即位以见让，庄去即位为继弑，是复可以此例非之乎？"

申义曰：郑以孔父比诸大夫皆为孔祖，以曲申或说，非也。礼，不逮事父则不讳王父。孔子当襄公时，去僖五世，何至以私讳疑误后学？又况舍故讳新，临文不讳？本无讳礼也。或说失之。

其二曰文八年"宋人杀其大夫司马""宋司城来奔"，《传》云"以官称，无君之辞也"。文七年"宋人杀其大夫"，《传》"不言不称名姓，盖以下经明之"。三文俱承宋公王臣卒之下，与盟于暨之事相比，彼以无君不名，知此亦无君也。武氏子称氏者，不可云周大夫故也。何《废疾》曰："近上七年'宋公王臣卒''宋人杀其大夫'，不言官，今此在三年中言官，义相违。"郑释曰："七年杀其大夫，此实无君也；今杀其司马，无人君之德耳。司马、司城，君之爪牙，守国之臣乃杀其司马、奔其司城，无道之甚，故称官以见轻慢也。《传》例：称人以杀，二有罪也，此上下俱失之。"

申义曰：郑君以己意答难，非《传》意也。《传》总言无君而说《传》者分为二义，此书官者，若言"宋人杀其大夫""宋大夫来奔"，即不词矣，故具列其官。即如何君难宋三世无大夫，事同一律而前不官举、后举二官，岂前大夫无官邪？

其三曰宣十年"齐崔氏出奔卫"，《传》曰"举族而出之"。何《废疾》曰："氏者，讥世卿也。即称氏为举族而出，尹氏卒宁可复以为举族死乎？"郑释曰："举族死是何妖问？甚乎举族而出之之词者，固讥世卿也。崔杼以世卿专权，齐人恶其族，令出奔。既不欲其身反，又不欲国立其宗后，故孔子顺而书之，曰'崔氏出奔卫'，若其举族尽去尔。"

申义曰：郑君以《公羊》世卿解《穀梁》，可谓操戈而入室也。《穀梁》本无讥世卿之意，齐高、国、鲁三家，晋栾、郤、赵、魏诸侯，宋华，卫孙皆世卿，其来奔、奔他国初不书氏，何为独恶崔氏乎？尹氏、武氏承天子崩之下，此崔氏亦承齐侯卒之下，彼未爵而命之，此未爵而逐父之臣，二事虽异，其改父之臣同也。《穀梁》特严父卒孤未爵之文以教孝也。其或书大夫、或书氏、或书官者，属词之体耳。假令书宋人杀其大夫、宋大夫来奔，二大夫相承则不词，故必加司马、司城二官也。假令书周大夫卒、天王使大夫来求赙[①]，则天子之大夫尊于诸侯，不可言大夫，尤不可言周大夫，故必书尹氏、武氏也。假令书宋大夫来盟、齐大夫出奔卫，则似大夫尽来尽奔，故必云司马崔氏也。其宋杀大夫、齐大夫盟暨、晋大夫盟扈，文无所嫌，故直云大夫也。曹无大夫，自与此异，故亦可不书官氏也。其余诸侯之大夫承上而略之，亦不嫌与未爵书大夫相同也。

宣[②]十六年**夏，成周宣灾**[③]。**传：**周灾不志也。

申义曰：亦云"周灾志也"，定本作"不志也"。也，读若邪，弟子问词也。周灾惟此一书，疑周同外灾不志，故问之。本志周灾，直云成周灾可矣。宋焚公宫而不地，何言宣谢，故疑周灾不志，而云宣谢为异也。谢，今作榭，非。谢，序也。《孟子》曰"序者，射也"，谢、序、豫、射音皆近，《乡射记》曰"序则物当栋，堂则物当楣"，《乡射经》曰"豫则钩楹内，堂则由楹外"，谢对堂言之。郑云："凡屋无室曰榭序，无室可以深。"《尔雅》曰："东西墙谓之序。"又曰："无室曰榭。"榭即序，以无室得专名序，则凡有室无室皆有此名。盖先有序名，后以无室者为序之制而改名射，因加言旁耳。《尔雅》又云："台有木者为榭。"则无射义直取射声，故《说文》无榭。

成二年秋七月，爰娄之盟。**传：**萧同侄子之母。

申义曰：《公羊》作"萧同侄子"何？云萧同国名侄子者，萧同君侄娣之子，嫁于齐生顷公。范注："萧国同姓，侄子字也。楚人灭萧，其母更嫁

① "赙"，原作"傅"，形近而误，今据阮刻本《穀梁注疏》校改。

② "宣"，原误作"文"，今据阮刻本《穀梁注疏》校改。

③ "成周宣灾"，闽、监、毛及阮刻本《穀梁》经文俱作"成周宣榭灾"。

齐，生顷公。”范说盖本旧师说，非也。萧同附庸之国，萧之同邑也。萧同侄子乃齐顷公妹，嫁于萧同为媵，《史记正义》《索隐》皆引《世本》云“萧氏子姓，故称侄子也”。侄子母，即顷公之母，顷公妾子，故同母女弟为媵。云侄子母者，谑其贱也。若如何说，未闻称人之母而本其所生，故知当作侄子之母。《公羊传》“萧同侄子踊于棓而窥客”，此顷公之妹所为，郤克欲以侄子之母为质者，故以难齐耳。又侄子已嫁于萧同，不得向齐索之为质，后《传》涉上文而脱“之母”二字耳。《左氏》作“同叔”，尤为不词。

成六年春二月辛巳，立武宫。

申义曰：范注：“旧说武公之庙，毁已久矣。”《礼记·明堂位》曰“武公之庙，武世室也”，则不毁也。今案：武公，隐之曾祖，诸侯五庙祭四世，则当庄公时已祧及武。《明堂位》云：鲁君臣未尝相杀，必在惠公前作，疑武公当宣王时有匡王室之功，赐谥曰武，而许其不毁，故记明堂者比之世室。至成九世而复立别宫以祀之者，盖庄、僖时未用世室之制，而依亲祧之，至成时乃追先议而定为世室，非作《记》时已立武宫也。必知作《记》在隐桓前者，以云未杀，君非可虚言，若在庆父、仲遂之后自可不论及，此无容明知而自发其覆。其所云武宫比世室，必有其议而未立耳。

成六年春，取鄟。传：鄟，国也。

申义曰：经书内取而无伐文者，成二年取汶阳田，襄十三年夏取邿、昭四年九月取缯、三十二年取阚，皆不云国名。又宣九年秋取根牟亦无《传》。汶阳、阚内邑不疑，缯国亦明，根牟承上齐侯伐莱之下盖莱邑也，邿承上季孙宿救郚入郓之下盖莒邑也。此经上无其比，故知为国，即入极入杞之比耳。《公羊》以为邾娄邑，不系邾娄，讳亟也。以上与邾娄子为虫牢盟，归未三月而取其邑，故使若他国。然《穀梁》无此讳义，故特发鄟国之《传》。师授不同，致有异说耳。

成八年秋七月，天子使召伯来锡公命。传：曰“天子”，何也？曰见一称也。

申义曰：《公羊》以为元年春王正月正也，其余皆通。何注以天王、天子、王相通以见刺讥。今此云见一称者，传未显言。何注《公羊》以王为号、天子为爵，以成幼君，当如父教子，不当遽锡命，恐非《穀梁》之义。欲见天王可称，天子亦不必于经见之。假令经不书天子，岂遂疑王非天子乎？《穀梁》凡锡命皆讥，桓自无王，文自无天，不称天王未见讥王之意。惟成锡命，内无讥，正可见讥王之意，故改称天子。一称，见讥锡命也。锡命当讥者，王者天下所归往，若人不服当文绥之、武威之，何得降尊就卑，反以命就赐之乎？强臣虽无王，然欲得王命以自重、以欺天下，故海外及叛藩明知王力不能讨、王命不足荣，而终以王命为重也。天子与诸侯同是爵，故以讥天王不为人所归，而惟建空名。自周以降，凡以九锡王封授强臣乃至如明季封孙可望，皆以为不锡命不能禁其不自帝也，亦未知驭臣者矣。

成九年夏，季孙行父如宋致女。传："致"者，不致者也。妇人在家制于父，既嫁制于夫。"如宋致女"，是以我尽之也。不正，故不与内称也。逆者微，故致女。详其事，贤伯姬也。

申义曰：何注《公羊》以为礼有致女，今云"不正"者，《礼经》无明文，各以意言。以不称使，故知"不正"也。

成十有二年春，周公出奔晋。传：周有入无出，其曰"出"，上下一见之也，言其上下之道无以存也。上虽失之，下孰敢有之，今上下皆失之矣。

申义曰：《公羊》以为自其私土而出，今知讥下者，《穀梁》无新周之义，周公天子之相，假令自私土而出，犹京师寰内也。君相失道，各一见以讥之。

成十有四年冬，秦伯卒。

申义曰：当云秦伯□卒，据《世本》桓公名和。秦伯不名即当有《传》，今无《传》，又无注，知脱落在范氏之后。《释文》不言与《左氏》异，则脱落又在陆氏之前也。《公羊》亦无名，亦脱落也。皆以何、范不注知之。

成十有五年春三月乙巳，仲婴齐卒。传：此公孙也，其曰"仲"，何也？子由父疏之也。

申义曰：下十七年十一月壬申"公孙婴齐卒于狸蜃"，此文不当云"仲婴齐卒”，以仲婴齐即公孙婴齐，一人不得二卒也。《公羊》作“二卒”，故弟子问云“非此月日也，曷为以此月日卒之”，言婴齐已于十五年三月乙巳卒也。“传”乃答以待君命然后卒，明前是实卒，后乃发丧耳。下十二月丁巳朔，十一月惟有壬辰、壬寅、壬子，《公羊》作“壬申”，误也。何云壬申非十一月，以解非此月，日亦误，具在《公羊笺》。《穀梁》经文必不宜同《公羊》，若同《公羊》有二卒文，乃是大疑，必当有传。且弟子何由知公孙婴齐即仲婴齐乎？此当云仲婴齐出奔晋，后人以《公羊》《左氏》二经改之。《左氏》以为二人，故可二卒，《穀梁》不然也。

成十六年六月**甲午晦，晋侯及楚子、郑伯战于鄢陵。传：**日事遇晦曰“晦”。

申义曰：《公羊》云：“晦者何？冥也。”《穀梁》以为晦日者，二家历不同。《公羊》以己卯晦为晦冥，而此推得甲午为晦日。以战事不必关天之冥晦，比泓战书朔例耳。

成十七年**九月辛丑，用郊。传：**用者，不宜用也。

申义曰：《公羊》义同。而引或说，用然后郊，于文用从卜中，卜从然后郊，郊之常也；卜不从不郊，其变也。《穀梁》凡用皆不宜用，无取卜中。

襄九年**春，宋灾。传：**外灾不志，此其志，何也？故宋也。

申义曰：《公羊》作“宋火”，此云“宋灾”，以外灾不志，无须分大灾、小火也。故宋者，《公羊》王鲁之义，《穀梁》不传，而闻有故宋之说，故桓二年云“孔子故宋”。而此直云故宋，谓亲宋也。孔子修《春秋》为百王法，以私亲故宋者，宋本王者之后，周室所敬，乃得异于余国。或说专以孔子宋人而亲宋，假使孔子吴人、楚人，亦亲吴楚乎？必不然。

襄十年，柤之会，公至自会。**传：**汲郑伯。

申义曰：范云：“汲犹引也。”王引之曰：“‘汲’当作‘没’，读若‘不没其身’之‘没’。没郑伯，卒郑伯也。”引之改，字是而义非也。没者，深没其文，没郑伯者，没不见其弑，使若正卒然。

襄十有一年**春王正月，作三军。传：**古者天子六师，诸侯一军。

申义曰：一军，当作二军，《公羊》云“古者上卿下卿、上士下士，诸侯不备中等也。”卿为军将，二卿则二军，《周官》曰“军将皆命卿”。下经“舍中军，贵复正”，知此作三军惟增一军，不得云诸侯一军。舍一军犹有二军，尤不得言复正也。《周官》言大国三军，盖二王后也。《周官》上公之礼与诸侯绝异，上公惟宋耳。

襄十九年秋，晋士匄帅师侵齐，至谷，闻齐侯卒，乃还。**传**：为士匄者宜奈何？宜玤帷而归命乎介。

申义曰：《聘礼经》曰：未入境，壹肄为帷坛、画阶、朝服。介皆与此玤帷者。以还师，使若受命而还。又使介先归，请命乃敢入也。

襄二十七年夏，**卫杀其大夫宁喜，卫侯之弟专出奔晋。传**：专之去，合乎《春秋》。

何《废疾》曰：“宁喜本弑君之家，献公过而杀之，小负也。专以君之小负自绝，非大义也，何以合乎《春秋》？”郑释曰：“宁喜虽弑君之家，本专与约纳献公尔。公由喜得入，已与喜以君臣从事矣。《春秋》拨乱重盟约，今献公背之而杀忠于己者，是献公恶而难亲也。献公既恶而难亲，专又与喜为党，惧祸将及。君子见幾而作，不俟终日。微子去纣，孔子以为三仁。专之去卫，其心若此，合于《春秋》，不亦宜乎？”

申义曰：凡郑释何皆取偏词，此《传》云“专，喜之徒也”，是亦弑君者也。喜不贤明矣，赖一去合《春秋》，故得称弟。《穀梁》义凡称弟皆贵之，此贵专有信而遗利耳。《公羊》义恶剽、恶喜、恶献公、恶专，《穀梁》亦然，特许专能去，开改过之路，全兄弟之仁，身不被祸，兄不伤恩，非贵专也，贵其去也。何以专不宜绝兄，则传言恶献有明文，献恶而必从之，党恶以图利，卖友以求容，乌乎可？

襄廿七年**秋七月辛巳，豹及诸侯之大夫盟于宋。传**：“豹”云者，恭也。诸侯不在而曰“诸侯①之大夫”，大夫臣也，其臣恭也。

申义曰：《公羊》以再出豹为殆诸侯，今云恭者，经书内大夫去氏者，

① “侯”下原衍一“侯”字，据《穀梁》传文删。

无侅、翚、侠、柔、溺，先氏后挈者。公子遂如齐逆女、遂以夫人妇姜至自齐，公孙归父如晋、归父还自晋，叔孙侨如如齐逆女、侨如以夫人妇姜氏至自齐，晋人执季孙意如、意如至自晋，晋人执我行人叔孙婼、婼至自晋，无氏，皆为贬，与未命先氏后挈皆为恭。此豹与大夫盟非有君夫人临之而亦挈，欲明大夫皆恭也。《公羊》以为殆者，卫侯已无信，石恶又宁喜之党，故以明择交远小人之义。《穀梁》直比诸内大夫挈者，为恭而说，故不同也。

襄三十年**夏四月，蔡世子般杀**[①]**其君固。传：**其不日，子夺父政，是谓夷之。

何《废疾》曰："蔡世子班弑其君[②]，固不日谓之夷，楚世子商臣弑其君何以反书日邪？"郑释曰："商臣弑父日之，嫌夷狄无礼，罪轻也。今蔡中国而又弑父，故不日之，若夷狄不足责然。《公羊》有若不疾乃疾之，推以况此，则无怪然。"徐乾曰："凡中国君正卒皆书日，夷狄君卒皆不日。夷狄弑君而日者，闵其为恶之甚；中国君卒例日，不以弑与不弑也。至于卒而不日，乃与夷狄同例。"

申义曰：凡变书皆有意义，郑答是也，《公羊》义正与同。中国君弑日者，卫完、宋与夷、宋接、齐诸儿、晋夷皋、郑夷、陈平国、晋州蒲、齐光、卫剽、蔡申十一君；不日者，晋卓、齐舍、宋杵臼、齐荼五君。夷狄不日者，莒庶其、吴余祭、莒密州、楚虔、吴僚五君；不月者，薛比一君。世子弑者，楚商臣日，嫌夷狄不责之；许止日，嫌实弑也。中国不日，为不成君。蔡固不日，事无所比，故云夷之也。

襄卅年冬，澶渊之会。**传：**无侵伐八年，善之也，晋赵武、楚屈建之力也。

申义曰：楚不与此盟，而云屈建力者，代功曰屈建始会于宋，赵武终会澶渊，以恤宋故要言之。昭四年会申，楚始复称兵，自二十七年溴梁之会盟宋至昭三年，凡八年。

---

① "杀"，闽、监、毛及阮刻本《穀梁》经文俱作"弑"。

② "君"字原缺，据郑玄《释废疾》及文意补。

昭十一年冬十有一月丁酉，楚子灭蔡，执蔡世子友以归，用之。传：此子也，其曰“世子”，何也？不与楚杀也。一事详乎志，所以恶楚子也。

何《废疾》曰：“即不与楚杀，当贬楚尔，何故反贬蔡称世子邪？”郑释曰：“灭蔡者楚子也，而称师固已贬矣。楚子思启封疆而贪蔡，诱杀蔡侯班，冬而灭蔡杀友。恶其淫放其志，杀蔡国二君以取其国，故变子言世子，使若不得其君终。”

申义曰：《公羊》以为不君，灵公不成其子，诛君之子不立也。今云恶楚子者，经书诛君之子为君者多矣，事无可比，故知恶楚也。《公羊》以班杀父为中国仅一见之事，故特变其文以重父子之义；《穀梁》重夷狄之防，不妨为异也。

昭十有二年春，齐高偃帅师纳北燕伯于阳。

申义曰：《公羊》以为伯于阳者，公子阳生之误，今《传》不言者，以纳蒯聩于戚比之，阳者北燕之邑也。纳君者楚，纳顿子及此皆不名，而《传》独问燕伯不名，何也？以楚夷狄、齐中国，故问之。《公羊》以伯款出奔齐，与蒯聩犯父命不同，不当云于阳。又顿子不书出奔，微国出入不两见，故引孔子言正其误。公子阳生，北燕公子，非齐公子也。《穀梁》不受微言直以事比，故文歧异也。

昭十二年冬，晋伐鲜虞。传：其曰“晋”，狄之也。其狄之，何也？不正其与夷狄交伐中国，故狄称之也。

何《废疾》曰：“《春秋》多与夷狄并伐，何以不狄也？”郑曰：“晋不见因会以绥诸侯[①]谓上年会厥慭。而伐同姓，贬之可也，狄之太重。晋为厥慭之会实谋救蔡，以八国之师而不能救，楚终灭蔡。今又伐徐，晋不纠合诸侯以遂前志，舍而伐鲜虞，是楚而不如也，故狄称之焉。”范曰：“郑君之说，是[②]依《左氏》。”

---

① “诸侯”，闽、监、毛及阮刻本《穀梁注疏》俱作“诸夏”。

② “是”，闽、监、毛及阮刻本《穀梁注疏》俱作“似”。

申义曰：上书楚子伐徐不狄楚，而此狄晋，故郑疑其太重，乃以救蔡解之。今检经书，中国从夷国举者，成三年郑伐许及此而已。郑之为国力屈于夷，其年诸侯方连兵伐郑，故去疾初伐许不夷狄之，至冬再伐而后狄之，恶其恃楚而强也。晋为盟主，于楚侵中国常出兵争战救之，纵令力屈不能举兵，何乃出师以伐他国而不敢敌楚？是授楚以柄，丧中国之威，成夷狄之势，莫大于此，故于此狄晋，以一见其义。是《穀梁》谨夷夏、责伯主、慎兵威、明机权，儒者之宏义也。何君之言，《公羊》意亦如此，但以与夷交伐之文为非，是何之不审也。今以夷狄、中国一年内举兵者，条列而论之。

一事曰庄十年秋九月“荆败蔡师于莘”，冬十月“齐师灭谭”。桓公初入未为伯，故不狄之，然谭子失国不名，则亦恶齐。

二事曰庄廿八年秋“荆伐郑”，“公会齐人、宋人救郑”。《传》曰：“善救郑也。”

三事曰庄卅二年冬“狄伐邢”，至闵元年春“齐人救邢”，善救邢也。

四事曰闵二年十二月“狄入卫”，僖元年“齐师、宋师、曹师次于聂北，救邢”。《传》曰：“言次，非救而曰救，遂齐侯之意也。”

五事曰僖元年秋“楚人伐郑”，九月“公败邾师于偃”。邾来伐我，非起兵伐邾，故无讥也。

六事曰僖三年冬“楚人伐郑”，四年春公会诸侯“侵蔡，遂伐楚”。以桓公为知所侵也。

七事曰僖五年秋“楚人灭弦”，六年夏公会诸侯“伐郑，围新城”。《传》曰：“伐国言围邑，著郑伯之罪也。秋楚人围许，诸侯遂救许，善救许也。”

八事曰僖十年春“狄灭温”，夏“齐侯、许男伐北戎”。

九事曰僖十五年春“楚人伐徐”，诸侯之大夫帅师救徐。《传》曰：“善救徐也。”其秋七月“齐师、曹师伐厉”，厉盖楚与国，故书月以谨之，亦善之也。

十事曰僖十八年冬“邢人、狄人伐卫”。《传》曰：“伐卫，所以救齐，功近而德远，故进狄称人。”

十一事曰僖二十一年春“狄侵卫”，秋“楚子执宋公伐宋”，冬“公伐邾，楚人来献捷”，十二月“公会诸侯，释宋公”。《传》曰：“不与楚专释也。”明讥公党于楚，交伐中国。但鲁非伯主，恕其力不敌，讥楚而已。

十二事曰二十二年冬十一月“宋楚战于泓”，明年春“齐侯伐宋，围闵”。《传》曰：“伐国而言围邑，不正其以①恶报恶也。”

十三事曰僖二十六年冬“公以楚师伐齐，取谷，公至自伐齐”。《传》曰：“恶事致，危之也。”

十四事曰僖二十七年冬“楚人、陈侯、蔡侯、郑伯、许男围宋”。《传》曰：“人楚子所以人诸侯，不正其信夷狄而伐中国也。”何《废疾》曰：“哀元年‘楚子、陈侯、随侯、许男围蔡’不称人，明不以此故也。”郑释曰：“时晋文为贤伯，故讥诸侯不从而信夷狄也。哀元年时无贤伯，又何据而当贬之耶?”郑以晋文已伯，未也，文明年始伯。此以公方信楚，人楚子以人诸侯，卑诸侯所以卑公。不于乞师以楚师卑公者，去公则嫌公子遂会楚伐齐，故于此人诸侯以见义耳。传义讥内不讥外也。

十五事曰僖三十三年春“秦人入滑”，夏四月“晋人及姜戎败秦师②于殽”。《传》曰：“狄秦也。”其夏狄侵齐，公伐邾取訾楼。鲁非伯主，齐又大国，不假鲁救，故不讥伐邾也。

十六事曰文三年秋“楚人围江”，冬“晋阳处父帅师伐楚救江”。《传》曰：“伐楚所以救江也。”明年秋“楚人灭江，晋侯伐秦”，秦楚与国也。

十七事曰文七年夏“狄侵我西鄙”，冬“徐伐莒”。徐，夷狄，复国称之。

十八事曰文九年春“楚人伐郑，公子遂会晋人、宋人、卫人、许人救郑”，明亦以救为善。

十九事曰文十年春“秦伐晋”。秦本夷狄，今复国举。比年秦、狄、楚交侵中国。十二年“楚人围巢”，冬十二月戊午“晋人、秦人战于河曲”。《传》曰：“不言‘及’，秦晋之战已亟，故略之也。”晋虽自救，然当先服

① “以”字原缺，据阮刻本《穀梁》传文补。

② “师”字原缺，据阮刻本《穀梁》经文补。

楚，故略之也。

二十事曰宣元年秋“楚子、郑人侵陈，遂侵宋，晋赵盾帅师救陈”。《传》曰：“善救陈也。”宋公、陈侯、卫侯、曹伯会晋师于棐林伐郑。《传》曰：“列数诸侯而会晋赵盾，大赵盾之事也。其曰‘师’何也？以其大之也。‘于棐林’，地而后伐，疑词也。此其地何？则著其美也。”冬晋赵穿帅师侵崇。崇疑楚与国也。晋人、宋人伐郑。《传》曰：“伐郑，所以救宋也。”称之尤详而不杀，盖是时楚郑既合，盾有存中国之功也。明年春秦师伐晋。秦自殽始为狄，贬文自明。是年夏晋、宋、卫、陈复侵郑。郑已合于楚，非中国也。

二十一事曰宣三年春“楚子伐陆浑戎”，夏“楚人侵郑”，秋“赤狄侵齐，宋师围曹”。宋不讥者，非伯国，异于齐晋；又异于鲁有内辞，故恕之也。

二十二事曰宣五年冬“楚人伐郑”，六年春“晋赵盾、卫孙免侵陈”。《传》曰：“不言帅师，不正其败前事。”前事即棐林救郑之事也。

二十三事曰宣八年夏“晋师、白狄伐秦”。秦，夷狄也。

廿四事曰宣八年冬“楚师伐陈”，九年秋九月“晋荀林父伐陈”。陈已服于楚也。冬“楚子伐郑，晋郤缺帅师救郑”。盖亦善之。十一年“楚子入陈”，十二年春“围郑”，夏六月有邲之战。《传》曰：“日其事，败也。”言书日谨之，亦惜之也。是年冬“楚子灭萧，宋师伐陈，卫人救陈”，宋卫反覆于楚，不足深责，故无讥文也。

廿五事曰宣十四年秋“楚子围宋”，十五年六月癸卯“晋师灭赤狄潞氏”。《传》曰：“夷狄不日，其曰潞子婴儿，贤也。”潞子何贤？正以晋不伐楚而灭潞，潞虽夷狄，犹夺晋而与潞耳。

廿六事曰成二年冬“楚、郑侵卫”，三年春“公会诸侯伐郑”。郑已胜楚，故冬伐许狄郑也。

廿七事曰成六年秋“楚公孙婴齐帅师伐郑”，冬“晋栾书帅师救郑”，亦善之也。七年婴齐伐郑，公会诸侯救郑，亦善之也。吴入州来以伐中国，复狄之，不称吴人也。

廿八事曰成九年冬“楚婴齐伐莒，楚人入郓，秦人、白狄伐晋，郑人围许”。秦郑皆一狄之，不复狄也。明年春卫侯之弟黑背帅师侵郑。《榖梁》义凡称弟皆贤之贵之，此称弟是贤其伐郑也。至襄元年郑与楚伐宋皆不狄，郑从一讥也。

廿九事曰襄五年冬“楚公子贞帅师伐陈，公会诸侯救陈”。《传》曰：“善救陈也。”

三十事曰襄九年冬“楚子伐郑”，十年春柤之会，夏五月甲午“遂灭傅阳”。《传》曰：“遂，直遂也，不以中国从夷狄也。”公至自会。《传》曰：“会夷狄不致，恶事不致，此其致，存中国也。”会吴多矣，不嫌从夷狄，今云云者，讥诸侯不救郑而兴师灭傅阳，故使若因会而灭傅阳，非起兵特往。又异公于灭傅阳而以会致，以深掩覆不能救郑之耻而存中国也。是夏楚郑再伐宋，秋诸侯伐郑，楚救郑，公乃以伐郑致。前城虎牢不云郑，而此年成郑虎牢。《传》曰：“决郑乎虎牢。”决，别也，狄郑也，是其义明矣。范注云：“五年会于戚、十四年会向不殊吴，今以吴复夷狄而外之。”非《传》意也。《传》意异其会以外之，以杀中国不能敌楚之耻耳。明年秋楚子郑伯伐宋，诸侯伐郑而得郑矣。

卅一事曰襄十二年冬“楚公子贞帅师侵宋”，明年夏“取邿”。内取邑不系国者，亦讳而没之。十八年冬“楚公子午帅师伐郑”，明年春“取邾田自漷水”。《传》曰：“不日，恶盟也。”亦讥内也。昭四年秋七月，楚子及诸侯“伐吴，遂灭厉”，九月“取缯”。亦讥内也。灭厉不讥中国从夷狄者，以遂为继事之文，使若夷狄相灭也。

卅二事曰定五年秋楚人围蔡，晋士鞅、卫孔圄帅师伐鲜虞。正与此伐鲜虞同。彼不讥与夷狄交者，下冬十一月庚午蔡侯以吴子及楚人战于柏举，已褒吴子信中国攘夷狄，进吴为伯，故略不责晋也。

卅三事曰定十五年春二月辛丑“楚子灭胡”，夏“郑罕达伐宋”。不讥者，同于宋围曹、卫救陈。哀元年“楚子、陈侯、随侯、许男围蔡”。不讥者，亦同。郑、宋诸国力屈服楚，《传》不讥也。哀九年夏“楚人伐陈”，秋宋公伐郑，亦其类也。

卅四事曰哀十年春“公会吴伐齐”，五月“公至自伐齐”。恶事不致，以狄吴则讥文自明，致公以危之也。十一年五月“公会吴伐齐”，则从恶事不致之例，亦从一讥也。

卅五事曰哀十三年夏“楚公子申帅师伐陈”，秋“晋魏曼①多帅师侵卫”。《公羊》作魏多为讥二名，《穀梁》无讥二名之说，魏曼多变称魏多，必是讥其伐中国也。不狄之者，晋人微，故称国。为狄大夫而称国，嫌是微者，又不可去氏，故去名之一字，讥文自显。传不言者，未受之师。今《穀梁》经作魏曼多，后依《左氏》加曼字耳。当从《公羊》，而与夷狄交伐中国为说也。

总此三十五事观之，何君所驳了无所据，郑君所答实亦未尽《穀梁》之义，岂云短乎？楚伐徐，徐非中国而传云与夷狄交伐中国者，晋不攘楚，是与夷狄交也；又伐鲜虞，是伐中国也。责伯主之词。深狄晋非，重当夷狄交侵中国，尤宜辑睦，不然皆入狄矣。

昭十三年**八月甲戌，同盟于平丘，公不与盟。传：**“同”者有同也，同外楚也。“公不与盟”者，可以与而不与，讥在公也。其日，善是盟也。

申义曰：《公羊》以为诸侯遂乱，反陈蔡，君子不耻，不与盟。今云讥公者，比诸盟称同者皆大其同盟，若不耻不与，何为言同？故知讥公。下书公至自会，亦危之喜之耳。《公羊》以诸侯不乘此讨楚为失机而堕义，《穀梁》度势不责讨楚，故以陈蔡得归为善。一张王者之法，一论当时事实，故不同也。

昭十七年冬，**楚人及吴战于长岸。传：**两夷狄曰“败”，中国与夷狄亦曰“败”。“楚人及吴战于长岸”，进楚子，故曰“战”。

申义曰：若不进楚子当云楚人败吴于长岸，如于越败吴于檇李也。然与中国败夷狄同文，其进不显，故变文起之。《公羊》以为俱无胜负。今知吴败者，以晋人、秦人战于河曲乃无胜负，彼以贬晋略不言及，今两狄亦可作

① “曼”字原缺，据阮刻本《穀梁》经文补。

战于长岸之文，不必言及而言及，吴战于长岸下当有吴师败绩之文，而进楚狄吴，故去吴败为特异之文也。

昭十八年**夏五月壬午，宋、卫、陈、郑灾。传：**人有谓郑子产曰“某日有灾”，子产曰：“天者神，子恶知之？”是人也，同日为四国灾也。

申义曰：也字俱读为邪，言人岂能同日为四国灾邪，明天定，非人所知。传也、邪同用者，定四年“刘卷卒”，云“贤之也”；定十三年“赵鞅归于晋”，《传》云“则是大利也”。也亦读为邪。

昭二十六年，**冬十月，天王入于成周。传：**周，有入无出也。

申义曰：传凡言入者皆内不受，今云有入者，天王自狄泉归成周，若言归于成周，不见定乱之文。比僖二十四年天王出居于郑，言出不言入，是王失天下。今言入不言出，是王宜得天下。故其词异。

定元年秋**九月，大雩。传：**请乎应上公。古之神人有应上公者，通乎阴阳。

申义曰：《山海经·大荒东经》云：“大荒东北隅中有山名曰凶犁土丘，应龙处南极，杀蚩尤与夸父，不得复上，故下数旱。旱而为应龙之状，乃得大雨。”《楚词·天问》：“应龙何画，河海河历？”王逸曰：“或曰禹治洪水时，有神龙以尾画导水径所当决者，因而治之。”应龙人名，故能杀蚩尤；夸父佐禹平水。《广雅》以有翼曰应龙，又龙之名也。为状者，今画象塑象之类，非必为土龙也。应龙盖爵为上公，或者祀以上公之礼，故谓之曰应上公。今值雷雨有鹰形之物误入人家，不得即上，乃《广雅》所谓鹰龙，应、鹰字通。俗以应龙为雷公也。

定元年秋，**立炀宫。**

申义曰：鲁祀周公为太庙，伯禽为世室，又立武宫配之。则始封及有功之君皆崇祀矣，故立炀宫。炀公，伯禽子，考公酋之弟，名熙。考公无子，鲁君皆炀公之后也。《史记》曰：“炀公筑茅阙门，六年卒。”《世本》曰：“炀公徙鲁。”宋忠曰：“今鲁国。”是炀公为鲁迁祖，故立之。《左氏》以季平子祷炀公而立之，亦以炀始迁而祷之也。

哀二年夏，晋赵鞅帅师纳卫世子蒯聩于戚。传：纳者，内弗受也。以辄不受父之命，受之王父也。信父而辞王父，则是不尊王父也，其弗受以尊王父也。

郑曰：此疑《释废疾》之文，无何难。“蒯聩欲杀母，灵公废之是也。若君薨，有反国之道，当称子某，如齐子纠也。今称世子，如君存，是《春秋》不与蒯聩得反立明矣。”辄距蒯聩，二《传》无异词，江熙、范宁乃为异论，自是父子之论起矣。然二《传》俱以父与王父为比，故启俗疑论。凡《传》言王父云者，特就俗父子之说驳之，以俗人难悟，姑以求胜，其实不必奉王父以敌父也。今申其义曰：《论语》冉有问子贡，夫子为卫君乎？子贡以伯夷、叔齐为问，而曰夫子不为也。若非《春秋》许辄拒父，二贤何为此问？春秋既许拒父，孔子复不为辄者，《春秋》大法也。求仁得仁，人情也。以事论之，子既见逐，父丧不赴，卿大夫奉辄而立之，本不宜计及蒯聩也。辄既先立为嗣而不辞，不容待王父死而始忆有父也。辄既不能辞于先立之时，待王父死而以位让父，是以位为利而私以与父，既欺王父而又以利餂父，尤非义也。辄既不可告丧于蒯聩，蒯聩何由奔丧？假令单车奔赴犹不可纳，况以他国之兵入乎？兵入境则发兵拒之，不待再计也。经书“纳蒯聩于戚”，与“郑伯突入于栎”同文，皆不言入其国而入其外邑，是叛篡之词也。国君一体，不得全论父子。子弑父宜举父为重，而经云弑其君；父杀子宜无大责，而书某侯杀其世子，重于杀大夫，凡以体国也。蒯聩闻父丧，若单车奔赴，辄亦未必拒之。迎养宫中，此其宜也。今乃哀父之情亡，夺国之情急，外挟强兵、内据城邑，有灭卫之势焉。辄受命而为君，闻有外兵，何容不守？若开关延敌，释殡出奔，社稷不守，晋兵必入，蒯聩于辄岂有父恩，国灭身亡在此一举。故经书赵鞅帅师，明辄所拒者赵鞅也；纳于戚，夺蒯聩于卫也；书世子，临之以君父，明非辄之父也。三年春齐国夏、卫石曼姑帅师围戚，先国夏明非子围父，而邻国宜助卫，恶蒯聩也。《传》曰：“不系戚于卫者，子不有父也。”言卫戚则灵公之戚，世子安得据之，故绝其人伦而全为邦人也。蒯聩据戚，伺隙而逞。戚一日不克，卫一日不安。不惟当拒之，又必围之。围之而克，逐晋兵，迎世子，尊养之而不及政，以报私恩耳。不幸而世子死于兵刃，辄唯发丧成服，而不可仇杀父之人，以父受诛故也。然子视父死心必不忍，故本推辄之义宜先不立也。辄始立时未必知父当称兵，父废子立，今古之常，故圣人不深责也。今既立矣，外兵奄至，蒯聩既不肯单车而入，辄复不可单车而出，卫与戚不两立也。若责辄拒父，即教辄弃国，且容蒯聩叛父而仇宗国，不可之甚，作史者容知有子南可立，作《春秋》惟见卫有嗣君，辄去则蒯聩入，蒯聩入则乱臣贼子得志于诸人，何利乎？故《春秋》深没辄之文，使若非蒯聩之子然。冉有、子贡因疑夫子为卫君也，以情论之，守御稍定，辄当告于殡、谋于庙，选亲贤而让之，已则去之，至饿死而不怨，以全父子之恩。此大贤之事也，伯夷、叔齐不辞于先而辞于父死后，不为彰父之过。辄何必惧卫无君，代父而立，故以之比也。经惟书事，既不见卫侯辄之文，则惟有蒯聩叛父，而初无辄拒父。拒父之说，晋人蒯聩之流言耳。江熙曰郑世子忽反正有明文，不知忽已先立而突争之，故明忽为世子。楚世子商臣、蔡世子有亦当立乎？熙又曰齐景公废世子阳生还国书篡，经初无世子阳生之文，何云景公世子乎？熙云灵公不命辄，以传从王父之言为失。《传》云尊王父者，明世子叛父，非辄拒父。假使灵公不命辄，则卫人拒蒯聩尤非辄之过也。使辄合众以拒晋兵，亦有安社稷之功可立也。《穀梁》儒生，而能传此大义，故可为经训耳。如小儒之见，以国授晋，且登叛人矣。

哀六年[①]秋，**齐阳生入于齐，齐陈乞杀[②]其君荼。传：**阳生入而弑其君，以陈乞主之，何也？不以阳生君荼也。其不以阳生君荼，何也？阳生正，荼不正。不正则其曰君，何也？荼虽不正，已受命矣。阳生其以国氏，何也？取国于荼也。

何《废疾》曰："即不使阳生以荼为君，不当去公子，见当国也。又《穀梁》以为国氏者，取国于荼。齐小白又不取国于子纠，无乃近自相反乎？"郑释曰："阳生篡国，故不言公子。不使君荼，谓使陈乞杀君尔。荼与

---

① "哀六年"，原误作"哀五年"，据阮刻本《穀梁》经文校正。

② "杀"，闽、监、毛及阮刻本《穀梁》经文俱作"弑"。

小白其事相似，荼弑乃后立，小白立乃后弑，虽然，俱篡国而受国焉尔。《传》曰‘小白入于齐，恶之也’。阳生其以国氏何？取国于荼也。义适互相足，又何自反乎？子纠宜立而小白篡之，非受国于子纠，则将谁乎？”

申义曰：《公羊》以齐阳生为当国，以其诈诸大夫于陈乞家，同于叛乱。械成也，何以难？《穀梁》不君荼，若不君荼，当加①楚公子弃疾弑公子比。《穀梁》坐陈乞以弑君，如晋里克弑其君卓。彼惠公亦不君，卓但先弑后入，故不见夷吾之入。此入而后弑，不可不坐阳生弑君，故书入也。实非阳生之君，故以乞主之也。齐子纠未立，故不得言取国于子纠。若如何意，当云齐公子阳生入于齐，阳生正不得言公子也；云齐世子阳生入于齐，阳生未为世子也。当国者，弑而伐之之辞，前齐无知弑其君诸儿是也。陈乞外姓，如崔杼、赵盾。若阳生不当国，乃是全归罪于陈乞。《穀梁》与《公羊》无殊也。

① “加”，疑当作“如”。